졸
복

졸복

강성오 소설

문학나무

내 소설 소재의 칠 할이 농어촌

농어촌은 많은 이에게 동경의 대상이거나 인생의 종착지다. 문학과 예술에서는 소재나 배경으로 자주 등장하기도 한다. 대중 매체에서도 자주 등장한다. 최근에는 바다를 배경으로 한 게임도 등장했다. 정치권에서도 농어촌 분야에 대한 관심을 놓지 않는다. 이처럼 농어촌은 다양한 계층에게 유의미한 지역이다.

나에게 농어촌은 삶의 터전이자 유년의 추억이 깃든 곳이다. 건너편 섬으로 배를 타고 중학교를 다니며 흔치 않은 경험을 했다. 등교 때 파도가 거세게 일면 학교에 가지 못한 경우도 있었다. 하교 때 바람이 터지면 친지나 친구 집에서 신세를 지기도 했다. 그때는 그러려니 했다. 하지만 북서풍이 매섭게 휘몰아치고 바다가 하얗게 뒤집어져도 어쩔 수 없이 바다에 나가 일할 때는 춥고 두렵고 힘들었다. 섬에서 나가고픈 마음이 간절했다. 고등학교에 다니려고 섬을 벗어났지만 연휴가 길거나 방학이면 어김없이 섬에 들어가 또 바다를 누볐다.

현재 귀농 관련 업무에 종사하고 있으니 나에게 농촌과 바다는 떼려야 뗄 수 없는 공간이다. 때문에 소설에 농어촌이 자주 등장할 수밖에 없다. 서정주 시인의 시 「자화상」에 스물세 해 동안 나를 키운 건 팔 할이 바람이라는 구절이 있는데, 나는 소설을 창작하려면 구상 단계부터 농어촌이 머릿속에 칠 할 이상 등장했다. 내 삶의 터전인 농어촌의 실상을 보다 널리 알리고 싶은 욕심 때문일 것이다.

소설을 본격적으로 공부하기 전에 쓴 「농어 주낙」도 그런 마음의 발로였다. 졸작인 줄도 모르고 인터넷사이트에 올렸는데, 의외로 평이 좋았다. 나는 그런 댓글에 힘입어 소설 공부를 하였다. 공부하고 다시 보니 어디에 내놓기 부끄럽지만 나름 의미 있는 소설이라 넣었다. 농어촌을 이해하는데 조금이나마 도움이 되었으면 하는 마음 때문이다. 그런 바람으로 틈틈이 잉태한 졸작을 엮었다.

2018년 10월
강성오

차례

균을 위한 발라드댄스

"어떤 예언가는 말했지. 머지않아 세상의 종말이 온다고. 균 때문에 종말이 올 거라고. 그들이 말하는 균, 균, 균. 경고는 매일매일 메일함에 차고 넘치지. 아마 지금도 메일함의 용량이 초과하였을지도 몰라."

균을 위한 발라드댄스

　어둠 속에서 급박한 움직임이 감지된다. 부산한 발소리가 컴컴한 허공을 가른다. 지게차의 실루엣을 따라 한 무리의 사람들이 몰려간다. 깊이 눌러쓴 모자와 하얀 마스크가 언뜻언뜻 눈에 잡힌다. 어떤 이는 망치를, 어떤 이는 해머를, 또 어떤 이는 끝이 뾰족한 물음표 모양의 갈고리를 들었고, 몇몇은 제법 묵직해 보이는 전동 드릴을 들었다. 배낭을 멘 사람도 있다. 다들 한 방향으로 바삐 걷는다. 후줄근한 뒷모습을 보이며 앞장선 무리가 방향을 튼다. 외따로 떨어져 있는 비닐하우스로 향한다. 세 동의 비닐하우스는 검정 차광막을 둘러쓰고 깊은 잠에 빠져 있다. 저 멀리서 개 한 마리가 컹컹 짖는다. 개 짖는 소리가 도미노처럼 마을 전체로 번진다. 다수는 1톤 화물차를 몰고 재빨리 사람들을 앞질러 간다. 속도를 줄이지 않고 비포장도로의 굴곡진 턱을 그대로 넘는다. 정수리가 천정에 닿을 듯 가까워졌다가, 멀어진다. 차를 세운 다수는 전조등을 켜 놓은 채 뭉그적거리며 내려선다. 뒤를 바라본다. 차가 지나온 자리를 걷는 무리가 점점 불어난다.

오늘은 버섯 종균을 접종하는 날이다. 접종 절정기인 4월이면 일손이 모자라 야간작업도 마다하지 않는다. 하지만 새벽일은 극히 이례적이다. 그 이례적인 일을 하기 위해 버섯 작목반 사람들이 나섰다. 작목반 반장인 철식이 힘들지, 라며 다수 어깨를 툭툭 두드린다. 다수는 자기보다 족히 서른 살은 더 들어 보이는 철식에게 허리를 대충 꺾는다. 다수는 느릿느릿 비닐하우스 입구로 걸어가, 기둥을 더듬어 전등을 켜고 나온다. 두 남정이 비닐하우스 앞 10미터 지점으로 뚜벅뚜벅 걷는다. 그들은 가슴 높이의 더미 옆에 쭈그리고 앉아 차양을 묶어 놓은 밧줄을 푼다. 더미를 덮고 있는 검정 차양의 끝을 양손으로 잡고, 머리 위로 팔을 올려, 차양을 말아가며 걷어낸다. 길이 1.2미터 내외의 굵기가 제각각인 참나무 토막이 하나둘 드러난다. 차양을 모두 벗기자 수백 개의 통나무가 무더기를 이루고 있다.

전등 빛에 속살 일부가 드러난 어슴새벽, 사람들은 각자 할일을 잘 알고 있다는 듯 이리저리 흩어진다. 아낙들은 모두 비닐하우스 '나' 동 안으로 들어간다. 사람들은 곧장 일에 매달린다. 통나무를 파고드는 전동 드릴의 요란한 기계 소리와 허공을 뿌옇게 흐려놓는 미세 먼지 속에서 마스크를 쓰고 일하느라 여념이 없다. 남정들이 천공 작업 후 바닥에 내려진 통나무를 너나없이 지게차 위로 옮겨 싣는다. 굵은 원목은 둘이서 양쪽 끝을 들고 힘겹게 들어 올린다. 철식은 지게차 위에 올라타 통나무를 비닐하우스 안으로 나른다. 아낙들은 능숙한 손놀림으로 3센티미터쯤 되는, 산업 현장에서 흔히 쓰이는 귀마개를 닮은, 종균 뭉치를 통나무 천공에 접종한다. 아낙들은 끝을 죄다 잘라버린 면장갑을 끼었다. 살멋살멋 드러난 손끝이 거칠고 새까맣다. 아낙들 옆에 사탕과 봉지 커피가 담긴 소쿠리, 1.5리터들이 콜라와 주스, 커피포트가 놓여 있다. 두 개의 동그란 스피커가 달린 라디오 하나가 비닐하우스 기둥에 대롱대롱 매달려 있다. 산 지 얼마 되지 않은 듯 검정 색깔이 번들거린다. 다수는 라디오를 켠다. 여자 아나운서가 싱그러운 목소리로 아침을 열어주기를 기대했건만, 잡음만 요란하다. 라디오를 끄고 차를 향해 발길을 돌린다. 아내 말이 떠오른다. 작업장에 주인이 없으면 되겠어? 다수는 지켜보고 있다는 것을 알리려고 사람들 눈에 잘 띄는 나무 팔레트에 퍼질러 앉아 부족한 잠을 보충한다.

"밭을 좀 사야겠는데 어디가 좋을까?"
작년 11월 초, 아내가 6개월 코스의 농업대학 수료증을 받던 날, 아내가 물었다. 다수는 베란다에 앉아 효소차를 마시고 있었고, 거지반 찻잔의 바닥이 드러나고 있었다. 효소차는 아내가 시골에서 얻어왔다. 백 가지 꽃잎을 말려 설탕에 3년 이상 재운, 특별한 것임을 강조했다. 처음 맛본 들큼한 맛이 썩 당기지는 않았다.

"밭을 사다니? 설마 농사짓자는 말은 아니지?"

다수는 자신도 모르게 말끝을 높였다.

광주광역시에서 태어난 다수는 고등학교 졸업 때까지 농사 경험이 없었다. 서울에서 대학 생활을 하게 된 다수가 어느 날 강화도로 농활을 갔다. 대학교 1학년 여름방학 때였다. 학생들과 함께 밭에서 마지못해 잡초를 뽑다가 땅속에서 꿈틀거리는 두더지를 보았다. 시커먼 두더지가 구멍으로 금방 사라졌지만, 다수는 온몸에 소름이 돋았다. 기겁한 다수는 악을 빽빽 쓰며 도로에 주차된 자동차로 황급히 도망쳤다. 선배들은 다수가 일하기 싫어 잔꾀를 부리는 줄 알고 데리러 왔다가, 벌벌 떨고 있는 다수를 보고 오히려 다독여주고 돌아갔다. 어인 일인지 다수는 두더지가 그렇게 무서울 수가 없었다. 그날 이후 두더지가 나올까 싶어 밭으로 구경 가는 것조차도 삼갔다.

"두더지 무서워한다는 건 알지만, 너무 오버하는 거 아냐?"

아내가 어이없다는 표정으로 말했다.

"아무튼 밭은 싫어."

"밭이 어때서? 밭은 임금보다 더 소중하게 섬기는 대상이란 거 몰라?"

"그건 또 무슨 말이야?"

"임금 왕(王)자 알지? 가획해서 양쪽에서 받들어야 밭 전(田)자가 되잖아?"

"그럼 밭을 사서 뭐하려고?"

다수는 아내의 의도가 새삼 궁금했다.

"귀농창업자금을 신청하려고 농업대학에 입학한다고 말했잖아? 6개월 동안 빠지지 않고 겨우 100시간을 넘겼는데도 자금 받기가 여간 까다로운 게 아니더라구. 사업계획서도 구체적으로 작성해야 하고, 농지도 있어야 하고, 실사도 받아야 한대. 그러니 농지가 없으면 자금을 받을 수나 있겠어?"

아내가 한심하다는 표정으로 바라보았다. 그제야 생각났지만, 사실 아내가 인근 C군에 있는 '미래농업대학'에 입학한 것은 귀농창업자금 때문이었다. 담보 없이 대출받을 수 있다는 말을 듣고 구체적으로 알아보려고 발품을 팔았다. 귀농교육을 100시간 이상 이수해야 한다는 사실을 알고서, 교육 시간을 채울 계획으로 수강했다. 그런데 막상 대출받으려니 농지가 있어야 한다고 했다는 것이다.

"임대하면 되잖아?"

"나도 임대할 만한 땅을 알아봤는데 잘 나오지 않더라구."

"왜 꼭 밭을 사야 해?"

"농사도 농사지만, 갈수록 땅값이 오를 거 아냐? 직장이 있으면 퇴직금이라도 받는데, 우리는 직장도 없잖아? 그러니 퇴직금이라 생각하고 땅을 사려는 거야."

내가 농사를 극도로 싫어해서였을까. 아내는 마치 투기꾼처럼 담보 없이 2%짜리 귀농창업자금을 대출받아 땅에 투자한다는 논리를 들이댔다. 그런 자금을 대출받기 위한 조건을 갖추려고 싼 땅을 사서 농사짓는 척할 거랬다. 나는 또 그 말에 혹했다. 놀고 있었으니 딱히 반박할 수도 없었다.

"그럼 고사리 꺾으러 다녔던 밭은 어때?"

고사리 철이면 주말마다 고사리를 캐러 다녔던 밭을 들먹였다. 아내는 다수 말대로 1200평 고사리 밭을 샀다. 작년 11월 중순이었다. 농민들이 경작에 들어가고 나면, 어지간해서는 땅을 팔지 않는다고 아내가 서둘렀다. 산 바로 아래 외진 곳이었지만 아내는 난생처음 자신의 이름으로 땅을 갖게 되었다며 어깨를 으쓱거리곤 했다. 아내는 시키지도 않았는데 손도끼로 나무 끝을 뾰족하게 깎았다. 밭 가장자리를 빙 돌아가며 말뚝을 박고, 밧줄을 동여매 울타리를 쳤다. 해머 질을 하느라 생긴 손에 물집을 보면서 흡족한 표정을 지었다. 아내는 입구에 출입금지라는 경고문까지 박아두었다. 다수는 그런 아내를 못마땅한 표정으로 바라보았다. 이러다 농사꾼이 되는 게 아닌가 하는 두려움이 밀려왔다.

3년 전까지, 다수는 전자제품을 생산하는 케이알전자 총무과에서 말단 직원으로 근무하고 있었다. 담당했던 일 중 하나가, 회사 식당에 들어오는 음식 재료를 검수하는 것이었다. 어느 날, 저녁 식사 시간이 가까워질 무렵, 몇몇 직원이 심한 설사와 복통을 호소하며 소란을 피웠다. 구급차를 불러 환자를 급히 병원으로 데려갔다. 의사는 상한 굴로 인한 식중독 때문이라고 했다. 또 다른 환자를 후송하기 위해 구급차가 바쁘게 들락거렸다. 갈수록 환자가 늘었다. 5,000여 명의 직원 중 이십 퍼센트 이상이 고통을 호소했다. 급기야는 의사가 아예 출장 나와 치료했다. 생산라인이 멈추었고, 저녁 뉴스에 대대적으로 보도되었다. 회사 이미지에 상당한 타격을 입었다. 담당 부서인 총무과 직원들은 잔뜩 몸을 낮추고 다녔다. 조사 결과 다수는 회사 매뉴얼대로 이상 없이 표본검사를 했다는 게 밝혀졌다. 하지만 고개를 내리 꺾고 다녔다. 그러던 참에 총무부장이 총무과 전 직원을 한자리에 불러 모았다.

"누군가가 반드시 책임져야 할 분위깁니다. 그래야 더 이상 파문이 확산되지 않을 겁니다. 그렇다고 딱히 누가 잘못한 것도 아니고…. 그래서 생각한 게 제비뽑기입니다. 신탁으로도 결정하지 못하면 제비뽑기로 결정한다는 말도 있잖습니까? 저도 물론 예외 없이 뽑기에 응할 것입니다. 걸리는 사람이 모든 걸 책임지고 사표를 제출하는 겁니다."

"……."

남들처럼 다수도 잠자코 듣고만 있었다. 무거운 표정으로.

"대신 그에게 기숙사 매점 운영권을 넘기도록 할 것입니다.

물론 기본적인 시설까지 회사에서 일체 지원할 예정입니다. 잘 아시겠지만 공단이 막 조성되는 중이고, 주변에 딱히 먹을 만한 곳도 없고, 사생들 대부분이 한참 먹을 나이라 매출도 상당히 높을 것으로 예상되니, 최소한 직장생활을 하는 것보다는 나을 겁니다."

매점 운영권이라는 말이 나오자 잠시 술렁였다. 다수도 잠깐 혹했다. 15층 아파트에 천 명 이상 생활하고 있는 기숙사 매점이라면 메리트가 대단할 것이고, 말단이 받는 스트레스도 없을 것이었다. 직원들은 사장이 될 수 있다는 것에 내심 기대를 했는지도 몰랐다. 그런 속내가 자신도 모르게 튀어나와 술렁였는지도 몰랐다. 어떤 이는 십삼 분의 일에 해당하는 낮은 가능성 때문인지 어두운 표정을 짓기도 했다. 총무부장도 참여한다는데 감히 거부할 수도 없었고, 거부할 분위기도 아니었다. 제비뽑기에 대한 분위기는 점차 고조되었다.

다수는 마지막 순서로 검정 비닐봉지 안으로 손을 넣었다. 봉지 안에 접힌 종이가 달랑 한 장 들어 있었다. 선택의 여지가 없었다. 메모지를 꺼내 펼쳐보았다. 동그라미가 그려져 있었다. 남들은 손가락으로 승리의 V자를 그려 보이며 부러운 시선을 보냈다. 하지만 다수는 난감하고도 막연했다. 회사에 들어왔던 과정이 빠르게 뇌리에 스쳤다. 성적이 그저 그런 탓에 정말 힘겹게 들어온 회사였다. B학점도 되지 않은 평점에, 결석이 40일도 넘었다. 토익 점수도 700점을 넘지 못했다. 다수의

허접한 '스펙'으로는 중소기업도 어려웠다. 다수는 국가유공자인 아버지 탓에 겨우 입사했다. 그런데 사직서를 제출해야 하다니. 뒤숭숭했다. 매점이 아무리 메리트가 있다 해도 새롭게 시작한다는 것은 늘 기대와 걱정을 동반하기 마련이다. 걱정은 소주 한 잔 마시고 잠이나 자보려고 애쓰는 다수 마음을 억박적박 괴롭혔다. 사표가 덜컥 수리되고 나자 밤새 뒤척이다, 동이 트는 걸 보고서야 침대에 누웠고, 점심 무렵에야 일어나곤 했다.

아침 식사를 준비해온 아내가 비닐하우스 중간쯤에 상을 차리려 한다. 다수는 아내의 지시에 따라 여덟 개의 나무 팔레트를 두 개씩 나란히 붙이고 신문지를 포개어 깐다. 아내는 신문지 위에 쌀 종이, 국수, 돼지 수육, 새우, 오이, 양파, 상추, 곰보배추, 부추, 까나리 액젓에 청양고추를 썰어 넣은 소스가 담긴 접시, 휴대용 가스레인지 등을 군데군데 놓는다. 판매를 위해 전시해놓은 것처럼 화려하다. 일하는 사람들을 위한 식사가 아니고 마치 소풍 온 사람들을 위한 음식 같다. 아무리 농사에 관심이 없다지만 이건 아니다 싶다. 다수는 무슨 말을 하려다가 꿀꺽 삼키고 만다.

아내는 비닐하우스 입구에서 남정들을 향해 식사하라고 크게 외쳤다. 지게차의 시동이 꺼지고 전동 드릴의 요란한 소리도 멈췄다. 남정들이 모자를 벗어 옷을 탈탈 털고는 비닐하우스 안으로 들어온다. 아낙들은 하나둘 허리를 펴고 음식이 차려진 곳으로 모여든다.

"새벽에 준비하느라 고생했겄는디? 젊은 사람이 들어오닌께 벨시런 음식도 먹어보고 좋긴 하네이?"

철식이 넌지시 사람들의 눈치를 살피며 자리를 잡는다. 남정들이 팔레트 한쪽으로 주춤주춤 앉는다. 아내가 미적거리는 사람들의 팔을 끌어당기며 빨리 앉으시라고 부추긴다. 아내의 부추김에 아낙들이 어정쩡한 태도로 합석한다. 아내가 얇은 비닐장갑을 나눠준다. 아낙 몇 명은 피식, 가벼운 미소를 흘리고는 배낭을 뒤적인다. 절편, 박산, 삶은 계란, 찐 감자, 귤을 꺼내 은박접시에 담아 팔레트 위에 골고루 놓는다. 다수는 낯이 후끈 달아오른 느낌이다. 다수는 사람들 시선을 피하려고 비닐하우스 입구 쪽으로 이동해 앉는다. 사람들이 도란도란 둘러앉아 '월남쌈'에 대해 이런저런 말을 늘어놓는다. "근디 워떠케 묵는 것이여? 이렇게 쌀종이에 싸서 묵으면 된단가? 이렇게 끓는 육수에 담그면 더 맛있단가? 성님은 장을 너무 많이 찍은 거 아니요? 아따 그래도 이상 묵을 만하요야. 오메 이 색깔 고운 것 좀 보소. 나중에 나도 이걸 내놓을까라우? 알기나 하간디? 왜 모른다요? 글다가 식사 때마다 월남쌈 묵는 거 아녀?" 아낙들은 희희낙락하며 서툰 자세로 야들야들한 쌀종이에 쌈을 싸서 입에 밀어 넣는다. 어떤 이는 눈치껏 따라한다. 아내는 그래도·어설픈 아낙들에게 직접 쌈을 싸서 입에 넣어주곤 한다. 사람들은 쌀종이를 네모지게 하거나, 김밥처럼 둘둘 말고, 송편처럼 반달 모양으로 쌈을 싼다. 대부분 월남쌈에 금세 익숙해졌다.

"그나저나 자네는 밥 안 묵고 거기서 뭐한가?"

철식이 멀찍이 떨어져 있는 다수에게 물었다.

"저 사람 신경 쓰지 말고 그냥 드세요."

아내가 나섰다.

"이런디서는 한군에 묵어야 된디?"

"…아침을 먹고 왔거든요."

아내가 망설이다가 나지막하게 말했다. 철식이 일어나 다수에게 다가가 그래도 한 술이라도 뜨라고 손을 내민다. 다수는 멈칫한다. 철식은 사람이 그러는 게 아니라며 다수를 이끈다. 다수는 지싯지싯 딸려간다. 철식이 다수를 바로 곁에 앉으라 한다. 다수는 앉지 않고 사람들의 눈치를 살핀다. 다들 어서 앉으라고 눈짓으로 사인을 보낸다. 다수는 주사 맞기 싫어하는 아이처럼 미적거린다.

블루하우스 매점. 앞뒤로 여닫이문이 있지만 콘크리트 벽으로 둘러싸인 지하 1층의 밀폐된 공간이었다. 벽에는 곰팡이를 제거한 흔적이 뚜렷했다. 처음 들어섰을 때, 퀴퀴한 곰팡내가 콧속을 파고들었다. 다수는 얼른 코를 감싸 쥐었다. 한쪽 구석에서 바퀴벌레 몇 마리가 황급히 도망쳤다. 지하는 마치 맨홀

속처럼 습도가 높았다. 그런 공간에 페인트를 바르고, 테이블 세트, 전자레인지, 냉장고, 냉동고, 냉온정수기, 온장고 등의 집기를 들였다. 물론 회사에서 준비했다. 콘크리트가 두꺼워 환풍기는 설치할 수 없었다. 다수는 판매할 물건만 준비해 매점을 열었다.

다섯 시가 넘어서자 매점은 이내 왁자지껄했다. 예식 시간에 맞춰 하나둘 나타난 하객처럼 사생들이 몰려들었다. 여섯 개의 테이블은 금세 찼다. 다수는 밀려드는 손님들을 보고 흐뭇해하다가도 잠깐잠깐 돌아서서 인상을 심하게 구겼다. 지독한 발 냄새 때문이었다. 안전화를 신고 하루 종일 일했던 직원들이 씻지도 않고 내려왔을 터였다. 북적거리는 통에 누구의 발에서 나는지 알 수 없었다. 씻고 와서 먹으라고 말할 만한 성격도 아니었고, 그럴 경황도 없었다. 환풍기 생각이 간절했다. 다수는 수시로 밖으로 나가 맑은 공기를 깊이 들이마시곤 했다.

사생들은 발 냄새 따위는 일언반구도 없이 다만 먹고 떠드는 것에 집중했다. 목청을 돋우고, 오순도순 애기꽃을 피웠다. 어떤 테이블에서는 뒤늦게 물끄럼말끄럼 합석한 사생이 선 채로 술잔을 기울였다. 자리를 차지한 사생들은 술 마시기 대회라도 하는 듯 마구 마셔댔다. 취하면 술병이 흉기가 될 수도 있기에 막걸리와 캔 맥주만 들여놓은 게 다행이라는 생각이 들 정도였다. 어쩌면 출출한 배를 술과 안주로 채우거나, 고단한 하루, 기분 나빴던 일을 잊기 위함인지도 몰랐다. 계속되는 불쾌한 소리와 담배 연기, 끊임없이 괴롭히는 매스꺼운 냄새, 곤드레 만드레 취한 사생들이 게워낸 토사물이 난무할 때면, 매점이 마치 지하 감옥 같았다. 갇혔다는 생각이 들면 벗어나고 싶은 생각이 들게 마련이다. 다수는 하루라도 빨리 도망치고 싶었다. 좁은 공간에 사람이 밀려들수록 역겨운 냄새의 농도도 짙어졌다. 더러운 세균이 몸속에서 스멀스멀 기어 다니는 느낌이 들었다.

"아저씨, 식중독 걸렸어요?"

기숙사 사생 한 명이 다수에게 말했다. 다수는 1층에 있는 화장실로 급히 뛰어 올라가 화장실 문을 열어둔 채 변기통에다 구토를 하고 있었다.

"아니. 어제 술을 너무 많이 미셨나 봐."

발 냄새 때문이라는 말이 목구멍까지 차올랐지만, 다른 핑계를 댔다. 매점에 발 냄새가 심하다는 소문이 좋을 리 없다고 판단했기 때문이다. 사실 전날 저녁에 술을 마셔 컨디션이 안 좋기도 했다. 평소에는 구토까지는 하지 않았다. 구토를 하고 나니 속이 좀 편안해졌다. 다수는 밀걸레를 집어 들고 화장실을 나섰다. 지하로 내려가는 계단 앞에서 인상을 잔뜩 찌푸렸다. 역겨운 냄새가 콧속으로 끊임없이 밀고 들어왔다. 다시 구토가 나올 듯했다. 다수는 다시 화장실로 들어가 임신한 사람처럼 헛 구토를 몇 번 더 했다. 다수는 주머니에 있는 마스크를 착용하고 매점으로 내려갔다. 사생들이 물으면 감기에 걸렸다고 둘러댔다. 다수는 한 달에도 셀 수 없이 많이 감기에 걸렸다. 다수에게 매점은 끔찍한 공간이었다. 하지만 유일한 생계수단이었으니 포기할 수 없었다. 하루도 거르지 않고 문을 열었다.

어느 날, 다수는 회사에서 지정해준 병원으로 검사를 받으러 갔다. 기숙사 사생 중 한 명이 슈퍼결핵으로 불리는, 광범위약제내성결핵으로 강제 입원명령을 받은 며칠 뒤였다. 그 병에 걸린 사생을 다수도 잘 알고 있었다. 그는 퇴근 후 발효 식품인 '꼬모'를 꼭 사 먹곤 했다. 가끔이지만 다른 사생들처럼 다수 앞에서 푸념도 늘어놓았다. 그의 감염으로 기숙사가 발칵 뒤집혔다. 사생 모두가 검진을 받아야 했다. 검사 결과 다수 외에 일곱 명이 결핵에 걸렸고, 그 사실이 회사에 통보되었다. 그날 늦은 시간에 총무과 김 대리가 찾아왔다.

"다수 씨, 슈퍼결핵이 아니라도 최소한 육 개월 정도 약을 먹어야 한다는 설명 들으셨죠? 조금만 소홀히 하여, 약에 내성이 생기면 7년 이내에 절반 가까이 사망할 수 있는 무서운 질병이라는 설명도 들으셨을 거고. ……그래서 하는 말인데. 매점보다는 건강관리에 신경 쓰시는 게 어떻겠어요?"

다수는 천정만 바라보았다. 사생들에게 더 이상 감염되지 않기를 바라는 회사 입장을 너무나 잘 알지 않는가.

다수는 매점 운영 2년 만에 매점을 다른 이에게 넘겼다. 아니, 넘겨야 했다. 회사에서 시설을 지원했으니 권리금 따위는 한 푼도 받지 못했다. 물건 값만 겨우 받고 나왔다. 끔찍한 공간에서 탈출했다고 잠깐 환호성을 질렀다. 하지만 단 3일 만에 다수 얼굴에 먹구름이 짙게 드리워졌다. 세상이 깊은 산중에 있는 동굴 같았다. 다수는 사람이 되기를 바라는 단군신화 속 곰처럼 방에 틀어박혔다. 약이나 밥을 먹을 때만 입을 열었다. 위로를 건네던 사람들의 발길이 끊긴 건 다행이었다. 아내도 멀리했다. 아내는 일을 찾아 여기저기 알아보러 다녔다. 1월이었다. 아내는 신년 계획이 아닌 평생 계획을 다시 세워야겠다고 울상이었다.

"우리도 표고버섯 한 번 재배해볼까?"

아내가 물었다. 2월 1일이었고, 저녁상을 물린 뒤였다. 다수는 아내의 표정에서 표고버섯에 대해 허황한 꿈을 품고 있다는 것을 느꼈다. 광주광역시가 고향인 아내도 다수처럼 농사는 문외한이었다. 그럼에도 무턱대고 뛰어들려는 아내가 세상 물정을 몰라도 너무 모른다고 생각했다.

"농사를 짓자고?"

다수는 펄쩍 뛰었다.

"우리 밭이 수분이 많아 버섯 재배에 더없이 좋은 지역이라잖아? 밭을 놀리는 것보다는 나을 것이고, 시설비도 절반은 지원한다잖아? 그리고 작목반에 들어가면 품앗이 형태로 도와주니, 경험이 없어도 재배할 수 있다는 말을 자기도 분명히 들었잖아?"

아내가 말꼬리를 살짝 높였다.

"아무리 그래도 그렇지. 그 사람들을 믿고 어떻게 농사를 짓냐?"

"왜? 잡아먹는데?"

"그런 뜻으로 말한 거 아니잖아? 게다가 수분이 많은 밭이라며? 두더지가 아니라도 나는 그런 밭에서 일하는 거 질색이야!"

다수는 정색했다.

"그럼 어쩌자고?"

"차라리 매점이나 보는 게 낫겠다."

"거지보다 못하게 쫓겨났으면서, 매점이라고?"

"그래도 농사짓는 거보다는 나아."

"땅 사기 싫어?"

아내가 신경질적으로 물었다.

"짓는 척만 할 거라며?"

다수가 반발했다.

"어차피 있는 땅 놀릴 수는 없잖아? 나도 전문적으로 짓기는 싫어. 우리가 그냥 먹는다는 생각으로 쪼끔만 할 거야. 딱 두 동만 지어서 관리하면 자기는 크게 신경 쓸 일도 없고 주말농장처럼 어쩌다 한 번씩만 들러도 되잖아? 그리고 기술원 분소도 계속 늘려간다니까 기술적인 조언은 쉽게 받을 수 있을 거고."

"두 동이 손바닥만 한가?"

"모두 내가 알아서 할 테니 걱정 마."

아내가 크게 말했다. 작목반장 철식을 철석같이 믿는 눈치였다. 다수는 내키지 않은 표정으로 아내를 바라보기도 했고, 때로는 속으로 콧방귀를 끼며 애매한 미소를 흘리기도 했다.

"분명 자기가 알아서 한다고 했다?"

"그렇다니까!"

"그럼 마음대로 해."

아내는 마치 다수의 승낙이 떨어지기를 기다렸다는 듯 일사천리로 준비했다. 밭이 있는 C군으로 전입신고를 마쳤다. 빈집도 알아보러 다녔다. 그날도 아내는, 이사보다는 비닐하우스 시설 자금을 지원받으려는 조치일 뿐이라고 했다. 지원 받으려면 실제 거주해야 한다는 이유를 대면서. 아내는 밭에 중형급 관정을 파기 위해 업자를 수소문했다. 관정은 계곡 언저리라 단번에 성공했다. 차가 드나들 수 있도록 굴착기를 불러 길도 넓히고, 밭도 평평하게 골랐다. 철식이 소개해준 업자에게 비닐하우스를 짓게 했다. 재미삼아 지을 거라며 짧게 설치해달라는 아내의 부탁에 따라, 100미터짜리 비닐하우스 두 동이 지어졌다. 다수는 사람들이 일하는 동안 뒷짐지고 어슬렁거리다 차 안에 누워 잠을 잤다.

"좀 도와줄 수 없어?"

다수가 눈에 띄면 아내가 소리쳤다.

"결핵이 전염될지 모르잖아?"

핑계를 댔지만 다수는 사실 일하기 싫었다. 음습한 공기, 시커먼 두더지가 머릿속에 자주 떠올랐다. 다수는 모자를 깊이 눌러쓰고 마스크를 낀 채 일하는 아내에게 지금이라도 그만두는 게 어떻겠냐고 넌지시 물었다. 아내는 다수에게 차라리 차에 들어가서 잠이나 자라고 타박했다. 아내가 밭에서 일할 때면 언제나 철식이 나타나 조언을 아끼지 않았다. 얼마나 친절한지 아내에게 흑심을 품은 건 아닌지 의심이 갔다.

"그런데 반장님은 왜 제 와이프한테 잘해주시는 거죠?"

다수는 식사를 마친 철식에게 커피가 담긴 종이컵을 건네며 약간 삐딱한 어투로 물었다. 다수는 한사코 식사를 거절하고 멀찍이서 식사가 끝나기만을 기다리고 있었다. 한 번쯤은 철식에게 묻고 싶었다. 철식은 잠시 망설이더니 입을 열었다.

"우리 아들놈이 둘인디, 둘 다 서울서 산단 말이시? 근디 사는 꼬락서니가 영 파이여. 새복부터 늦게까지 회사를 위해 일만 하는 기계 같드랑께. 그란다고 돈을 많이 번 것도 아님시로…. 하도 짠해서 시골로 내려오랑께 또래가 없어서 싫다고 하더구만. 새끼들 교육이야, 하숙이나 자취를 시키면 되겠지만, 그것이 젤로 걸린갑등먼. 헌디 말은 아들놈이 해도 메누리 뜻이 아니겠는가? 본시 남자는 여자가 하잔 대로 해야 집안이 조용한 법인디, 메누리가 그런 생각을 갖고 있는디 어떠코롬 시골로 내려오겄는가? 그래서 메누리 또래인 새댁이라도 눌러

앓으면, 아들놈이 돌아올까 싶어서 잘해준 거제 별 뜻이 있간
디?"

철식은 아내가 대견한 듯 그윽한 시선으로 아내를 바라본다.

"그나저나 새댁은 어쩌다 버섯을 생각하게 되었소?"

철식이 커피를 후후 불어 마시며 아내에게 물었다. 아내는
대답을 해야 하나 말아야 하나 고민하는 눈치다. 다수는 고갯
짓으로 말하라는 사인을 보낸다. 그래도 망설이던 아내가 이윽
고 말문을 연다.

"혼자 할 만한 게 뭐가 있을지 찾고 찾았는데, 농업대학에서
배운 이것밖에 아는 게 없더라구요."

아내는 그게 무슨 자랑거리라도 되는 듯 큰 목소리로 말했
다. 하긴 그게 아내의 성격이었다. 어디서나, 누구에게나 위축
되지 않는 아내. 그런 성격은 아내가 대학교 때 치어리더를 했
기 때문인지도 모른다.

"아무리 그래도 그렇지 어떻게 여자 혼자서……."

철식은 선뜻 이해할 수 없다는 표정이다.

"남편이 농사를 죽도록 싫어하는데다 두더지까지 무서워하
니 어쩔 수 없지요. 그러니 혼자 할 수밖에요. ……표고버섯의
전망도 밝은 것 같고, 힘들다는 생각은 아직 안 드는데요?"

아내 말에 철식이 고개를 끄덕였다.

"밥 다 묵었으면 연장 챙겨 들고 빨리빨리 서두르세! 자네도
따라 들어오소!"

철식이 큰 소리로 사람들을 재촉한다. 아낙들은 망치를, 남정 몇은 해머를, 몇몇 남정은 갈고리를 들었고 나머지는 맨손으로 철식을 따라나서려 한다. 아내가 그런 사람들을 막고 나선다.

"서두르실 필요 없어요. 나름의 방법이 있으니까요."

아내가 철식을 제지한다. 식사도 변변치 못한데다 아직 사람들이 커피나 녹차, 생수, 음료 등을 마시는 중이라 미안한 마음 때문이라고 다수는 생각했다. 아내가 다수에게 차에서 캔 맥주를 가져와 사람들에게 드리라고 한다. 아침부터 술이라니. 다수는 아내의 엉뚱함에 고개를 갸웃거린다. 아내의 말을 따르지 않고 잠시 추이를 지켜본다.

"이렇게 꾸물거리다가 오늘 다 마칠 수 있겠소? 못 마치면 품앗이가 두 배나 늘어나는디?"

철식의 말이 잘 이해되지 않아 다수는 아내에게 물었다. 사람을 많이 필요로 하는 접종 작업은 품앗이처럼 작목반원들끼리 돌아가며 한다고 아내가 자세히 설명해주었다. 오늘 참여한 인원은 열 가족 스무 명. 남편인 다수의 협조를 기대하기 어려운 아내는 다른 작목반 일을 스무 번 나가야 한다. 그런 아내를 위해 이틀에 할 일을 하루에 끝낼 요량으로 작목반원들이 새벽부터 서둘렀단다. 그것만으로도 고마운데, 종균을 접종한 골목까지 세워주겠다고 서두른단다. 다수는 목구멍으로 막 넘긴 녹차가 목울대에 걸려버린다. 다수는 헛기침을 자꾸 토해낸다.

아내가 대여한 행사용 음향기기가 도착했다. 일하다 말고 뭐하자는 짓인지. 칠순잔치도 아니고, 야유회를 온 것도 아니고, 노래자랑을 하자는 것도 아니지 않은가. 노래시키려고 사람들에게 술을 마시게 했나. 다수는 아내의 저의가 심히 의심스럽다. 그러고 보니 월남쌈을 준비한 것도 수상쩍다. 일보다는 마치 놀러 나온 사람처럼 이게 뭐란 말인가. 하지만 아내는 자신의 행동이 매우 의미 있다는 듯 자신감 넘치는 표정이다. 다수는 아내의 말에 따라 일 킬로와트짜리 이동식 고출력 앰프가 장착된 노래방 기기를 비닐하우스 '가'동 입구, 물건을 쌓아두기 위해 마련해둔 공간에 설치했다.

"여러분! 비닐하우스에 노래방기계라니까 이상하죠?"

아내가 마이크를 잡고 말했다. 사람들은 뜨악한 표정만 지을 뿐 누구 하나 입을 열지 않는다. 설마 나에게 춤까지 추라고 하지는 않겠지? 다수는 미리 주눅이 든다.

"망치질이 다는 아니잖아요? 남아공 월드컵 때 부부젤라 소리가 너무나 시끄러워 고막을 보호하기 위해서 부부스톱이라는 귀마개까지 만들었잖아요? 그러니 우리도 신나는 노래로 망치질을 대신 하자는 거에요!"

아내가 잠시 말을 멈춘 사이에 다수는 철식에게 왜 망치질을 해야 하는지 물었다.

"균이 깨어나라고 그라제. 가만히 놔두면 언제 버섯이 필지 모르거든. 늘어져 잠들지 못하게 충격을 줘야, 하루라도 빨리 버섯 꼴세를 볼 게 아닌가?"

철식은 간단히 말을 마치고 사람들을 독려한다. 쿵, 쿵. 투당탕 퉁탕, 투당탕 퉁탕. 쇠파이프를 박는 해머 소리와 망치 소리가 우렁차다. 쇠파이프가 능숙한 남정들에 의해 순식간에 고정된다. 단단히. 남정들은 맨 앞에서부터 차례대로 골목(종균 접종목)을 세우며 안으로 들어간다. 굵은 골목은 갈고리로 절단면을 찍어 가뿐하게 세운다. 일명 가위세우기로 불리는, 'V'자를 뒤집어 놓은 모양의 골목 줄이 점차 길어진다.

"제가 지금부터 블랙파라솔이 부른 랩송인 '저미네이트오브어다크룸(Gerinate of a Darkroo 철식, 암실에서 발아시키다)을 우리말로 부를 건데요. 여러분이 중간중간 따라 해야 할 부분이 있으니 미리 연습을 한 번 할께요. 균이라는 말이 나오면, 이렇게 주먹을 위로 올리며 똑같이 따라하면 됩니다. 자, 그럼 들어갑니다. 그들이 말하는 균, 균, 균!"

아내는 균이라는 낱말에 맞춰, 오른 주먹을 눈높이에 올려, 시위대가 구호를 외칠 때 하는 것처럼 힘차게 세 번 내지르며 시범을 보였다.

"……."

"아무도 따라 하지 않으면 어떻게 해요? 종일토록 망치질만 하고 다닐 거예요? 다시 한 번 갑니다. 광합성을 하지 못하는 균, 균, 균!"

"균, 균, 균!"

두어 사람이 작은 목소리로 마지못해 따라 했다. 그런 모습에 다들 키득거린다. 어떤 이는 고개를 숙이며 오른손으로 입을 틀어막고, 어떤 이는 아내가 볼 수 없도록 고개를 돌린 채, 어떤 이는 아예 아내를 빤히 바라보면서 웃는다. 그런 아낙들이 순진하고 순박해 보인다. 어쨌든 아내는 그런 모습과는 상관없이 계속 말을 잇는다.

"아니, 진국댁과 자산댁은 그렇게 웃기만 할 겁니까. 우리 균을 깨워주기 싫어요? 어색하면 두 분이서 삼천오백 개나 되는 골목에 일일이 망치질을 하시던지요! 자, 다시 한 번 들어갑니다! 어둠 속에서만 살아야 하는 균, 균, 균!"

"균, 균, 균!"

이번에는 절반 가까운 사람들이 따라 했다. 아내는 그 정도로는 균이 깨어날 수 없다며 모두가 따라 할 때까지 연습해야겠다고 믿지 않게 으름장을 놓는다. 철식이 다수 팔을 끌어당긴다. 다수는 아내를 바라보다 말고 시선을 철식에게 돌렸다.

"이거 한 번 들어서 뒤집어 볼랑가?"

철식은 제법 굵어 보이는 골목을 손가락으로 가리키며 말했다. 다수는 철식의 말에 따라 낑낑거리며 통나무를 들어 백팔십도 뒤집었다. 그중에 가장 큰 골목이라고는 하지만, 80kg들이 쌀 한 가마니를 드는 것보다 훨씬 무거웠다.

"어째 들 만한가?"

"상당히 무거운데요?"

"그라제? ……접종을 완료한 골목은 둘이 알아서 관리해야
하네. 꺼적이나 차광막으로 덮고, 보름 동안 살수를 금했다가
낸중에는 일주일에 한 번씩 살수하는 걸 빼묵지 말아야 한디,
그건 새댁이 알아서 할 거네. 하지만 균사가 고루 활착할 수 있
도록 수시로 골목을 궁굴레주거나 높이 쌓는 것은 빼빼한 새댁
이 감당하기 힘들 거 아닌가? 그래서 우리가 미리 세워주는 거
여. 대신 물은 더 자주 주어야 할 거네. …근디 말이시? 내년
봄에는 방금 자네가 했던 것처럼 골목을 전부 뒤집어 줘야 한
디 새댁 혼자서는 도저히 할 수 없을 거여."

"골목을 왜 뒤집어야 하는데요?"

"균은 밑으로 자라는 특성이 있거든. 뒤집어 줘야 위를 보고
클 게 아닌가?"

다수는 시선을 아내에게 다시 돌렸다. 아내는 따라 하라고
여전히 목소리를 높이고 있다. 결국 아낙들은 어색하게 웃으면
서도 너나없이 아내를 따라 했다. 아내가 볼륨을 최대한 높이
고 현란하게 춤추며 본격적으로 노래한다. 치어리더의 환상적
인 댄스 실력을 유감없이 보여준다.

"어떤 예언가는 말했지. 머지않아 세상의 종말이 온다고. 균
때문에 종말이 올 거라고. 그들이 말하는 균, 균, 균. 경고는 매
일매일 메일함에 차고 넘치지. 아마 지금도 메일함의 용량이
초과하였을지도 몰라. 하지만 그들은 틀렸어. 균이 없으면 세
상이 정상적으로 돌아가지 않아. 악취로 넘쳐날 게 뻔해. 때로

는 균 때문에 인상을 찌푸리겠지만 균을 먹고 산다는 걸 잊어
선 안 돼. 균과 함께 부대끼는 그게 인생인 거야……."

　스피커에서 흘러나온, 귀가 째질 듯한 리듬과 아내가 내지르
는 고음, 아낙들이 판소리의 추임새처럼 중간 중간 따라하는
소리가 비닐하우스 안에 쩌렁쩌렁 울려 퍼진다. 남정들은 여전
히 분주하게 골목을 세운다. 굵은 골목은 갈고리를 절단면에
박아, 끌어당기며 세워나간다. 그 앞에는 골목을 세울 지주대
를 만드느라 해머와 망치 소리가 요란하다. 쿵, 쿵. 투당탕, 퉁
탕. 투당탕, 퉁탕. 비닐하우스 안은 작업 소리와 노랫소리로 가
득하다. 비닐하우스가 들썩거린다. 다수는 귀를 틀어막고 싶
다. 귀마개 모양의 종균뭉치가 생각난다. 비닐하우스 '나'동으
로 발길을 돌린다. 지게차가 지나다녀 비닐이 찢어진 곳에서
부슬부슬한 흙이 길게 이어지고 있는 게 눈에 들어온다. 두더
지 굴인 게 뻔하다. 혹시 두더지가 지나갔을지도 모른다는 생
각에 호들갑을 떨며 뒤돌아서려다 멈춘다. 점심 무렵까지 자곤
했던 다수는 불현듯 두더지가 늦잠을 자고 있다가 시끄러운 소
리에 깼을지도 모른다는 생각이 스친다. 다수는 조심스럽게 두
더지 굴 옆으로 다가간다. 그리고 나지막하게 말한다. "야 임
마, 니를 깨우려는 게 아니야!" ✗

미끼

감성돔이라 불리는 나는 조선해양연구소 수산증 · 양식연
구센터에서 인공종묘로 생산되었다. 은빛 찬란한 자태로
태어난 덕에 많은 낚시꾼으로부터 '은빛신사' 니 '은빛백
작' 이니 하는 별명을 듣게 된 것을 나름 뿌듯하게 생각했
다. 누구나 잡을 수 있지만 아무나 잡을 수 없다는 사실 때
문에 낚시꾼들에게 선망의 대상이었다.

미끼

ID 82가 나에게 부여된 번호였다.
실험 대상이었던 나는,
복강 속에 음향표지가 이식된 채 ID 83, ID 84와 함께 탈출했다.

나를 잡겠다는 것일까. 꼭두새벽, 사람들의 움직임이 심상치
않다. 야음을 틈탄 사람들의 부산한 발소리에 나는 화들짝 놀
라 신경을 곤두세웠다. 한동안 조용하던 북서풍이 며칠 전부터
다시 휘몰아치더니 수온을 사정없이 곤두박질쳐놓고, 잠잠해
지고 있다. 바다가 표층에서부터 바닥까지 옴씰하게 냉기를 머
금었다. 실험실의 급속 냉동실 안으로 막 들어선 듯 싸늘하다.
나는 하루에도 천기를 열두 번이나 읽을 만큼 수온에 민감하
다. 수온이 5℃ 이하로 내려가거나 35℃ 이상 올라가면 죽거나
가사상태에 빠질 수 있다. 나는 미역 양식장 아래 은폐하기 좋
은 여 사이에 숨어 있다. 투명한 비늘을 걸치고 배를 최대한 바
닥에 붙인 채 주의를 기울인다. 내 곁에서 긴장된 열 개의 시선
이 두리번거린다. 봄부터 초겨울까지 이곳에서 나는 낚시꾼들

의 떠들썩한 발소리를 자주 듣곤 했다. 아니, 거의 매일 듣다시피 했다. 하지만 겨울이 깊어진 데다 수온이 급격히 떨어진 후부터, 콧구멍에 바람이나 쐬자며 일부러 갯바위를 찾는 꾼들마저 발길이 뚝 끊겼다. 그런데 이 신새벽에 사람들의 부산한 움직임이 감지되다니, 여간 신경이 쓰이는 게 아니다.

사람들의 예사롭지 않은 움직임이 아니어도 요 며칠은 마치 지옥에 떨어진 느낌이었다. 늙어서 모든 기본적인 기능들이 차츰 망가져 가고, 듬성듬성 있는 누런 이빨은 먹을 것도 제대로 씹지 못할 만큼 흔들거린다. 잘 먹지 못해 뼈와 거죽이 하루가 다르게 가까워지다 보니 몸속을 파고드는 한기가 유난히 고통스러웠다. 한기가 뼛속 깊이 스며들 때는 정말이지 죽을 지경이었다. 그때마다 ID 84를 떠올리곤 했다. 그와 함께 보냈던 시간을 회상할 때면 피돌기가 빨라지고 얼굴이 화끈거렸다. 살을 에는 추위 따위는 전혀 느낄 수 없었다. 그가 반드시 나를 찾을 것이라는 확신이 섰다. 자꾸 옮겨 다니면 그가 찾기 어려울 것이라는 생각에 먹고, 숨고, 추위를 이겨내기에 불편한 점이 한둘이 아니지만, 이곳을 은신처 삼아 그를 기다리고 있었다. 그런데 이렇게 긴박한 순간에도 그가 떠오르는 이유가 무엇이란 말인가.

날카로운 굉음이 강추위 속에 잠들어 있는 바다를 깨우려는 듯 사납게 닦달한다. 선외기가 요란을 떨며 숨 가쁘게 내달린다. 선풍기의 날개처럼 스크루는 빠르게 회전하며 검푸른 물속을 헤집는다. 심한 회전에 의한 멀미 탓인지 배는 하얀 거품을 길게 게워낸다. 배가 이곳으로 오면 어떡하나, 가슴 졸이며 소리의 방향에 신경을 곤두세운다. 배가 속도를 줄인다. 그물을 놓는 모양이다. 텀벙거리는 소리가 멀리서 들려온다. 다시 기계음이 커지고, 기대와 달리 배는 내 가까이에서 멈추었다. 배의 실루엣이 날카로운 이를 드러내고 사냥감을 탐색하는 상어처럼 두렵게 느껴진다. 이물과 고물에서 밧줄을 들고 미역 양식장에 배를 묶기 위한 사람들의 움직임이 눈에 들어온다. 양식장 밧줄에서 떨어져 나온 김이 나풀거리며 멀찌감치 흘러간다. 허기진 내 시선은 한동안 김을 따라간다.

배에서 낚시꾼들이 두런거린다. 바짝 긴장한 나는 더욱 몸을 움츠리고 주변을 샅샅이 살핀다. 여에서 자라고 있는 해조류는 미약한 물살에도 가볍게 리듬을 탄다. 하늘하늘 흘러가는 해조류들의 움직임까지도 주의 깊게 관찰한다. 귀를 활짝 열어놓고 둥그렇게 뜬 눈으로 270° 범위를 살피고 있는 것은 나를 잡으려는 '뻥치기꾼'들의 움직임이 아닐까 하는 우려 때문이다. 불법어로인 뻥치기꾼들에게 특별히 경계심을 갖는 것은 그만한 이유가 있다. 나를 잡기 위한 어부들의 방법은 지극히 단순하다. 바꿔 말해 낚시보다는 주로 그물을 사용하는 어부들의 수법을 잘 알기에 대비하는 방법도 그만큼 간단하다는 뜻이다. 그물코가 작은 저인망으로 바닥을 서서히 훑을 때는 여 사이로 잽싸게 피하면 그만이다. 통발에 넣어놓은 미끼에 현혹당하지만 않으면 통발에 갇힐 일도 없다. 칠흑 같은 어둠이나 거센 풍랑이 일어도 붙박이처럼 움직이지 않는다면 정치망이나 이각망, 삼각망, 걸그물 등을 얼마든지 피할 수 있다. 그러나 뺑치기꾼은 다르다. 그들은 무자비하다. 은신처 가까이에 걸그물을 쳐놓고서 수면을 마구잡이로 뺑뺑 내리쳐 우리를 혼비백산하게 한다. 뺑뺑 내리치는 소리에 놀라 우왕좌왕하다가는 자칫 걸그물에 걸리기 십상이다. 나는 성인 엄지손톱만 한 쉰다섯 개의 비늘 속 측선에 신경을 집중하고, 귀를 활짝 열어 놓은 채, 자잘한 소리 하나도 그냥 흘려보내지 않고 있다. 긴장한 탓인지 쥐놀래미나 용치놀래기들도 잔뜩 몸을 웅크리고 있다.

"먼저 치열한 예선을 뚫고 결승전까지 오르게 된 것을 축하합니다. 결승전은 갤러리들이 관전할 수 있게 갯바위에서 진행해야 마땅하지만 물때와 열 시에 있을 시조회 행사 때문에 부득이하게 선상 낚시를 택했습니다. 최선을 다해서 우승자에게 주어지는 상금과 프로조사(釣師)라는 명예를 획득하시고, 기다리고 계신 분들에게 푸짐한 입맛을 보여줄 수 있도록 실력을 최대한 발휘해 주시기 바랍니다. 낚시 시간은 아홉 시까지입니다."

선장이 낚시 시작을 알렸다. 나는 그들이 뺑치기꾼이 아니라는 사실에 휴, 하고 길게 한숨을 내쉬었다. 낚시꾼은 뺑치기꾼보다 덜 위협적이고, 지금까지 살아오면서 많이 겪어보기도 했기에 그동안 가졌던 극도의 긴장감이 조금은 풀렸다. 그렇다고 마음을 놓아서는 안 된다. 꾼들의 바늘에 어느 누가 희생을 당할지 모른다.

　지금 배 위에서는 선장 외에도 낚시꾼 세 명이 바삐 움직인다. 낚시는 경비도 만만치 않게 들지만 바람과 물때 등 자연조건도 감안해야 한다. 여러 면에서 여유가 없으면 평일 낚시는 어려울 것이다. 저들은 평일에도 낚시를 자주 다녔기에 익히 알고 있고, 언젠가는 결승에 오르리라 생각하고 있었다. 저들 중 왼쪽 가슴에 1번이 적힌 번호표를 달고, 편광 선글라스를 끼고, 유심히 주변 지역을 살피고 있는 꾼은 오래전에 해양연구소에서 보았던 한민관 연구소장이다. 다들 치열한 예선을 통과했을 정도로 녹록치 않은 실력이겠지만 그래도 가장 조심해야 할 낚시꾼은 1번이 아닌가 싶다. 나에 대해 집중적으로 연구했던 그가 나를 잡겠다고 나선 만큼 결코 방심해서는 안 된다. 그는 목표를 위해서라면 수단과 방법을 가리지 않을 것이다. 게다가 내 몸에는 음향표지가 이식되어 있지 않은가. 음향표지를 추적했거나 어군탐지기를 통해 나의 위치를 속속들이 간파하고 있을 게 뻔하다. 선장도 이곳 지형에 아주 밝다. 스킨스쿠버를 착용한 선장과 눈이 몇 번이나 마주쳤는지 모른다. 내 가까이 자리 잡는 것을 보니 이미 나의 위치를 꿰뚫고 있는 듯하다.

　선장이 뿌린 밑밥이 서서히 시야에 들어온다. 크릴을 잘게 부수고 우리의 시선을 끌기 위해 붉은색을 첨가한 집어제와 침강을 빠르게 도와주는 붉은 황토를 혼합한 밑밥에서 풍기는 고소한 냄새가 콧속을 솔솔 파고든다. 며칠째 먹잇감을 발견하지 못한 동료들의 시선이 일제히 밑밥에 꽂힌다. 텅 빈 위장은 어서 빨리 무엇이든 보내주기를 바라며 꼬르륵꼬르륵 신호를 보낸다. 얼마 만에 보는 크릴인가. 하지만 참아야 한다. 저 미끼 중 어느 것에 바늘이 숨겨져 있을지 모른다. 불현듯 섬뜩한 예감이 미끼를 타고 스멀스멀 내려오는 것처럼 느껴진다.

나는 미끼 속에 감춰진 바늘에 대해 자주 생각해 보았다. 어떤 먹잇감이든지 바늘을 감춘 순간 미끼가 된다. 미끼라 하더라도 바늘이 없으면 먹이에 불과할 뿐이다. 꾼들은 미끼 속에 바늘을 은밀히 감추어 놓고 밑밥까지 뿌려댄다. 밑밥의 용도가 미끼와 먹이의 구별을 어렵게 만드는 것임을 나는 잘 알고 있다. 밑밥은 우리를 유혹하는 동시에 판단력을 흐리게 한다. 낚시꾼들은 뒷줄을 견제하여 미끼를 밑밥과 자유자재로 동조시키고, 바늘이 없는 먹이인 양, 살아 있는 것처럼 연출할 수 있기에 고도의 경계 대상이다. 나는 그런 꾼들의 교란에 당하지 않으려고 함부로 미끼를 먹지 않았다. 바늘은 장님을 낭떠러지로 인도하는 지팡이와도 같다. 분별없이 꾼들의 미끼를 덥석 문다면, 암표상에게 웃돈을 주고 저승티켓을 산 것과 무엇이 다른가. 나에게는 그런 바늘을 두려워하는 조심성과 기민함이 있다. 바늘을 감지하지 못하고 미끼를 씹다가도 약간의 이물감만 느껴지면 곧장 뱉어내곤 했기에 숱한 고비를 넘기고 지금까지 살아 있는지도 모른다.

　감성돔이라 불리는 나는 조선해양연구소 수산증·양식연구센터에서 인공종묘로 생산되었다. 은빛 찬란한 자태로 태어난 덕에 많은 낚시꾼으로부터 '은빛신사'니 '은빛백작'이니 하는 별명을 듣게 된 것을 나름 뿌듯하게 생각했다. 누구나 잡을 수 있지만 아무나 잡을 수 없다는 사실 때문에 낚시꾼들에게 선망의 대상이었다. 공급이 수요를 따라가지 못하니 우리 어족에 대한 연구도 활발한 실정이다. 나는 우리 어족의 안정적인 삶과 번식을 위해 삼십 톤짜리 콘크리트 사각 수조에서 실험용으로 사육되고 있다는 사실에 그다지 큰 불만은 없었다. 연구원들은 수온 관리를 철저히 하고 단계별 사료를 제때에 공급해주었으며, 질병 없이 잘 자란 자어나 치어들을 수족관에서 건져가 별도로 사육하거나 연구하곤 했다. 예컨대 약품을 섞은 사료를 실험군에 공급하여 사육한 후, 10% 포르말린에 고정하여 전장, 체장, 비만도 등을 대조군과 비교해보는 것이었다. 언젠가 실험용으로 채택될 나는 그것이 나의 운명이려니 생각하고 담담하게 받아들이고 있었다. 하지만 그런 실험들 대부분이 우리 어종의 보호가 아닌 일부 양식업자를 위한 연구라는 사실을 알게 되었을 때는 너무나 허탈했다. 그때부터 회의감이 들어 무기력하게 수조를 배회했다. 그러다 어느 순간 갑자기 수조가 비좁게 느껴졌다. 나가고 싶었다. 이전에 몇 번 있었던 방류 기회를 놓친 것이 후회되었다. 나는 안타까운 마음으로 다시 그런 기회가 생기기를 간절히 바라고 있었다.

"이놈들 절반을 분리하고, 아가미를 절단하도록……."

지금은 퇴직하여 한 고문으로 통하는, 당시 한민관 소장이 연구원들에게 지시했다. 새로운 방류 일정이 잡힌 것이었다. 수십 마리가 아닌, 오만에 가까운 치어의 아가미를 절단한다는 것은, 방류하기 위한 것 빼고는 다른 이유가 없음을 알고 있었다. 짙푸른 단풍잎이 하루하루 붉게 물들어가는 계절이었다. 나는 어떻게든 그 기회를 붙잡고 싶었다. 가을이 가고 겨울이 지나면 다시는 방류되지 못할 것 같은 불안감이 엄습했다. 남은 치어들은 또 다른 실험에 동원되어 갈기갈기 해부 된 채 폐기처분 될 것이다. 드넓은 바다에서 지느러미 한 번 마음대로 활개 치지 못하고 생을 마감해야 한다는 사실이 너무나 안타까웠다. 어쩌면 마지막이 될지도 모르는 기회를 절대로 놓치고 싶지 않았다. 다른 치어들이 연구원의 뜰채를 피하는 것과는 달리 나는 안간힘을 다해 뜰채 안으로 들어갔다. 가장 먼저였다. 좁은 뜰채 안이었지만 이미 바다에서 마음껏 유영하고 있는 것 같았다. 마취제인 MS-222 100ppm에서 일 분간 마취를 당한 후, 방류어임을 구분하기 위해 왼쪽 아가미 가장자리 일부를 절단당해 볼품없는 모습으로 변하겠지만, 그런 것쯤은 전혀 개의치 않았다. 이 주일 후에는 새로운 세상을 경험할 수 있을 테니까 말이다.

하지만 내가 들어간 곳은 어류 독성 시험을 위한 수조였다. 너무 서두른 게 화근이었다. 첫 번째 뜰채에 담긴 치어들은 어체에 대한 소독제의 LC50(반수치사농도)과 LD50(반수치사량)을 조사하기 위한 실험군에 포함되었다. 하늘이 샛노랬지만 마냥 넋 놓고 있을 수는 없었다. 절반의 치어들이 아가미 개폐운동을 멈추어 죽은 것으로 판정을 받을 때까지는 어떻게든 버텨야 그나마도 바다로 나갈 기회가 생길 수 있을 것이었다. 드넓은 바다에서 살고 싶은 꿈을 위해서는 끝까지 정신 줄을 놓지 않아야 했다. 정신을 잃더라도 실험 후 연구원이 유리봉으로 건드려볼 때 어떤 반응이라도 보여야 했다. 그렇지 않으면 아무렇게나 버려져 굶주린 고양이에게조차도 외면당할 게 뻔했다. 함께 수조에 들어간 열 마리 중 다섯 마리가 죽으면 실험이 끝난다는 것을 알고 있었다. 이를 악물었다. 시간이 흐를수록 눈은 바늘로 콕콕 쑤시는 것처럼 따갑고 몸은 돌처럼 단단히 굳어져 갔다. 나는 의도적으로 움직임을 자제했고, 아가미 개폐를 느리게 하여 새파에서 소독제가 최대한 많이 걸러지기를 바랐다. 눈앞에서 동료들이 픽픽 쓰러지며 죽어갔지만 눈물조차 흘릴 수 없었다. 그렇게 절반의 실험어가 죽어가는 동안 이를 악물고 버티다 정신을 잃었다.

눈을 떴을 때, 아가미가 절단된 동료들이 바글거리는 모습이 보였다. 나는 안도의 한숨을 길게 내쉬었다. 한때 연구원의 실수로 외인성 갑상선호르몬을 처리한 배합사료를 며칠간 급이 받기도 했지만 가리지 않고 양껏 먹었다. 낯선 환경에 적응하기 위해서는 체력을 보강해야 했다. 방류 직전, 이틀간 금식을 시킨 후에 연구원은 우리를 바다에 방류했다. 새로운 환경이 눈앞에 펼쳐졌다. 파래, 톳, 우뭇가사리 등의 해초가 무성한 수중여 밭이 보이고, 여 사이를 유영하는 쥐노래미, 용치놀래기, 조피볼락 등이 눈에 들어왔다. 반가운 마음에 다가갔지만 그들은 피하기 일쑤였다. 하지만 나는 행복에 겨운 표정으로 다른 감성돔과 무리지어 몰려다녔다.

방류된 지 5년이 지난 초가을, 나는 우리를 재체포하기 위해 연구소에서 동원한 어부에게 낚였다. 꾼들의 미끼에 주의한다고 했지만 처음 접한 미끼인 개불에 그만 걸려들고 말았다. 나는 다른 감성돔과 함께 해양연구소 실험실로 옮겨졌다. 수조에는 이미 여러 마리의 감성돔이 잡혀와 있었다. 아가미가 절단되었거나 뒷지느러미에 표지가 달려 있는 방류어뿐만 아니라 자연산도 있었다. 연구원은 아가미가 절단되지 않았다는 이유로 나를 '자연산'이라 적힌 수조에 넣었다. 그때 처음으로 ID 84와 눈이 마주쳤다. 누군가가 수조에다 배터리 단자를 집어넣은 것처럼 온몸이 찌릿찌릿했다. 피돌기가 멈춰버린 것 같았다. 기분이 이상했다. 그에게서 시선을 뗄 수가 없었다. 얼룩말처럼 선명하지는 않지만 보일 듯 말 듯 옆에 있는 흑색 가로무늬는 어떤 어류의 색상보다 아름다웠다. 노란 눈자위로 에워싸인 형형한 검은 눈동자에는 생기가 넘쳤다. 두툼한 위턱과 아래턱이 섹시했다. 등 쪽의 거무스름한 은빛과 측선의 선명한 은빛, 그리고 배 쪽의 하얀 색상은 눈이 부실 정도였다. 탱자나무가시처럼 단단하고 뾰족한 등지느러미, 장미처럼 가시를 숨기고 있는 지느러미 줄기와 뒷지느러미, 부챗살처럼 연한 가시가 들어 있는 가슴지느러미와 배지느러미, 오른쪽으로 눕혀진 V자처럼 가운데가 파인 두 갈래형 꼬리지느러미는 빠른 물살도 거침없이 헤치고 나갈 것만 같았다. 나는 황홀한 시선으로 마냥 그를 바라보고만 있었다.

연구원은 우리를 마취시켜 복강 속에 음향추적 장치인 VR20이나 VR60을 이식한 후, 그물로 울타리를 치고 수중스피커가 설치된 바다목장에 방류했다. 다섯 마리였다. 그때 우리에게 ID 81, 82, 83, 84, 85가 부여되었다. 드넓은 바다가 아니고, 그물에 둘러싸여 행동반경에 제약이 따랐지만 ID 84와 함께 다니니 훈훈한 조류에 몸을 싣고 풍류를 즐기는 기분이었다. 세상이 우리를 중심으로 돌아가고 있는 듯했다. 그의 눈빛만으로도 심장이 덜컹거리고 몸이 뜨거워졌다. 하루하루가 아름다운 추억 만들기의 연속이었다. 그와 나의 복강 속에 이식된 음향핑거 때문에 사랑과 출산을 온전히 할 수 없었지만 서로를 향한 진실한 마음은 변함이 없었다. 보고 싶을 때면 언제든지 볼 수 있다는 자체만으로도 가슴이 벅찼다. 그렇게 달콤한 나날을 보내다 거센 풍랑으로 그물 일부가 찢어지자 그 틈을 타고 나를 포함해 ID 83과 ID 84가 탈출했다. 3년 전이었다.

　탈출해서는 더욱 꿈같은 나날을 보냈다. 그런데 그만, ID 83을 체포하기 위해 뻥치기꾼들이 작전을 펼칠 때, 그의 행방이 묘연해졌다. 나는 오랜 세월을 망연자실한 표정으로 그를 기다리느라 눈이 멀어버릴 것만 같았다.

　ID 83은 재작년, 그러니까 탈출한 후 십 개월 만에 몇몇 어종과 함께 뻥치기꾼들에게 포획되고 말았다. 그날 밤, 그믐사리를 맞아 거친 물살 때문에 펄 물이 심하게 일어 시야 확보가 어려웠다. 뻥치기를 시작했을 때만 해도, 우리는 연구원들이 음향펑거에 건전지를 교체하기 위해 체포 작전을 펼치는 줄 알고 느긋해했다. 건전지는 1년에 한 번씩 교체해야 했다. 하지만 아직 1년이 되지 않았다는 사실을 떠올리고 불안에 휩싸였다. 고용된 꾼들이 설치한 정치망에 걸리지 않기 위해 우리는 움직임을 최대한 자제하며 바닥에 바싹 붙어 있었다. 군집생활을 하는 특성대로 수많은 감성돔과 함께 몸을 사렸다. 해양연구소는 꾼들에게 은신처를 제보했다. 꾼들이 주위에 걸그물을 촘촘히 놓고, 삿대 끝에 1.5리터의 빈 페트병을 묶어 도리깨질하듯 집중적으로 바다를 내리쳤다. 뻥! 뻥! 뻥! 뻥!…… 함께 있던 동료들이 화들짝 놀라 이리저리 마구 날뛰었다. 백상아리가 나타난다 한들 이보다 더 놀랄까, 한마디로 아수라장이었다. ID 83은 초연한 표정으로 동료들을 진정시키느라 바빴다. 뻥치기꾼들의 공격은 집요했다. 뻥! 뻥! 뻥! 뻥!…… 한번 들어가면 절대 빠져나올 수 없다는 정치망의 날개에 둘러싸이고, 얼기설기 설치된 걸그물 아래서 공격을 당한 우리는 진퇴양난의 위기에 있었다. 움직이면 움직일수록 그물에 쉽게 걸린다는 사실을 잘 알기에 우리는 가만히 웅크리고 있었다. 문제는 연구원이나, 낚시꾼, 뻥치기꾼들을 직접 겪어보지 않은 무리의 동요였다. 그렇게 진정을 시켰건만 몇 마리가 이미 시야에서 사라졌다. 뻥치기꾼들의 공격은 한동안 소강상태였다. 뻥치기가 불법이라서 누군가의 강한 항의를 받고 공격을 끝낸 것으로 생각했다.

"어차피 빠져나갈 구멍도 없을 건데 담배나 한 까치 피웁시더. 나는 어군탐지기를 살필 테니, 이 씨는 연구소에 전화해서 아이디 팔십삼의 위치를 다시 확인하소."

생각과는 달리 뻥치기꾼들은 잠시 휴식을 취한 거였다. 그들이 누구를 노리는 것인지도 분명해졌다. 이유는 궁금하지 않았다. 다만 ID 83과 그를 따르는 수많은 무리의 안전이 걱정될 뿐이었다.

ID 83도 그게 마음에 걸렸을까. ID 83은 뻥치기꾼들이 재공격을 앞두고 숨 고르기를 하던 중 홀연히 걸그물 속으로 유영해갔다. 복강 속에 음향표지가 이식되어 있어 그를 추적하는 장치와 어군탐지기에 의해, 자신의 위치가 고스란히 노출될 수밖에 없어, 어부들의 공격을 피해 숨는다는 게 무의미하다는 것을 느꼈을지 모른다. 꾼들이 어떻게든 그를 포획할 것이라는

사실을 잘 알고 있었기에 스스로 걸그물 속으로 들어갔을 것이
다. 자신을 포획하려는 삥치기 공격 때, 혼비백산하다 그물에
걸린 다른 어류들의 피해를 더 이상 방치할 수 없었기 때문일
터였다. 나와 ID 84는 불길한 예감이 들어 부리나케 그의 뒤를
추적했지만 이미 그물이 그를 친친 감고 있어 어떻게 해볼 도
리가 없었다. 그래도 공격이 이어졌다. 그들 뒤에 해양연구소
가 있기 때문일까. 불법임에도 공격은 거침이 없었다. 삥! 삥!
삥! 삥!….

　그것도 부족했는지 배를 전 속력으로 몰며 주위를 선회했다.
앵앵거리는 날카로운 엔진 소리와 두두두두 물을 헤집는 스크
루 소리가 바로 머리 위에서 들렸다. 섬뜩했다. 놀란 나는 배에
서 멀리 떨어진 곳으로 황급히 몸을 피했다. 안도의 한숨을 내
쉬었을 때는 주위에 아무도 보이지 않았다.

　ID 83의 희생은 우리는 물론 다른 어류들에게도 큰 반향을
일으켰다. 그가 피해를 명징하게 보여줌으로써 삥치기에 대한
인식이 새로워졌다. 우리는 삥치기 공격에 절대로 당황하지 말
자고 다짐했다. 그 무렵까지만 해도 ID 83의 희생을 바다에서
모르는 어종이 없었다. 하지만 시간이 흐르고 월동하려고 에너
지를 몸속에 축적하기에 급급한 나머지, 그는 기억 속에서 점
점 사라져갔다. 기억이란 그런 것인지도 모른다. 살아갈 날을
위해 자꾸 과거를 지워야 하는 숙명 같은 것. 과거에 대한 기억
은 아무리 큰 사건이라도 분별없는 어류들에게는 한순간 이야

깃거리에 불과한 것인지도 모른다.

　이제 그에 대한 이야기는 추억거리조차 되지 못했다. 얼마 전까지만 해도 그의 희생을 헛되이 하지 말자는 결의도 있었고, 그를 참배하는 어종도 있었지만 저수온기에 접어들면서부터는 추모 분위기도 뜸해지고 발길마저 뚝 끊기고 말았다. 그나마 다행인 것은 뺑치기 조업 때도 그다지 당황하지 않는다는 사실이다. 하지만 경험이 풍부한 그가 인위적인 색깔이 첨가된 미끼를 주의하라고 생전에 그렇게 부르짖었건만 아직도 색소가 가미된 밑밥이나 미끼에 관심을 보인 어류가 있는데 이는 무엇 때문일까. 식탐일까, 호기심 때문일까.

　우리는 누구도 밑밥에 눈길을 주지 않는다. 이제 이런 케케묵은 방법으로는 연구소 생활까지 경험한 우리 시선을 끌어당길 수 없다. 꾼들이란 영악하면서도 한편으로는 단순하게 느껴진다. 바늘 가까이에 밑밥 뭉치를 담을 수 있는 카고 채비가 우리 눈앞에 처음 선보였을 때, 그 채비의 정체를 알지 못한 무리가 대거 걸려들었다. 그게 소문이 났던지 원투낚시하는 꾼이라면 십중팔구 카고 채비를 사용했다. 한번은 저수온기에 새우 한 마리가 바늘을 숨기고 우리 눈앞에서 얼쩡거리더니 끝내 한 마리의 감성돔을 물 밖으로 끌고 갔다. 그 뒤로 저수온기만 되면 도처에서 새우가 활개 치는 것이 보였다. 학습 효과일까. 어쨌든 웬만해서는 눈에 띄는 먹잇감을 함부로 탐내지 않았다.

아니, 탐이 나더라도 먹지 않았다. 밑밥 속에 미끼가 있고, 미끼 속에 바늘이 있고, 바늘을 물면 다시 돌아오지 못할 수 있는데 누군들 목숨을 걸고 아무거나 먹으려 하겠는가. 무모하게 모험할 생각이 아니라면 정신을 바짝 차려야 한다.

작년 가을이었다. 햇살이 잔잔하게 일렁이는 바닷속 깊이 꽂히던 오후, 나는 방파제 옆 테트라포드 아래에 자리 잡고 있었다. 족히 대여섯 명은 돼 보이는 사람들의 목소리가 들려왔다. 낚시꾼이었다. 꾼들이 빵가루가 섞인 밑밥을 뿌리자 바닥에 있던 뱅에돔들이 다투어 수면 가까이 올라갔다. 그중 몇 마리는 낚싯줄에 끌려나갔다. 꾼들이 호들갑을 떨며 마릿수 타작이라고 외쳐대는 말이 심심치 않게 귓속을 파고들었다. 어쩌다 낚싯줄을 끊고 돌아온 덩치 큰 뱅에돔은 기진맥진한 모습이었다. 뒤따라 총을 쏘았다고 탄식하는 꾼의 목소리가 길게 이어졌다. 내심 고소해하고 있는데 수십 마리의 뱅에돔이 순식간에 시야에서 사라져버렸다. 안타까웠다. 그때 누군가가 나서서, 나는 홍삼청국장 환으로도 감성돔을 낚을 수 있다, 라고 했다. 나를 공략하겠다니, 순간 움찔했지만 호기심이 동했다. 다른 꾼들은 그의 말에 콧방귀를 뀌었다. 말을 꺼낸 이가 내기를 제안했고, 다른 꾼들은 마치 자기들이 승리라도 한 듯 무엇을 걸지 한참 동안 의견이 분분하더니, 거나하게 한잔 사는 걸로 의견을 모았다. 그가 멀리 투척한 미끼가 점점 나에게 다가왔다. 표층 공략에 유리한 전유동 채비로 뱅에돔을 피해 미끼를 바닥까지 내리는 것을 보니 낚시 실력이 녹록치 않아 보였다. 그는 나에 대해서도 연구를 많이 한 듯했다. 사실을 말하자면 나의 섭이 촉진 성분은 알라닌과 글리신이 함유된 아미노산이다. 굴, 담치, 바지락, 게, 고둥, 해조류, 새우 등 바다에서 자라는 것들뿐만 아니라 육지에서 자라는 수박이나 번데기, 옥수수, 보리 등 아미노산이 함유된 것이라면 무엇이건 나는 식욕을 느낄 수밖에 없다. 그는 일반 옥수수나 보리보다 아미노산 함량이 훨씬 높은 홍삼청국장 환이 나의 식욕을 강하게 돋운다는 사실을 파악하고 있었기에 자신 있게 내기를 제안한 것 같았다. 왠지 나를 잘 아는 그의 편을 들어주고 싶어 바늘이 감춰진 것을 알면서도 살며시 청국장 환을 물었다. 뻥에돔 바늘은 옆으로 휘어지지 않아 깊이 삼키거나 돌아서지 않으면 아가미에 박힐 가능성이 적다는 것을 알았지만, 그래도 무모하기 짝이 없는 짓이었다. 그가 엉덩이를 바닥에 바투 붙이고 갖은 폼을 잡으며 릴링하는 속도에 맞춰 차츰 수면으로 올라갔다. 내가 수면 위로 모습을 살짝 드러내자 꾼들은 칠자가 넘는 대물이 물었다며 호들갑을 떨었다. 나는 그때서야 바늘을 훅 뱉었다.

"내가 청국장 환을 미끼로 칠짜는 확실히 넘는 대물을 걸어서 수면에 다 띄웠다가, 그만 놓쳐버렸어요. 잡았으면 대한민국 최대어 기록을 갱신했을 텐데……. 그 감생이가 며칠 동안이나 꿈에 나타났는지 모른답니다."

계속 입질이 없자 무료함을 달래기 위함인지 3번이 당시의 경험담을 털어놓았다.

"청국장 환에요? 그것도 칠자가요? 뻥을 너무 심하게 치는 거 아닌가요?"

선장이 너털웃음을 웃으며 반문했다. 그의 목소리에는 낚시의 큰 즐거움인 준비일락, 조행이락, 허풍삼락 중 꾼들이 가장 즐긴다는 허풍이라고 생각하는 듯하다. 기실 나는 칠십 센티미터를 훌쩍 넘기에 만약 나를 끌어냈다면 거제 능포방파제에서 낚은 71.5cm의 대한민국 감성돔 최대어 기록이 경신되었을 것이다.

"나도 감생이를 한 번 걸었는데 얼마나 컸던지 낚싯대가 파바박 하고 순식간에 세 동강이 나버렸다니까요. 그놈도 분명 칠자는 넘었을 텐데."

2번이 끼어들었다. 내가 십오 년 동안 꾼들에게 이런저런 이야기를 들어보았지만 처음 듣는 말이었다. 저돌적인 돌돔을 걸어 릴링하던 중 낚싯대가 세 동강이 났다는 이야기는 물론 자주 들어보았지만 말이다.

"지난 성탄절 해질 무렵에 혼자 사삼여에서 낚시했는데 감시가 얼마나 잘 무는지 크릴 하나에 감시 한 마리씩 낚았지요. 아마 백 마리도 훨씬 넘었을 겁니다."

심심했는지 1번도 동참했다.

"아니 한겨울에 그렇게 잘 물어요?"

2번이 되물었다.

"그럼요."

"그 많은 고기들을 어떻게 했어요?"

"고기가 하도 잘 물어서 캄캄해진 줄도 모르고 낚시했는데, 어느 순간 너무 어둡다는 생각이 들더라구요. 앞도 잘 안보인데다 살림망이 무거워 들 수가 있어야지요? 그래서 방파제에 묶어놓고 그냥 나왔다가 다음 날, 일찍 갔는데 이미 살림망이 없어졌더군요."

"……나도 낚시를 다녀볼 만큼 다녀봤지만 사삼여는 처음 들어보거든요? 거기가 어디죠?"

"당신 같으면 그런 특급 포인트를 누설하겠소?"

"……혹시 선장님은 들어보셨어요?"

선장은 어떤 대답도 하지 않았다. 누구를 편들어주기 싫거나 진짜 몰라서 일지 몰랐다. 어쩌면 허풍인지 뻔히 알면서 그냥 듣고 있을지도 몰랐다. 허풍 치는 낙을 빼앗지 않기 위한 배려 차원에서.

"선장님, 30분만 하다가 풍도 수중여 쪽으로 옮겨주세요."

1번이 부탁인지 명령인지 모를 애매한 어투로 말했다. 입질 하지 않는 게 밑밥이 부족한 탓이라고 생각하는 것일까. 선장의 대답은 들리지 않고 연방 바다에 밑밥을 흩뿌리는 소리만 들려온다. 시간이 흐를수록 밑밥이 수중여 둔덕이며 해초와 우리가 있는 은신처 근처까지 수북이 쌓인다. 물살이 셀 때나 약할 때나 밑밥이 우리에게 정확히 도달하는 걸 보니 선장은 물살과 밑밥의 침강 속도에 대한 상관관계를 잘 알고 있는 듯하다. 역시 전문가답다. 밑밥을 흩뿌리고 난 선장이 피우는 담배 불꽃이 수면 너머에서 일렁인다. 선장은 꾼들을 위해 특급 포인트로 데려왔는데 이동하자고 하니 기분이 나쁜 모양이다. 더욱이 자기는 선장임과 동시에 감독이 아닌가. 그러면서도 한편으로는 생계에 미칠 영향력이 막강한 1번의 요구를 들어줘야 하나 말아야 하나 고민하고 있을지 모른다. 만약 그의 요구를 들어주지 않아 조과를 얻지 못했을 때, 영향력이 1번 못지않은 꾼들에게 들을 원성이 두려운 것인지도 모르고. 선장이 바다에 담뱃재를 터는 속도가 빨라진다. 뜨거운 재가 식는 소리가 유난히 크게 들린다. 물이 그만큼 차갑기 때문이리라.

"그나저나 여기에 고기가 없는 것도 아닌데 왜 옮기자고 그러죠?"

선장이 1번에게 물었다.

"이곳에 고기가 몰려 있긴 해도 수온이 낮아서 입질할 확률이 낮아요."

"곧 동이 트고 수온도 올라갈 텐데요?"

동이 트고는 있지만 이곳은 수심이 낮은 지역과는 달리 수온이 점점 내려가고 있다. 해가 떠도 깊은 수심 때문에 당분간은 수온이 더 내려갈 것이다. 이 추위를 이겨내자면 위장을 든든히 채워 에너지를 비축해야 한다. 빨리 무언가를 먹어야 한다.

나는 먹을 만한 것이 있는지 주위를 두리번거린다. 밑밥 외에는 보이지 않는다. 수온마저 내려가 단각류나 갑각류조차도 찾아보기 어렵다. 밑밥이 더없이 싱싱해 보인다. 고소한 냄새가 텅 빈 위장을 얄미우리만큼 자극한다. 그렇다고 먹을 수는 없다. 몸은 냉기로 점점 굳어져 간다.

"이곳은 다른 곳하고 달라서 들물 때 수온이 오히려 0.5도 정도 더 낮아요. 그러니 갈수록 고기들이 입을 닫을 수밖에요. 하지만 풍도는 달라요. 간헐천이 있어서 한겨울에도 수온이 따뜻해 고기가 많이 몰리고 입질도 활발하지요."

1번이 말했다.

"간헐천이요? 간헐천이 있다는 것은 금시초문인데 어떻게 알았지요?"

선장의 목소리가 커졌다. 나는 귀를 활짝 열고 1번의 다음 말을 기다린다.

"작년에 음향장치를 이식한 고기들을 추적하다 알았지요."

음향장치를 추적했다는 말에 문득 ID 84가 떠오른다. 탈출한 무리 중 나와 ID 84만 잡히지 않고 남았다. 우리가 탈출한 뒤 연구소에서 그물을 야무지게 손질했고 울타리 경계도 새롭게 손을 보았다고 했으니 다른 어류들이 빠져나갔을 리 없다. ID 84가 정말 풍도에 있을까. 내가 있는 곳의 위치를 정확히 파악하고 있는 한 고문이라면 ID 84의 위치도 훤히 꿰뚫고 있을 것이다. 멀리 가지도 못하고, 그동안 ID 84를 얼마나 애타게 기다려 왔던가. 그런데 그곳에 있을 줄은 상상도 못했다. 아무튼 지금이라도 그가 있는 곳을 알았다는 사실에 한 고문이 새삼 고맙게 느껴진다. 만약 ID 84가 또 어디론가 이동을 한다면, 그가 있는 위치를 두 번 다시 들을 수 없을지도 모른다. 그를 찾아 헤매고 다니다 곳곳에 쳐놓은 그물에 언제 걸릴지도 모르고, 무작정 기다리다가 수명을 다해 그나 나나 생을 마감하고 한갓 문어의 먹잇감으로 전락할지도 모른다. 아니, 올겨울을 넘길 수 없을지도 모른다. 다른 해와 달리 올겨울은 유난히 춥지 않은가. 지금 낚시꾼들은 그가 있는 위치를 알고 그를 포획하러 가고자 한다. 그동안 채집한 정보들을 오늘의 시합을 위해 아끼고 아꼈을 것이다. 그들은 기필코 그를 낚으려 할 것이다. 선장도 한 고문의 정보력을 알고 있기에 쉽게 결정을 못하고 망설이고 있는 듯하다. 심장 박동이 점차 빨라진다.

"그럼 천천히 가도 되잖아요? 어차피 이곳이 풍도보다 물이 빠르니."

선장이 말했다.

"그건 맞지만 곧 동이 트고 물이 멈추면 어부들이 그곳에 그물을 촘촘히 놓을 거예요. 그럼 고기도 못 들어오고 찌를 흘릴 수도 없어요. 그러니 먼저 가서 장소를 확보해야 합니다."

"옮기더라도 물돌이는 보고 옮깁시다."

3번이 선장의 말에 힘을 실어주었다. 꾼들 사이에서 물이 바뀔 때 낚시가 가장 잘 된다는 것은 정석과 같다. 더욱이 가장 조과가 좋다는 동트기 직전의 황금 시간이 코밑에 바짝 다가와 있지 않은가. 한 고문도 이들의 주장에 동조한 듯 더 이상 재촉하지 않는다.

조류의 방향이 서서히 바뀐다. 바닷물이 더욱 차갑다. 이 냉기를 얼마만큼 버틸 수 있을까. 등지느러미 열한 개의 경조는 이미 딱딱한 못처럼 굳어졌고 연조는 이쑤시개처럼 단단해졌다. 등지느러미, 꼬리지느러미, 가슴지느러미, 배지느러미 어느 것 하나 움직이기가 쉽지 않다. 몸속의 피돌기가 원활하지 않은지 아가미마저 경직되었다. 힘겹게 숨을 쉰다. 지금 수온은 7.5℃. 한 고문 말에 의하면 밀물이 시작되었으니 곧 7℃가 될 것이고, 남동풍이 불어 닥치면 더 낮아질 것이다. 한낮의 강한 햇살이라도 깊은 수심의 수온에는 미미한 영향을 끼칠 뿐이다. 남동풍이 불어 닥치면 가사 상태에 빠질지도 모른다. 건강한 감성돔이라도 5℃ 이하가 되면 가사상태에 빠진다. 더군다나 나는 체장은 길지만 체중이 적게 나가지 않은가. 다시 말하면 비만도가 낮아 추위에 매우 약하다는 뜻이다. 방류 직전 섭취했던, 체중은 줄고 체장은 늘어나는 효과가 있는 외인성 갑상선호르몬 탓이다. 이런 몸 때문에 며칠간 불어 닥칠 것이라는 남동풍이 두렵기만 하다. 남동풍을 이겨낸다 해도 곧바로 다가올 영등철의 혹한기를 이겨낼지 의문이다. 한 해 한 해 몸이 다르더니 요즘은 유난히 춥게 느껴진다. 어제 다르고 오늘

달랐다. 이런 몸으로 여기에서 영등철을 이겨내기에는 도저히 불가능할 것 같다. 영등철을 이겨내려면 간헐천이 있는 곳으로 가야 한다.

좋은 정보를 제공해 준 한 고문이 은인처럼 느껴진다. ID 84 가 간헐천 옆에 자리 잡고서 어부들이 그물을 치기 전에 빨리 오라고 손짓하고 있는 듯하다. 꾼들이 간헐천으로 가면 ID 84 가 포획될 가능성이 크다. 낚시로 잡지 못하면 갤러리들을 위해 뺑치기라도 할지 모른다. 그렇게 되도록 내버려둘 수는 없다. 그들보다 먼저 가서 그 사실을 알려야지. 그곳까지 가기 위해서는 체력을 보강해야 한다. 나는 조심스럽게 바닥에 널브러진 밑밥을 바라본다. 벌써 몇 번째인지 모른다. 밑밥이 정지되어 있기에 망정이지 눈앞에서 얼쩡거렸다면 이미 먹었을지도 모른다. 하지만 누구 하나 밑밥을 먹지 않는다. 다들 낚시꾼들이 어서 빨리 사라지기만을 바라고 있을 것이다. 배에서 바스락거리는 소리가 뚜렷하게 들린다.

조류가 바뀌자 선장은 밧줄을 풀고 배를 몰아 다시 자리를 잡았다. 눈앞에서 김이 하느작거린다. 김은 갈색 날개를 퍼덕이며 금방이라도 다른 곳으로 방향을 틀 것만 같고, 물살에 떠밀려 저 멀리 흘러가 버릴 것만 같다. 김이 마치 수명을 다한 해파리처럼 서서히 가라앉는 모습을 보면서 혹시나 미끼가 아닐까, 하는 생각을 한다. 자세히 보니 미끼는 아니다. 미끼로 쓰고 싶었다면 김을 밑밥처럼 흠뻑 뿌려댔을 것이다. 김은 처음에 배를 묶을 때 그랬던 것처럼 배를 옮겨 묶는 과정 중 양식장 밧줄에서 떨어져 나온 것이 분명해 보인다. 계속해서 나는 김의 움직임을 유심히 관찰한다.

물살이 차츰 되살아나 바닥에 흩어져 있던 크릴이 움직인다. 몇몇 감성돔이 나를 쳐다본다. 눈빛이 간절하다 못해 처량하다. 바늘이 숨겨진 미끼가 내려오기 전에 밑밥을 먹고 싶어 하는 눈치다. 계속 있다가는 누가 바늘에 걸려들지 모른다. 우리의 평균 수명이 십육 년쯤 되고 나는 십오 년 전에 태어났으니 이미 정명은 다 채운 셈이다. 하지만 다른 무리는 채 십 년도 살지 못했다. 아직 한창인 무리를 낚시꾼들의 위험에서 벗어나게 하려고 이곳을 빨리 떠나라고 다그친다. 뺑치기꾼들이 공격할 때, 나 혼자 몸을 피한 것에 대해 그동안 얼마나 가슴을 치며 살아왔던가. 풍도까지 가기에는 상당한 체력이 필요하다는 건 분명하나 이들에게는 그리 큰 문제가 되지 않을 것이다. 나 또한 ID 84 때문에 어떤 어려움이라도 극복할 수 있을지 싶다. 어차피 옮겨갈 것이라면 빠를수록 좋다. 낚시가 안 되면 선장이 전속력으로 배를 몰아 우리보다 먼저 풍도에 도착할지 모른다. 조바심이 인다.

수중여 사이를 빠져나오려는데 가까이 다가오고 있는 김이 눈에 확 들어온다. 갑자기 식욕이 왕성해지며 피돌기가 빨라진다. 언뜻 다른 감성돔과 시선이 엉킨다. 경계의 눈초리다. 만약 잡힌다면 꾼들에게 기념사진 몇 장 찍힐지는 모르겠지만, 아가미와 측선이 만나는 지점의 동맥은 시퍼렇게 날이 선 회칼로 깊이 찔려 피를 흘리고, 몸통은 꾼들의 입맛을 위해 뼈와 살이 분리되는 난도질을 당하고, 그렇게 분리된 살점은 꾼들의 입에 쏙쏙 들어가도록 적당한 크기로 다시 잘라지고, 뼈는 숙취에 찌들고 추위에 오그라들었을 꾼들의 속을 달래기 위해 탕이나 지리로 끓여진다는 사실을 모르지는 않겠지요, 라고 표정으로 묻는다. 나는 그에게 염려 말라고 부드러운 미소를 짓고 밑밥 역할을 하는 또 다른 김이 내려오는지 샅샅이 살핀다. 약한 내 시력이 목줄의 유무는 구분할 수 없을지 몰라도 아직 밑밥만큼은 확실하게 구분을 할 수 있다. 밑밥 역할을 하는 다른 김은 보이지 않는다. 혹시나 하고 김을 미끼로 사용했던 낚시꾼들이 있는지 기억을 더듬는다. 아무리 기억을 되작거려보아도 그런 꾼은 기억나지 않는다. 김이 나풀거리며 마침내 내 코앞에까지 다가온다. 김에서 풍기는 싱그러운 냄새가 콧속을 훅 파고든다. 김의 향기가 허기진 위장을 어찌나 자극하는지, 나는 하마터면 김을 먹을 뻔했다. 간신히 욕구를 억누르고 간헐천이 있는 풍도로 방향을 틀었다. 내가 움직이자 다른 무리도 서둘러 뒤를 따른다. 낚시꾼들보다 먼저 풍도에 도착하기 위해 최대한 속력을 냈다. 순간, 그물이 바짝 가까이 나타났다.

"그물이다!"

나는 크게 소리치며 위험을 알렸지만, 이미 늦었다. 모두 그물에 걸렸다. 지느러미를 움직이면 움직일수록 그물이 몸을 강하게 옥죈다. 아가미를 움직이는 것조차도 쉽지 않다. 제기랄! 음향표지에 들어간 건전지 수명이 1년뿐이라는 것이 이제야 떠오를 게 뭐람. 한 고문이 말한 작년이라면 ID 84에 이식된 음향표지를 추적한다는 것이 불가능하지 않은가. 왜 그걸 간과했단 말인가. 낚싯대를 접자는 한 고문의 들뜬 목소리가 들린다. 꾼들이 장비를 챙기는 소리가 여유롭다. 내가 그물에 걸렸음을 꾼들이 알고 있다는 것인가? 한 마리도 낚지 못한 꾼들이 희희낙락하며 낚싯대를 접는다. 나는 그물을 빠져나가려고 몸부림친다. ✗

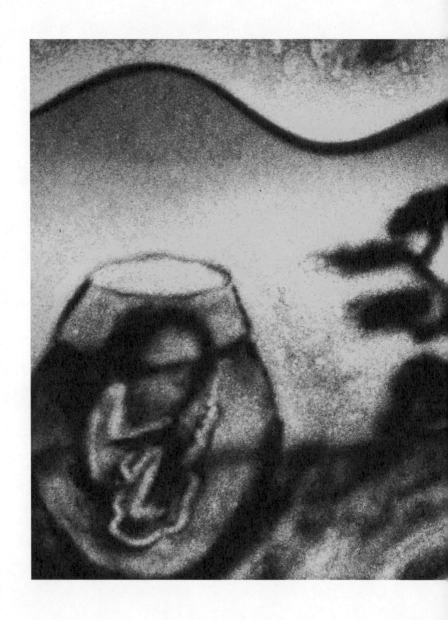

관

아버지는 난잡한 부부 생활이 아닌, 자궁 모양의 선산을 짓누르고 있는 소나무의 무게 때문에 아내가 유산한 것으로 판단했음이 떠올랐다. 그래서 아버지는 무거운 소나무 대신 가벼운 측백나무를 선택하셨을 거고, 숭고한 전율이 혈관을 타고 돌아다닌다.

　광중 바닥으로 항아리 관을 난폭하게 내렸다. 돌부리를 겨냥
했는데, 빗나가고 말았다. 제기랄. 나는 속으로 씨부렁거리고
아버지가 안치될 항아리를 빠르게 살폈다. 항아리가 박살나기
는커녕 금조차 가지 않았다. 곳곳에서 호기심 어린 시선이 날
아온다. 미끄러워서요. 묻지도 않은 어머니에게 둘러댔다. 어
떤 이는 고개를 끄덕이고, 어떤 이는 여전히 물음표가 매달린
눈으로 나를 주시한다. 나는 사람들 시선을 피해 고개를 돌린
다. 200년 넘게 선산을 수호신처럼 지켜온 아름드리 소나무를
비롯해, 크고 작은 소나무 여덟 그루가 댕강 잘려 흉물스럽게
널브러져 있다. 장지에 늦게 도착한 죄송함이나 슬픔을 밀어내
고, 격앙된 감정이 부글부글 끓어오른다. 입을 앙다문다. 꼭 그
래야만 했었나. 조경수로 수천만 원의 가치가 있는 소나무를

죄다 베라는 유지를 남긴 아버지를 도무지 이해할 수 없다. 일꾼들이 승냥이 떼처럼 소나무에 달라붙어 작업을 하느라 부산을 떤다. 요란한 기계톱 소리와 당당하고 거침없는 일꾼들의 손놀림을 보아하니 장지가 아니라 벌목 현장에 와 있는 듯하다. 소나무가 있던 자리에 여덟 그루의 키 작은 측백나무만 볼품없이 서 있을 뿐이다.

나는 할아버지 봉분 앞에 덩그러니 놓여 있는 관을 향해 예의를 갖추어 두 번 절하고, 양손을 단전에 가지런히 모으고 묵념하는 자세로 잠시 관에 시선을 고정한다. 네모반듯하고 매끌매끌한 소나무 관은 할머니 초상 때 보았던 표면이 거칠고 성글었던 관과는 사뭇 다르다. 하얀 광목으로 친친 감긴 관에서 포승줄에 묶인 아버지가 가풍을 어겼다고 할아버지에게 호되게 문초를 당하는 모습이 연상된다. 관에서 눈길을 거두고 뒤돌아선다. 묵묵히 지켜보고 있던 친척들에게 다가가 수인사를 나눈다. 아버지의 갑작스러운 죽음이 나 때문이라고 생각해서일까. 아니면 소나무를 베려 했던 아버지를 끝까지 말리지 못한 것을 탓하고 싶은 것일까. 내 손을 마지못해 잡거나, 잠자리 날개처럼 속눈썹을 파르르 떨며 나를 흘겨본다.

어머니는 참토제를 올린 후, 마땅한 일을 찾지 못해 수시로 뱃머리를 바라보며 나를 기다렸던 모양이다. 내가 사람들과 인사를 마침과 동시에 허리를 굽혀 빠른 손놀림으로 결관한 광목을 풀기 시작한다. 잦은 바다 사고로 남정네들이 귀한 이곳의 관습에 따라 어머니는 어쩔 수 없이 상주가 되어 장례를 치르고 있었을 것이다.

허리를 세우고 천천히 선산을 둘러본다. 해발 팔십 미터의 쌍봉산 아래 위치한 선산은 이천 평 남짓한 밭을 삼 분의 이쯤 잠식했다. 선산에는 작은 공동묘지처럼 봉분이 즐비하고 주변의 계단식 논에는 어른 키보다 큰 잡풀들이 무성하다. 나는 입속말로 중얼거린다. 그래도 정신 사나운 선산보다는 낫네 뭐.

사람들은 추측하곤 했다. 후손들이 비교적 잘 되었으니, 선산이 명당이고, 입도선조가 풍수에 밝았으리라고. 어떤 이는 소나무 때문이라며 목청을 높였다. 아버지도 소나무를 애지중지 가꾸었다.

결혼하고 처음으로 집을 찾았을 때, 아버지가 아내에게 말했다. 입도入島선조라고 부르는, 할아버지의 고조할아버지가 와도에 정착한 후 처음으로 소유하게 된 땅이 지금의 선산이란다. 열 개의 다랑이가 다닥다닥 붙은 천수답이었는데 주변보다 지대가 높아, 물 공급이 어려워 헐값에 샀단다. 입도선조는 이곳을 선산으로 탈바꿈시키자마자 소나무 세 그루를 심었고, 이것이 선산의 유래가 되었다. 너희도 기념식수 하듯 소나무 두 그루를 심으려무나. 아버지 말대로 나는 아내와 함께 선산에 소나무를 심으러 갔다.

"조경수로 심는 거야? 아기 낳으면 가지 꺾어다 금줄에 꽂자."

아내가 바가지로 뿌리에 물을 흠뻑 주며 말했다.

"그게 아니고, 태어날 아이의 관을 짜기 위해서야."

"관이라고? 그것도 아이의?"

바가지를 냅다 내팽개친 아내 눈이 휘둥그레졌다. 한참이나 눈과 코와 입을 찡그리고 있는 아내의 의구심을 풀어줘야 했다.

"입도선조가 이곳에 처음 유배 왔을 때는 섬 전체가 민둥산이라 관을 짤 나무조차 구할 수 없었대. 땔감으로 사용하기 위해 벌목을 함부로 했기 때문이겠지. 게다가 뭍에서 멀리 떨어진 탓에 장례일정에 맞춰 관을 구하기도 어려웠을 거 아냐? 입도선조는 그게 마뜩치 않았던 모양이야. 아무리 빈털터리지만 후손들만큼은 관도 없이 안장되도록 내버려둘 수 없다며, 구하기 어려운 오동나무나 향나무가 아닌, 흔하디흔한 소나무를 심었다고 들었어."

"아무리 그래도 그렇지, 어떻게 자식의 관을 짜기 위해 나무를 심을 수 있어?"

"상여는 죽어서 타는 가마잖아. 상여를 타려면 관이 있어야 하잖아? 관이 없으면 멍석에 말려 지게를 타고 초라하게 저승으로 갈 수밖에 없잖아? 입도선조는 아마도 그것을 우려했던 모양이야."

아내가 고개를 끄덕이며 수긍하더니 다시 물었다.

"그런데 왜 세 그루야?"

"두 그루는 아들과 며느리의 관을 짤 나무였고, 한 그루는 후손이 끊기면 소나무가 선산을 지켜주기 바랐던 거래."

아내가 고개를 주억거렸지만 밝은 표정은 아니었다.

아내는 우리가 심었던 소나무 그루터기 옆에 우두커니 앉아 있다. 상복 차림의 아내는 제물 준비를 마치고 다소곳하게 어머니의 다음 지시를 기다리고 있을 것이다. 파리한 얼굴이 장례를 치르면서 더욱 퀭해졌다. 낮은 곳으로 내려갈수록, 자세를 낮출수록 하늘은 높아진다. 아내와 하늘 사이가 더없이 넓어 보인다. 중력이 아내의 눈길을 강하게 끌어당긴 듯, 아내가 고개를 내리 꺾고 갓 돋아난 싹에 시선을 박는다. 아내는 무슨 생각을 하고 있을까. 미로에 갇혀 헤매는 것처럼 대를 잇지 못한 번민에 빠져 허우적대고 있을까. 아니면 자식의 관목으로 심었던 소나무가 댕강 잘려나간 모습에 통쾌함을 느끼는 중일까. 음울한 표정을 보아하니 그것은 아니지 싶다. 어쩌면 대를 잇지 못한 자신 때문에 소나무들이 애꿎게 잘려나간 것을 미안해하고 있을지도 모른다.

나는 선산 아래쪽으로 시선을 돌렸다. 할아버지, 아버지, 어머니, 우리 부부, 자식 내외의 관을 짜기 위해 심어졌을 일곱 그루와 대가 끊겼을 때 선산을 지켜줄 소나무의 그루터기에 눈길을 붙박는다. 그루터기마다 송진이 흥건하다. 아버지의 유지로 느닷없이 잘린 삶이 비통해 눈물을 흘리고 있는 듯하다. 착잡하다. 고개를 들어 바다를 바라본다. 가없이 넓은 쪽빛 바다

가 시원스레 눈앞에 펼쳐진다. 쏴 쏴 파도 소리가 귓속을 파고
든다. 바람이 살갗을 휘감고 지나간다. 하늘엔 기괴한 모양의
솜털구름이 듬성듬성 매달려 있다. 램프(발판)를 끝까지 올린
철부선이 하얗고 긴 꼬리를 달고 바다 위를 달린다. 수백 마리
의 갈매기 떼가 그물을 올리고 있는 어선을 에워싸고 난분분하
게 선회한다. 먹잇감을 낚아채기 위해 갈매기 몇 마리가 곤두
박질치듯 배에 바짝 접근했다가, 치솟아 오른다. 바다의 품에
안긴 듯 심신이 안온해진다.

　할머니가 돌아가셨을 때, 아버지는 지게를 지고 집을 나섰
다. 초등학교 2학년 겨울방학 중에 나는 아버지를 따라 선산으
로 갔다. 아버지는 손바닥에 퉤퉤 침을 뱉고는 엉덩이를 뒤로
쭉 빼고 뒷걸음치며 소나무 밑동에 톱질했다. 톱의 폭보다 훨
씬 넓은 밑동이 톱을 물고 늘어지기 일쑤였다. 아버지는 간신
히 톱을 빼내 반대쪽을 잘랐다. 소나무가 넘어지자 줄기를 관
의 길이에 맞게 다시 잘랐고, 옹이나 가지를 손도끼로 제거한
후 낫으로 껍질을 벗겼다. 나무를 켜면서는 된 숨을 몰아쉬었
다. 한동안 호흡을 고른 뒤 나무 양 끝에 못을 박아 가는 줄로
묶어 놓고 다시 톱질했다. 아버지는 이마에 송골송골 맺힌 땀
방울을 소매로 연신 훔쳤다. 이윽고 두께와 너비가 들쑥날쑥하
고, 모서리가 삐딱한 널이 땅에 떨어졌다. 아버지는 퍼질러 앉
아 기력을 충전했다. 아버지는 다듬어지지 않은 판자를 지게에
지고 집으로 옮겼다. 판자에 은정을 박아가며 어렵사리 관을

짧다. 초라했다.

관습대로, 문지방 앞에 놓인 쪽박을 깨기 위해 운구하는 사람들이 관을 두 번 올렸다 내리더니, 세 번째는 관으로 쪽박을 쾅 내리찍었다. 반으로 쪼갠 다음 속을 죄다 파내고 그늘에서 건조한 노란 쪽박이 산산조각 났다. 관도 우지끈 박살났다. 고르지 못한 널에 은정이 제대로 박히지 않았기 때문이라고 했다. 결관을 했기에 망정이지 하마터면 시신이 밖으로 이탈될 뻔했다고 누군가가 말했다. 그런 상태로 운구할 수 없다는 말도 들렸다. 만약 쪽박이 깨지지 않았다면 어떻게 되었을지, 생각만으로도 아찔하다고 말한 이도 있었다. 사색이 된 할아버지와 아버지는 안절부절못했다. 운구하던 사람들도 우왕좌왕했다. 이때 상두꾼이 서둘러 시신을 들어내고 못을 박아 관을 고정했다. 망치로 못을 쾅쾅 내리쳤지만 아버지가 맞은 듯 자꾸 머리가 아래로 꺾였다. 사람들의 따가운 눈총이 아버지에게 집중되었다. 은정이 아닌 쇠못을 박았다고 어떤 사람은 혀를 끌끌거리며 탄식했고, 머지않아 집안에 큰일이 닥칠 거라고 수군거리기도 했다.

입도선조가 광중에는 시신만 묻고 관은 재활용하라고 했던 유언은 할머니에게도 예외 없이 적용되었다. 할머니 유언대로 할머니 시신을 관 없이 광중에 안장했다. 할머니를 안장한 후, 상두꾼들이 장도리로 관의 못을 빼고 널을 분리했다. 아버지는 널을 소나무 그늘에다 펼쳐놓았다. 두 달쯤 후, 아버지는 널을 죄다 집으로 져 날랐다. 사립문 옆에서 굵은 못을 망치로 단단히 박으며 널을 조립했다. 합죽이 할아버지는 빙그레 웃으며 아버지를 지켜보았다. 나이 많은 할머니가 오늘내일한다는 소문이 파다했기에 나는 그 할머니가 드디어 돌아가셨나 보다, 라고 생각했다. 할아버지와 아버지가 뚜껑만 없는 관 모양의 널을 양쪽에서 잡고 들어 올려 외양간 입구에 고정했다. 관이 여물통으로 변했다. 아버지는 짬짬이 짚으며 바싹 마른 풀을 작두로 잘라 여물통에 넣어주었다. 나는 여물통 옆에 쭈그리고 앉아 게걸스럽게 꼴을 먹는 소를 오랫동안 지켜보곤 했다. 양동이에 물을 받아 낑낑대며 여물통에 통째로 넣어준 적도 있었다.

할머니 관이 박살 난 것이 아버지에게는 너무나 큰 충격이었을까. 할아버지 초상 때 관 문제로 아버지와 삼촌이 말다툼했다. 이번에는 관을 뭍에서 주문했다. 아버지가 차분하게 말했다. 삼촌이 갑자기 언성을 높였다. 가풍을 어기겠다는 겁니까? 아버지는 침착하게 대응했다. 어떤 경우든 자신의 시대와 멀어져서는 안 돼, 시대의 흐름에 맞게 가풍도 바꿔야 하지 않겠어? 형이 하기 싫으면 저라도 관을 짤 게요. 여객선이 다니는데 군이 사서 고생할 필요는 없잖아? 그게 뭐가 그리 힘든 일이라고. 제가 한다니까요! 주문했다고 했잖아? 아버지는 단호했다. 하지만 할아버지를 광중에 안장시키고 널을 재활용하는 가풍까지 어기지는 않았다. 할아버지를 안치했던 관을 톱으로 켜고 도끼로 다듬어 리어카 바닥의 구멍을 막았다.

그랬던 아버지가 돌아가시기 전에 선산에 있던 소나무를 모두 베고, 네모반듯한 관을 주문하여 장례를 치르게 한 것도 부족해, 항아리에 안장시켜 달라고 했다는 것이다. 누구나 쉬운 방법이 있으면 그것을 따르게 마련이다. 선산에 심어진 소나무로 관을 짜라고 했다면 나는 포기했을지도 모른다. 할아버지 초상 때 육지에서 관을 주문하라고 했던 것도 이해하고 남는다. 하지만 소나무를 남김없이 베라고 한 것은 도무지 납득이 가지 않는다. 항아리에 안장시켜달라는 유지 또한 이해할 수가 없다. 자신의 시대와 멀어져서는 안 된다는 아버지의 말과 정면으로 배치되는 것이 아닌가.

"시간이 거꾸로 가는 것도 아니고, 선사시대도 아닌데 어떻게 항아리에다 안치시켜 달랠 수가 있답니까? 항아리 구하기도 쉽지 않던데."

나는 나지막하지만 볼멘소리로 어머니에게 물었다. 이틀 전, 어머니는 자정이 가까울 무렵 전화를 걸어왔다. 수화기에서 아버지 임종을 알리는 어머니의 비통한 목소리가 들렸다. 나는 느닷없는 소식에 털썩 주저앉았다. 어머니는 왜, 언제, 어떻게 돌아가셨는지는 말하지 않고 아버지를 안장할 항아리를 구해 오라는 말부터 했다. 항아리에 안장하다니요? 나는 대뜸 반문했다. 하지만 아버지 유언이라 따를 수밖에 없었다. 항아리 때문에 인근 K시까지 뒤지느라 하루 한 번밖에 없는 철부선을 놓치고 말았다. 항아리를 실은 차까지 싣고 와야 하기에 선외기를 대절할 수도 없는 노릇이었다. 항아리를 구하러 다니느라 늦었다는 합당한 이유가 있었음에도 장지에 늦은 것에 몸둘 바 몰랐다. 하지만 휑한 선산이 눈에 들어오자 저절로 주먹이 쥐어졌다.

어머니가 찬찬히 나를 본다. 눈에는 실망감이 일렁거린다. 장지에서 다짜고짜 따지려 드는 내가 한심한 모양이다. 어머니는 마음을 다잡겠다는 듯 광중에 있는 항아리를 지긋이 바라보고 나서 사연을 털어놓았다.

석 달 전, 강풍이 휘몰아친 날 와도에 산불이 났다. 진화에 나선 아버지는 그만 불길 한가운데에 고립되었다. 망연자실한 표정으로 위기를 벗어날 방법을 궁리했다. 불길은 바람에 밀려 무서운 기세로 돌진해 오고, 산 정상 쪽은 벼랑이 즐비해 탈출구가 없어 보였다. 여기서 끝이란 말인가, 라고 허탈해하고 서 있었다. 그때 흑염소 한 마리가 불길을 뚫고 황급히 산 아래로 내달렸다. 딱히 묘안이 없어 아버지도 염소를 따라 냅다 뛰었다. 동물의 감각을 믿어보기로 한 것이었다. 하지만 곧장 불길 속에서 섬뜩한 염소 울음이 귓속을 파고들었다. 메엑, 메에엑. 전신에 소름이 돋았다. 아버지는 발길을 멈췄다. 염소 털이 타면서 내뿜은 혐오스러운 노린내가 콧속을 자극했다. 두 눈을 벌겋게 뜨고, 시커멓게 타버린 몸을 비비 꼬고, 거죽이 쩍쩍 갈라진 사이로 허연 속살이 드러나고, 기름기와 진물을 질질 흘리고 발악하며 죽어가는 처참한 염소 모습이 떠올랐다. 불길은 가까워졌다. 살갗이 뜨거웠다. 다급한 아버지는 절벽이라도 기어오를 생각으로 위쪽으로 부리나케 달렸다. 그때 문득 가묘-며칠 전 70대 남자를 매장한 봉분 옆에다 부인의 가묘를 썼는데, 관만 밀어 넣으면 안장이 될 수 있도록 봉분 속에 빈 석실을 만들어놓은 묘-가 생각났다. 아버지는 지체 없이 가묘로 달렸고 입구의 석판을 허겁지겁 뜯어내고 안으로 급히 기어들어갔다. 간발의 차이로 화마가 가묘를 덮쳤다. 생소나무 타는 소리가 귓전에 생생했다. 어머니는 아버지가 잘못된 줄 알고 산 밑에서 발을 동동 구르며 애간장을 태우고 있었다. 늦게야 시꺼먼 그을음이 범벅인 채로 나타난 아버지를 자신도 모르게 덥석 안았다.

말을 마친 어머니는 머리에 쓰고 있던 노란 수건을 벗어 눈에 그렁그렁한 눈물을 찍어낸다. 넋이 나간 사람처럼 멀거니 서 있다. 어머니 눈물이 메마른 내가슴에 스미는 듯했다. 숙연하다. 그렇다 해도 소나무를 죄다 베고 항아리에 안장시켜 달라는 아버지를 여전히 이해할 수가 없다.

"그거하고, 항아리에 안치시켜 달라는 것과는 아무 상관이 없잖아요? ……그 뒤로 이상한 행동을 한 적은 없으세요?"

나는 조심스럽게 물었다.

"어찌된 일인지 그날 이후 사람이 많이 변한 것 같더라. 계속 복용하던 당뇨약과 혈압약도 끊고, 죽음도 두려워하지 않더구

나. 그리고 입버릇처럼 선산에 있는 나무를 죄다 베야 한다고 말했고."

나무를 베자고 했다는 말에 다시금 부아가 치밀었다.

아버지가 소나무를 베자고 내게 전화한 것은 아마 가묘에 들어갔다 나온 직후였을 것이다. "소나무 때문에 새아기가 자꾸 유산하지 싶은데 베는 게 어떻겠냐?" 아버지 말에 나는 어이가 없어 속으로 헛웃음 쳤다. 오히려 나무를 더 심자고 해야 정상이 아닌가. 아버지가 실성했다는 생각마저 들었다. 얼간이도 아니고 요즘 시대에 그런 구차한 말을 누가 믿겠는가. 더군다나 산부인과 의사인 나에게 불임의 원인에 대해서 해괴망측한 이야기를 늘어놓으려 하다니. 두 번 다시 그딴 얘기 꺼내지도 마세요! 나는 버럭 소리치고 전화를 끊었다. 그랬더니 다음 날 아버지가 집으로 찾아왔다. 아버지가 아내의 불임과 소나무를 연관시키려 할 때마다 나는 작두로 여물 썰듯 아버지 말을 싹둑 잘라버렸다. 소파에서 대화를 나누던 아버지는 얼굴이 벌겋게 달아오른 얼굴로, 일어섰다 앉기를 반복하며 화를 삭였다. 현관 밖에서 담배를 피우던 이전과는 달리 거실에서 담배를 뻑뻑 빨아대며 가슴을 쳤다. 빈약한 논리로 나를 설득할 수 없었기에 답답했을 것이다. 그렇다고 아버지 말에 동조할 수는 없었다.

"시간이 촉박하니 빨리 안장하고 평토제 올리자."

어머니가 담담한 목소리로 말하고, 상여꾼들에게 상여에 불

을 놓으라고 했다. 누군가가 소나무 그루터기 옆에 있는 상여
에 불을 붙인다. 활활 타오른 불꽃이 상여 꼭대기에서 춤을 춘
다. 상여 네 귀퉁이를 지탱했던 새파란 대나무도, 만장을 달았
던 갈색 대나무도 투닥탁 단말마를 지르며 몸을 비튼다. 하늘
로 가는 길을 찾는 듯 상여에서 피어오르는 연기가 허공을 더
듬적거린다. 뿔뿔이 흩어져 길을 찾는다. 결국 얼마 올라가지
도 못하고 바람에 밀려 거지중천으로 산산이 흩어진다. 불길이
상여를 마구 잡아먹는다. 화려하기 이를 데 없는 꽃상여의 모
습이 조금씩 형체를 잃어간다. 나는 만감이 교차한다. 인생도
상여처럼 저렇게 순식간에 사라져버리는 것이 아닐까. '인생은
뿌리 없는 부평초'라더니, 아버지는 부평초보다 못한 존재가
되어 연기로 산화되고 있는 듯하다. 산역꾼들이 주위에 에넘느
레한 장례 용품들을 주워 불 속에 휙휙 던진다. 장갑, 명정, 만
장 대나무, 관보, 광목 등이 포물선을 그리며 불 속으로 하나둘
처박힌다. 아버지가 생전에 가장 아꼈던 효자손까지도.

　아버지는 대나무로 만든 싸구려 효자손을 분신이라도 되는
양, 동네 노인정에 나가거나, 갯가에 나갈 때는 물론 우리 집에
올 때도 손에 늘 들고 다녔다. 아버지가 효자손 때문에 육지에
서 집으로 다시 돌아간 적도 있었다. 아버지는 어머니와 함께
정기 검진을 받기 위해 배를 타고 육지로 나오던 길이었다. 아
버지는 배가 정박을 했는데도, 내리지 않더니, 효자손을 놓고
왔으니 다시 집으로 돌아가자고 했다. 어머니가 머쓱해했다.

내가 나섰다.

"병원을 또 예약하는 번거로움이 있으니 그냥 하나 사시죠?"

"그 효자손은 보통 것이 아니여! 니들이 결혼하고 여행 보내
줬을 때 산 것이여!"

아버지는 끝내 배에서 내리지 않았다. 등을 긁기 위함도 아닐
텐데, 어머니 손을 놓을지언정 효자손을 끝까지 놓지 않는 이
유는 무엇일까. 고막 손으로 등을 긁어줄 손자가 없어서였을까.

나는 뒤숭숭한 마음으로 그루터기를 바라본다. 아버지가 애
잔한 눈으로 나를 바라보고 있는 것 같다. 예전에 보았던 험악
한 눈과는 사뭇 다른 환영이다.

초등학교 4학년 여름방학 때였다. 나는 문상 가는 아버지를
따라 나주에 갔다. 장대 같은 비가 밤새 내렸다. 날이 밝았음에
도 계속 이어지는 천둥소리가 무서워 나는 이불을 둘러쓰고 눈
만 깜빡거리고 있었다. 갑자기 급박한 소리가 들렸다.

"물난리요 물난리! 빨리빨리 대피하씨요. 빨리빨리!"

수차 들리는 크고 다급한 목소리는 위기에 맞닥뜨려 이성을
상실한 짐승들의 비명 같았다. 아버지와 나는 동시에 문을 박
차고 나갔다. 마당에 나서자 물은 발목을 넘어 무릎까지 올라
와 찰랑거렸다. 신발은 보이지 않았다. 나는 맨발로 아버지 손
에 이끌려 무작정 집 밖으로 내달렸다. 끌려갔다는 표현이 더
맞을 것이다. 붙잡힌 손이 너무 아팠지만 아프다고 말할 수 없
었다. 물에 잠긴 거리는 혼비백산한 사람들로 우왕좌왕 난리가

아니었다. 맨발로 물속을 내달려 다다른 곳은, 전날 아버지가 친척과 함께 관을 사기 위해 들른 마을 외곽의 장의사였다. 주인은 이미 대피했는지 텅 비어 있었다. 아버지는 다짜고짜 그곳에 진열되어 있던 관을 대로변에 끄집어내어 뚜껑을 황급히 열어젖혔다. 배라고 생각하고 들어가서 반듯하게 누워 있으라고 했다. 자상하고 부드럽게 말했지만 할머니 초상 때 보았던 관이 생각나 다리가 후들거렸다. 나는 재빨리 무릎을 꿇었다. 만화도 안 보고, 텔레비전도 안 보고, 공부도 열심히 하고, 동생도 안 때리고, 반찬 투정도 하지 않고, 부모님 말씀도 잘 들을 게요. 나는 싹싹 빌었다. 하지만 나를 다그치는 아버지의 험악한 눈빛에 하는 수 없이 휘청거리며 관으로 들어갔다. 관 속에 물이 차올라 금세 바지가 축축해졌다. 어쩌면 오줌인지도 몰랐다. 아버지는 주위를 두리번거리더니 바가지 하나를 주위와 관에 넣었다. 순식간에 장의사 앞까지 물이 범람했고, 관이 물에 떠내려가기 시작했다. 섬에서 자란 탓에 수영에 능한 아버지는 왼손으로 관을 잡고 오른손으로 물살을 헤치며 방향을 잡았다. 굵은 빗방울이 관에 쏟아졌다. 나는 관에 차오르는 물을 연신 바가지로 퍼냈다. 아버지는 안전한 곳에서 나를 꺼내고, 누군가를 위해 관을 물에 띄워 보냈다. 등만 보여주며 물에 떠내려가는 사람도 있었다.

　"아가, 아버님 안장시켜드리게 올라오너라."

　어머니가 아내에게 말했다.

아내가 자리에서 일어나 광중을 향해 걸어온다. 아버지에 대한 앙금이 완전히 가라앉은 것은 아니지만, 나도 자식인데 어찌 슬프지 않겠는가. 임종도 지켜보지 못했고 늦게 장지에 도착한 데다, 살아생전 그렇게 기다렸던 손자를 안겨 드리지 못한 죄송한 마음에 이별을 서두르고 싶지는 않다.

"조금만 더 있다가 하시게요."

나는 어머니에게 말했다. 달리 뾰족한 수가 있는 것은 아니지만 그렇게라도 마음의 짐을 덜고 싶다. 아내도 이별을 서두르고 싶지 않은 표정이다.

결혼 3년 만에 아내의 임신을 알렸던 날, 느닷없이 부모님이 집에 들어서셨다. 늦은 밤이었다. 어렵사리 구한 자연산이라며 전복, 해삼, 성게, 뿔소라, 군소, 고동, 바지락, 석화, 대합, 꼬막 등을 식탁 위에 풀었다. 고생했다. 고생했어…… 아버지는 아내에게 고생했다는 말을 몇 번이나 쏟아냈다. 마을 어른들에게 거나하게 한턱내며, 춤까지 덩실덩실 추었단다. 어머니가 싫지 않은 표정으로 말했다. 그동안 내색은 안 했지만 애타게 손자를 기다린 모양이었다. 아버지가 흥분된 어조로 아내에게 말했다. 직장 다니면서 살림하고 아이까지 키우려면 힘들지 않겠냐. 내가 아이 봐줄까? 고맙긴 하지만 제가 키울게요. 아이 낳기 전에도 몸조리 잘해야 한다. 아비가 산부인과 의사이니 너무 걱정하지 마세요. 아버지는 입을 쩝쩝 다셨다. 그래도 그때만큼은 내가 의사가 되기를 잘했다고 생각하는 것 같았다. 내가 의대 진학을 목표로 했을 때, "병든 몸을 고치는 것보다 망가진 정신이나 타성에 젖은 정신을 깨우치는 게 더 중요하지 않겠냐. 사대를 졸업해 선생이 되면 좋겠구나." 나는 아버지 바람과는 반대로 의대에 진학했고 산부인과 전문의가 되었다.

　나는 근무 중에도 자주 시간을 확인했다. 퇴근 즉시 집으로 달려가 이제 겨우 자리 잡은 아기집에 귀를 바짝 대보았다. 아내를 주기적으로 병원으로 불러 상태를 체크했다. 하지만 아내는 임신 4개월 만에 하혈하고는 깊은 슬픔에 빠졌다. 아내는 베란다 창틀에 기대어 무연한 시선으로 창밖을 응시하곤 했다. 가슴에 구멍이 숭숭 뚫린 듯 허전했지만 다시 임신하면 되지 뭐, 라면서 축 처진 아내의 어깨를 감싸 안았다. 부모님도 전화를 걸어 낙담하지 말라며 위로해주었다. 8개월 후, 다시 아내의 배가 불러오기 시작했다. 아내는 하루가 멀다고 신생아 용품을 사 날랐다. 안방이며 작은 방, 거실, 소파, 식탁 등 눈에 잘 띄는 곳에는 신생아 제품으로 넘쳐났다. 아내는 콧노래를 흥얼거리며 밥을 지었다.

　"과중한 업무 탓일까 싶어 직장까지 그만 뒀는데……, 또 유산했어."

　아내가 축 늘어진 목소리로 말했다.

　"또? 벌써 몇 번째야?"

　나도 모르게 말끝이 올라갔다. 최첨단 의료시술로도 어쩔 수 없는, 생명 탄생에 대한 의술의 한계에 절망했던 그간의 감정이 폭발했다. 순간적이었다. 아내가 벌떡 일어나 욕실로 들어갔다. 욕실에서 물소리가 한참동안 들렸다. 나는 물소리를 들으며 씩씩거렸다. 아내의 습관성 유산은 내 명성을 한껏 추락시켰다. 나를 아는 사람들이 아내 치료도 못하면서, 라는 말을 노골적으로 하기도 했다. 그런 장면들이 떠올라 울화통이 쉽게 진정되지 않았다. 아내는 벌겋게 충혈된 눈으로 나왔다.

아내는 젓가락으로 음식을 되작거리기만 했다. 몸피는 점점 젓가락을 닮아갔다. 아버지는 아내에게 대를 잇는 문제는 중요치 않으니 염려하지 말라고 입버릇처럼 말했다. 아내는 아버지의 그런 태도를 오히려 버거워했다. 대리모라도 얻어서 대를 이으라고 했다면 악다구니라도 퍼부을 수 있었을 텐데, 그렇지 않으니 속으로만 끙끙 앓을 수밖에 없었는지도 몰랐다.

아버지가 한 달 전쯤 전화를 했다. 나는 아내와 경양식당 '델포이'에서 바닷가재 안심스테이크에 와인을 곁들여 늦은 저녁을 먹고 있었다. 하루가 다르게 야위어가는 아내에게 분위기를 전환시켜 주고 싶었다. 가지 않으려는 아내를 조르고 졸라 데려갔다. 나는 아내의 눈치부터 살폈다. 아버지의 조심스러운 목소리가 수화기에서 흘러나왔다.

"더 이상 늦춰서는 안 될 것 같다. 이제라도 소나무를 죄다 베야겠다."

유산에 관한 말만 들어도 심하게 스트레스를 받아오던 터라

천불이 났다. 휴가 때나, 명절 때는 물론, 수시로 찾아와서 유산을 운운한 것도 부족해, 틈만 나면 전화를 하다니. 위장에서 찰랑거리던 술이 죄다 머리로 쏠린 것 같았다. 잔에 반쯤 남은 와인을 단숨에 입에 털어 넣고 언성을 높였다.

"아니, 삼천만 원도 넘는 소나무를 벤다고요? 그게 말이 된다고 생각하세요? 대를 잇는 게 그렇게 중요하세요?"

단언컨대 결혼 후 8년 동안 아버지가 소나무에 대해 언급한 적이 단 한 번도 없었다. 사람들이 선산의 소나무를 부러워할 때면 아버지는 어깨를 들썩이며 우쭐거렸다. 그래놓고 기필코 소나무를 베자고 하니 어찌 이해할 수 있단 말인가.

"이놈아, 잠자코 들어봐! 새아기가 우울해할까 봐 그러는 것이지, 대를 잇는 것 때문이 아녀. 우리 섬이 누울 와자, 와도가 아니냐. 자세히 보면 여자가 맨몸으로 누워있는 형상이다. 그 복판에 선산이 있고. 그런데 거기에 소나무가 떡하니 짓누르고 있으니 자꾸 유산이 될 수밖에 없지 않겠어? 전혀 생각을 못했는데……, 새아기에게 미안하게 되었구나."

치욕감이 솟구쳤다. 몸을 부르르 떨었다. 자꾸 유산과 소나무를 결부시키면서도 정작 베지 않고 수시로 전화한 것은 우리를 탓하기 위함일 것이었다. 선산의 크고 작은 소나무가 어지럽게 뿌리를 내리고 있듯, 배부른 아내와 난잡한 성생활을 했기 때문에 유산이 되었다고 질책하는 것 같았다. 아버지 말이 옳다면 대체 조상은 어떻게 애들을 가졌단 말인가. 아버지는 말도 안 되는 선입견에 갇혀 있는 게 분명했다. 무엇인가에 갇힌 자는 스스로 빠져나오기 어렵다. 충격요법이라도 써서 꺼내 드리고 싶었다. 또한 아내의 유산 문제로 더 이상 시달리고 싶지도 않았다.

"누구는 뭐 애를 안 낳고 싶어서 그러는 줄 아세요? 대를 잇는 게 중요하지 않다면서 왜 자꾸 유산을 언급하시는 겁니까? 유산을 언급하면 할수록 집사람 가슴에 못이 박힌다는 것을 모르시진 않겠죠?"

나는 아내의 풀죽은 모습에 기분이 더욱 심란해 일그러진 목소리로 쏘아붙였다. 어쩌면 와인에 취해 이성을 상실했는지도 몰랐다. 그 뒤로 아버지는 유산에 대해 더 이상 언급하지 않았다. 바라던 바였다.

아내와 나 사이에도 말이 줄었다. 시선이 마주쳐도 멀뚱멀뚱 바라보다가 고개를 돌리곤 했다. 아내는 가난에 찌든 사람처럼 가꾸지 않은 얼굴로 방 안에 틀어박혔다. 쇄골이 선명히 드러날 정도로 몸피가 말랐다. 잠도 제대로 자지 못했다. 식은땀이 흥건한 몸으로 끙끙대다가 벌떡 일어난 적이 허다했다. 가위에 눌렸냐고 물어도 대답하지 않고 천정만 멍하니 바라볼 뿐이었다. 내가 출근할 때, 건성으로 하던 인사마저 하지 않고 소파에 멀거니 앉아 있었다. 나는 출근 때문에 현관을 나서려다 말고 말을 걸었다. 이번 주에는 등산이나 갈까? 아내는 반응이 없었다. 등산 좋아하잖아? 아내는 그저 신생아 용품을 하염없이 바라보다가 베란다로 걸어가 넋 놓고 창밖을 보았다. 아내의 초점 없는 시선의 끝은 어디일까, 따라가 보니 허공이었다. 급기야 출근을 미루고 집에 도우미 아주머니를 들여앉혔다. 14층 아파트에서 아내의 투신을 방지하라고 단단히 일렀다.

내가 만약 대를 잇지 못하면 선산은 어떻게 될까. 측백나무가 소나무를 대신할 수 있으려나? 나는 고개를 젓는다. 주민들 태반이 노인뿐인 섬이라, 어머니가 돌아가시고 나면 선산을 그대로 보존해야 하는지 말아야 하는지도 고민이다. 소나무를 다시 심어서 선산을 지키도록 해야 하는가, 아니면 내가 살아 있을 때 조상님들을 모두 납골당으로 모셔야 하는가. 어떤 결정을 내리더라도 마음이 가벼워질 것 같지 않다. 장례 후에도 이 문제는 나의 마음을 무겁게 짓누를 듯싶다.

어머니가 멱목을 벗긴다. 어머니가 나에게 아버지 얼굴을 보라고 한다. 임종을 지켜보지 못한 아들의 죄송한 마음을 덜어주기 위함일 것이다. 나는 아버지 얼굴로 시선을 돌린다. 임종은커녕 입관도 지켜보지 못해 죄스러운 마음으로 아버지를 본다. 아버지는 미소를 머금은 듯 평온해 보인다.

"임종을 앞두고, 영원한 안식처로 돌아가는 것이니 슬퍼 말라고 하더라."

어머니 말이 귀에 박혔다. 죽음이 임박해도 여유가 있었다는 아버지는 광인인가, 성인인가. 지금에 와서 그런 구분이 무슨 소용이 있겠는가마는 어쨌든 숙면을 취하고 있는 듯한 표정에서 죽음을 어떻게 생각했을지 어렴풋하게나마 짐작이 간다. 아버지에게 언성을 높였던 기억이 떠오른다. 명치끝이 아려온다. 조용히 지켜보던 동생 내외의 표정이 슬프게 일그러진다.

"슬피 울면 맘 편히 갈 수 없으니 울지는 마라."

슬픈 표정으로 지켜보던 어머니가 입을 열었다. 다들 어깨를 들썩이며 소리 없이 흐느낀다. 곡소리에 간신히 유지하고 있을 어머니의 냉정한 마음이 깨질지도 모르기 때문이리라. 속으로 운다고 해서 고인을 마지막으로 보내는 슬픔에 차이가 있을 수 없다. 그걸 잘 알기에 어머니는 한참 동안 흐느끼는 식구들을 그냥 내버려 두었는지 모른다. 당신의 슬픔을 삭이고 있는지도 모르고.

산역꾼들이 수의로 둘러싸인 아버지를 광중 앞으로 바짝 옮긴다. 장지에 흩어졌던 시선들이 일제히 아버지에게 꽂힌다. 따사로운 햇살이 비스듬하게 아버지 위에 내려앉는다.

"해 떨어지기 전에 끝내려면 서둘러야겠어요."

어머니 말에 상여꾼들이 먹이를 줄 때 몰려드는 금붕어처럼 관 주위로 우르르 몰려든다. 어머니가 나에게 시선을 던진다.

"항아리 속에 한 번 들어갔다 나와라."

어머니가 말했다. 어머니의 저의를 알지 못한 나는 움찔했다. 아버지 시신이 들어갈 항아리라 생각하니 등줄기에 소름이 돋았다.

"꼭 들어갈 필요가 있을까요?"

나는 어머니의 눈치를 살피며 속삭이듯 물었다.

"이게 다 뭍에서 떨어져 살기 때문에 생긴 관습인데 어쩌겠느냐. 자식이라면 임종과 장례식을 보지 못한 것이 가슴에 맺혔을 것이다. 죽은 사람보다 산 사람이 더 중요한 것은 인지상정이 아니겠느냐. 가슴에 박힌 못을 어떻게 뺄까 고민하다 초분을 만들고, 관에 들어가는 방법까지 떠올린 모양이더라. 너도 일 때문에 임종도, 입관도, 발인도 보지 못하지 않았느냐? 관에 들어가는 임종체험인가 뭔가 하는 그런 교육도 있다지 않더냐? 그런 교육이라 생각하고 소주 한 잔 마시고 들어가거라."

어머니가 잔을 건네고 술을 따른다. 부드럽게 말했지만 반드시 들어가라고 독촉하는 느낌이다. 나는 어머니의 말에 그것과 이것이 어떻게 똑같은지 따지려다, 말았다. 장지에서 언성을 높일 수는 없지 않은가. 나는 먼 산으로 고개를 돌린다.

"……사실은 니 아버지가 돌아가시기 전에 그렇게 하라고 시켰다."

한참을 버티다, 마지못해 술을 단번에 비웠다. 나는 항아리 속으로 기어들어갔다. 장지에 온 사람들의 시선을 오롯이 받고 있는 판에 아버지의 유지를 거부한 불효자로 보이고 싶지는 않았다. 내가 항아리 속으로 들어가자 어머니는, 나오고 싶으면 언제라도 신호를 보내라며 뚜껑을 닫는다. 섬뜩한 기운이 엄습한다. 영영 묻힐 것만 같다. 몸을 돌리려다 멈춘다.

　나를 지켜보고 있을 눈들이 떠오른다. 그래, 기왕 들어온 거 난생처음 나를 한번 들여다보자. 아름답게 보려면 한 번만 보면 되지만 올바르게 보려면 한 번 더 봐야 한다는 말을 상기하자. 분명 메시지를 전달하기 위해 항아리에 들어가 보라는 유지를 남겼을 거야. 활활 타오르는 불길 복판의 가묘 속에서 웅크리고 있는 아버지가 눈에 아른거린다. 나는 상념에 잠긴다.

　아버지의 영원한 안식처가 될 항아리 속이 점점 아늑하게 느껴진다. 한 평도 되지 않는 이 좁은 땅속에 들어오기 위해 그렇게 아등바등 살아야 했다니. 마음을 비우고 아버지의 행위를 되새겨 본다. 자랑스러워했던 소나무를 베어내고 키 작은 측백나무를 심으라고 유언한 까닭은 무엇일까. 시대를 거스르며 굳이 항아리에 안장되고 싶었던 이유는 무엇일까. 입방아에 오를 수도 있다는 걸 모를 턱이 없지 않은가. 누구보다 아내를 배려했던 아버지가 아내를 위한다는 명분으로 끝내 소나무를 베게 한 저의를 여전히 이해할 수 없다. 대를 잇는 게 그다지 중요하지 않다고 했으니 아내의 우울증을 염려했을 게 뻔하다. 그런데 왜 소나무가 아내의 유산과 연관이 있다는 말인가. 딱히 짚이는 게 없다. 속절없이 시간만 흐른다.

　결로현상으로 항아리에 맺혔던 물방울이 배꼽 언저리에 툭, 떨어진다. 불현듯 탯줄이 떠오른다. 선산 뒤의 쌍봉산이 뇌리를 스친다. 여인의 가슴이 연상된다. 지대 높은 선산과 임부의 불룩한 배가 겹친다. 그래, 무게다! 머릿속에서 수명이 다 된 형광램프가 깜빡거리다가 갑자기 불이 켜진 느낌이다. 소나무를 합치면 엄청난 무게가 나갈 것이다. 아버지는 난잡한 부부생활이 아닌, 자궁 모양의 선산을 짓누르고 있는 소나무의 무게 때문에 아내가 유산한 것으로 판단했음이 떠올랐다. 그래서 아버지는 무거운 소나무 대신 가벼운 측백나무를 선택하셨을 거고. 숭고한 전율이 혈관을 타고 돌아다닌다. 아버지에 대한 앙금이 빠르게 정화되고 있음을 느낀다. 엘레우시스의 성스러운 비밀의식에 참여하고 있는 듯하다.

자궁 모양에 항아리가 덧씌워진다. 아버지가 항아리를 굳이 고집한 것도 짐작이 간다. 엄청난 무게에 짓눌려도 끄떡없는 자궁. 아버지는 아내의 자궁이 그러기를 바라고 당신의 지론인, 시대에 뒤처지지 말라는 주장을 꺾은 것은 아닐까. 아내에게 미안하다고 했던 아버지가 떠오른다. 아버지가 따사로이 미소 지으며 항아리에 귀를 대고 내 심장 소리를 듣는다. 심장 소리가 둥근 항아리 안에서 울리기 때문일까, 아니면 환청일까. 쿵, 쿵, 심장 뛰는 소리가 유난히 크게 들린다. 아내도 들어와서 이 성스러운 비밀의식에 참여했으면 좋겠다. 나가서 아내더러 항아리에 들어갔다 나오라고 설득해야겠다. 여보, 나 좀 꺼내 줘! 나는 크게 소리치고 입구를 향해 몸을 돌린다. 항아리 뚜껑을 여는 소리가 들리고 빛이 스며들기 시작한다. 나는 항아리 밖으로 서서히 머리를 내민다. ⚸

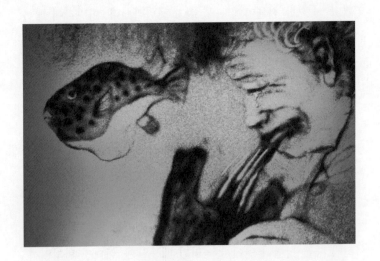

졸복

"복어 천적은 복어밖에 없다는 사실에 착안해 복어 습성부터 연구했습니다. 복어 이빨이 튼튼하잖아요? 그런데도 복어는 아주 간사하게 조금씩 먹어요. 낚시할 때 입질을 파악하기 어려울 정도로 말입니다. 그 튼튼한 이빨로 간사하게 먹는 이유가 무엇일까."

　　남자의 등장에 그녀는 눈살을 찌푸렸다. 남자는 민박집 이름 때문에 무작정 들어왔는데, 마당에서도 낚시할 수 있다는 것이 좋다며 만족감을 드러냈다. 그녀는 '바닷가뽀짝옆집 민박가능'이란 팻말을 뱃머리부터 집까지 도로 곳곳에 세워두었다. 3년 넘게 자리를 지켰던 팻말은 글씨를 알아보기 어려울 만큼 빛이 바랬다. 눈여겨보지 않으면 방향을 식별하기 어려운 화살표를 따라 남자가 마당으로 들어선 것이었다. 그녀는 팻말을 진즉 뽑아버리지 않은 것을 후회하며 하늘을 올려다보았다. 태양이 이울고 있었다.

　　"인자 손님 안 받어라우."

　　그녀는 눈짓으로 남자를 쫓아냈다.

　　"왜요? 방이 다 나갔습니까?"

남자가 아쉽다는 표정으로 작은 방을 바라보았다. 민박으로 내주곤 했던 방이었다. 남자의 시선이 머무는 대청마루에는 먼지가 켜켜이 쌓여 있었고, 창호지 문에는 구멍이 숭숭 뚫려 있었다. 신혼 방을 엿보려고 뚫은 구멍을 여태 막지 않고 그대로 둔 것 같았다. 안방 문에도 구멍이 서너 개 있는데, 바깥 동정을 살피려고 그녀가 일부러 뚫었다.

"그런 건 아닌디, 며칠째 소지도 안 했고, 할 시간도 없응께 다른 집을 알아보써요. 쩌그 바다가 보이는 집으로 가보써요."

바다가 보이는 펜션은 해수욕장 왼쪽, 이십 미터 높이에서 그녀 집을 내려다보고 있었다. 지은 지 일 년밖에 되지 않은 양옥에 냉난방 시설이 잘 갖추어졌고, 에메랄드빛 바다와 금빛 해수욕장이 한눈에 보이는 곳에 위치했다. 해수욕장으로 오가는 숲길에 놓은 맷돌 크기의 넓적한 돌 사이사이의 새파란 잔디가 싱그러웠다. 은은한 조명이 운치 있고, 파도 소리를 들으며 바비큐를 즐길 수 있어 지난 시월까지만 해도 예약하기 어려웠다. 예약 않고 바다가 보이는 집에 왔다가 방이 없으면, 어쩔 수 없지 뭐 하는 표정으로 그녀 집에 오곤 했다. 그녀는 이삭을 줍는 거나 마찬가지였는데 들르는 사람들이 하나같이 인상을 찌푸리다가 마지못해 머물렀다. 십일월에 접어들자 주말이 아니면 그 집이나 그녀 집이나 방이 남아돌았다. 오늘은 화요일이라 거기도 손님이 텅텅 비었을 것이다. 그녀 집하고 비교할 수 없을 만큼 시설이 좋으니 들어설 때부터 인상을 찌푸릴 일은 없을 것 같아 그 집을 권했다.

"청소가 문제라면 제가 하겠습니다."

남자가 다짜고짜 큰 배낭과 아이스박스를 바닥에 내렸다. 고급스러워 보이는 낚시가방을 바닥에 내리려다, 가방에 붙은 명찰을 뒤집었다. 그녀는 김종복이라는 이름을 얼핏 보았지만 남자의 행동에 아무런 의미도 부여하지 않았다.

"어떻게 손님한테 소지를 맡긴다요? 그냥 쩌 집으로 가씨요!"

그녀는 바다가 보이는 펜션을 가리키는 검지를 내리지 않았다.

"쉬러 온 게 아니고 낚시 왔거든요. 마누라와 대판 싸우고 텐트 치고 갯바위에서 낚시나 하려고 급히 오느라 갯바위장화랑 랜턴을 빼먹었어요. 그걸 배를 타고 나서야 알았고, 어떻게 하나 고민했는데 간판이 보여서 화살표를 따라 이리 왔거든요. 청소가 부담이라면 여기 마당에다 텐트 치고 자면 안 되겠습니까?"

남자가 정중히 부탁했다. 어떤 일로 마누라와 싸웠는지 모르겠지만 안전장비도 없이 갯바위에서 머물게 하고 싶지 않아 그녀는 그러라 하고, 조건을 붙였다.

"저에게 다른 요청은 하지 마씨요. 들어 줄 수 없능께라우."

그녀 말에 남자가 알았다며 집 안을 빠르게 둘러보고는 전등불 아래로 이동해 낚시가방을 내렸다. 돌담 안쪽 수돗가 옆이었다. 남자는 해가 넘어가기 전에 야영 준비를 마치려고 서둘러 텐트를 치고 짐을 풀었다. 그리고 주변을 살폈다. 가장 먼저 외딴집으로 들어오는 길로 눈을 돌렸다. 자잘한 돌이 지천으로 깔린 비포장도로가 한참이나 구불구불 이어졌고 무성한 억새가 겨우 사람이 통행할 정도로 비좁은 도로 한가운데까지 침범하고 있었다. 억새에 세월의 변화가 고스란히 담겨 있었다. 엊그제만 해도 자줏빛이 감도는 노란 꽃이었는데, 어느덧 하얗게 변해 살랑살랑 부는 바람에도 힘없이 나부꼈다. 한동안 그녀가 낮질을 하지 않아 오는 동안 남자는 손으로 억새를 몇 번은 헤치고 그녀 집으로 들어섰을 것이다.

애초 그녀 집은 '멸막'이었다. 멸치는 신선도가 중요하기에 멸치를 잡으면 곧장 데치려고 어장과 가까운 곳에 자리 잡았다. 해수욕장 뒤편이고, 마을과 상당히 먼 거리였다. 지금이야 배들이 빠르지만 멸막을 시작했을 때는 노를 젓고 다녔기에 가깝고 안전한 곳에 터를 잡아야 배가 터지지 않은 싱싱한 멸치를 데칠 수 있었다. 그녀는 멸막에서 멸치를 삶고, 건조하고, 선별하고, 포장하는 일을 거들었다. 남편이 죽고 나자 생계유지 수단으로 민박을 시작했다. 민박은 경치와 전망이 경쟁력인데, 그녀 집은 원시의 경관만 눈에 가득 들어올 뿐이라 찾는 이가 드물었다.

남자가 주변으로 눈길을 돌렸다. 오른쪽 언덕에 바다가 보이는 펜션이 우뚝 서 있고, 왼쪽에는 하얀 등대가 곶부리에 자리하고 있었다. 무인등대가 때 이르게 불을 밝혔지만 석양 때문에 희미해 보였다. 바람이 없어 호수처럼 잔잔한 바다는 석양으로 점차 붉게 물들어가고 있었다. 육지의 항구는 아스라이 보였다.

"구름 한 점 없는, 기막힌 날씬데요? 쏟아지는 별빛을 맞으며 밤낚시라니! 이렇게 안전한 곳에서 낚시할 거라고는 상상도 못 하고 발길 닿는 대로 왔는데 이런 행운이! 아주머니는 하루하루를 낭만에 젖어 사시겠는데요?"

남자의 부럽다는 말투에 그녀도 하늘을 올려다보았다. 하늘은 구름 한 점 없이 쾌청했다. 이런 날 밤하늘에는 빼곡하게 박힌 영롱한 별과 은하수가 선명하다. 도시에서 쉽게 볼 수 없고, 낭만적이겠지만 작금의 그녀에게는 사치스러운 하늘이었다. 한 달 전만해도 별이 점점이 박힌 하늘을 보고 소녀적 감성에 빠지기도 했으나 지금은 아니다. 수정처럼 눈부시게 아름다운 별이 밤하늘에 너무나 많을 때면 자신도 모르게 눈물이 그렁거렸다. 이런 기분을 남자에게 전가할 수는 없다.

"별은 불을 안 키야 잘 보인게 별을 볼라면 쩌그 기둥에 스위치 끄고 보써요."

"랜턴을 안 챙겨 왔다고 했잖습니까? 별보다는 낚시가 더 중요하니까 불을 계속 켜놓고 싶은데 혹시 수면에 방해됩니까?"

남자가 조심스레 물었다.

"그런 건 신경 꺼불고 안전하게 낚시나 하써요."

마당에 불이 켜져 있다고 잠을 못 잔 적은 없었다. 민박집을 운영하면서 익숙해지기도 했고, 창호지를 통과한 희미한 빛이 수면을 방해할 정도도 아니었다. 그보다는 밖에서 들려오는 소리에 더 민감했다. 바다가 마당 바로 앞인데 난간이 없어 애들이 놀다가 바다에 빠지거나, 어른들이 술에 취해 바다에 빠질지도 몰라 자면서도 귀는 활짝 열어놓곤 했었다.

남자는 그녀 말에 홀가분한 표정으로 낚시 가방을 열었다. 사각형 가방 양쪽의 지퍼를 여는 남자의 손은 희고 고왔다. 손가락은 가늘고 길어 예술가의 손가락을 연상케 했다. 남편의 거칠고 투박한 손과 대조적이었다. 얼굴도 하얀 사기그릇처럼 깨끗하고 윤이 났다. 기품이 넘친 얼굴 탓에 귀공자가 앞에 있는 것 같은 착각이 들었다. 하지만 얼굴에는 옅은 그늘도 드리워져 있었다. 아내와 싸우고 왔기 때문인 듯했다. 저런 남편과 무엇 때문에 싸웠는지 남자의 아내가 복에 겨워 객기를 부렸다는 느낌이 들었다.

*

그녀는 밥을 물에 말아 풋김치 반찬에 저녁을 간단히 때우고 진통제 두 알을 입에 넣었다. 일주일 전까지만 해도 한 알로 여섯 시간은 너끈히 버텼는데, 이제는 두 알을 먹어야 그럭저럭 버틸 수 있다. 물을 마시고 고개를 흔들어 진통제를 삼켰다. 이

불을 깔고 누워 내일 일을 떠올렸다. 첫 배로 나가 약국에서 진통제를 몇 통 사고, 장례식장도 알아봐야겠다. 가는 길에 팻말을 뽑아야 하니 평소보다 조금 서둘러 집을 나서야겠다고도 생각했다.

그녀는 자리에서 일어나 내일 입고 갈 원피스를 살폈다. 외출할 때마다 입었던 분홍 원피스인데 딸이 시집가기 전에 사주었다. 십 년 전이었다. 한 달 전에 육지에 나갈 때도 입었는데 돌아온 즉시 빨았고 다리미질까지 해서 걸어둔 탓에 주름은 보이지 않았다. 남편은 이 원피스를 입을 때가 제일 예쁘다며 마음에 쏙 들어 했다. 남편은 옷 한 벌 마음대로 사 주지 못한 마음을 딸에게 과장해서 전했다. 역시 너는 내 딸이다. 내가 막 사주려고 했는데, 어떻게 알았냐. 안목도 좋고, 기특하고 대견하네. 남편은 그날따라 술을 많이도 마셨다. 꾸덕꾸덕 말린 갯장어 구이를 안주 삼아 소주를 두 병이나 비웠다. 평소에는 한 병을 넘기지 않았다. 주량 때문이 아니라 많이 먹어서 좋을 게 없다는 이유 때문이었다. 남편은 비루한 형편을 그렇게 둘러대곤 했다.

원피스를 살피고 나서 텔레비전을 보는데 딸에게 전화가 왔다. 일주일에 한 번은 들었던 목소리지만 딸의 목소리는 언제나 반가웠다. 딸은 별일 없는지 물었다. 공기 좋은 곳에 사는데 별일은 무슨. 그녀는 호기롭게 대답했다. 딸은 이런저런 소식을 묻고는 이번 주말에 식구대로 한 번 다녀가겠다고 했다. 딸이 이번에 온다면 4년 만의 고향 나들이 셈이다.

"애들이 낚시하고 싶다는데 미끼는 뭐가 좋지?"

서른일곱의 딸에게는 초등학교 4학년과 2학년인 두 아들이 있다. 초등학교에 들어서자 외손자들이 외갓집에 가서 낚시하자고 수시로 엄마 아빠를 졸랐다. 딸은 시간이 나면 가자고 미루고 또 미루었다. 그녀가 한 번 다녀가라고 통 사정해도 일 때문에 올 수 없다고 했다. 사위는 유치원 버스를 몰고, 딸은 노인 복지관에서 일했다. 주말에는 복지관이 문을 닫기에 다녀갈 법도 한데 사위랑 딸은 주말도 쉬지 않고 다른 일을 했다. 일손이 부족한 농촌을 찾아가 노인들 틈에 섞여 일하곤 했다. 결혼이나 장례식장에 갈 일이 생기지 않는 한 주말이면 어김없이 농촌으로 달렸다. 그랬는데 친정에 온다고 하니 형편이 조금 풀린 듯해 그녀는 마음이 가벼웠다.

"모처럼 오는데 홍거시가 좋지 않겠냐? 낚시 오는 사람들이 제일 많이 가져오등만."

찌낚시를 하는 꾼들은 크릴새우를 흔히 쓰지만 원투낚시 하는 꾼들은 주로 홍거시를 사용했다. 홍거시에 감성돔, 놀래미, 갯장어, 쏨뱅이 등 다양한 고기가 물린 것을 보았다. 외손자들도 외할머니 집에서 즐거운 추억을 만들었으면 하는 마음에 홍거시를 권했다.

"홍거시는 너무 비싸잖아? 그 돈이면 차라리 소고기 사 묵겄네. 고등어는 어때?"

홍거시는 소고기보다 비싸, 딸에게는 부담스러운 모양이었다.

"고등어는 여름에 아나고 낚은 디나 쓰제, 다른 고기는 안 물어야. 여름도 다 지나갔잖애?"

"경험만 해도 되니까 고등어 한두 마리 사 갈게."

"그래도 처음으로 낚시 한다는디 그래사 쓰겄냐? 입깝(미끼)은 내가 파 놓을랑께 고등어는 놔두고 낚싯대나 가져오니라. 낚싯대는 있제?"

"언제 우리가 낚시 다닌 거 봤소? 엄마가 차 서방 것까지 세 대 빌려놓으세요."

딸의 퉁명스러운 톤이 꺼림칙했다. 이런 반응은 사춘기 때나 보였지 이후로는 늘 공손한 딸이었다. 모처럼 친정나들이라 들뜬 기분일 텐데 낙담에 가까운 목소리가 무척 신경 쓰였다. 처음 낚시하는 애들에게 미끼 값을 아낀다는 것도 너무하다 싶은데 짜증까지 내다니. 딸에게 무슨 일이 터졌다는 직감이 들었다. 놀러 온다기보다 엄마에게 위로받거나 잠시 도피할 요량으로 친정을 택한 듯했다.

"재순아, 먼 일 있지야?"

딸은 한동안 말문을 열지 않았다. 없다고 단박에 말하지 않는 것이 무슨 사단이 벌어진 게 틀림없다는 확신이 섰다. 남편 때문일까. 아니면 다른 문제일까. 딸이 입을 열지 않은 동안 수많은 생각이 교차했으나 딱히 짚이는 게 없었다. 다만 불안감만 커질 뿐이었다. 딸의 힘없는 목소리가 다시 귀에 들어왔다.

"차 서방이 짤렸어."

"뭐라고?"

그녀가 말끝을 한껏 높였다.

딸이 호흡을 한번 가다듬고 조곤조곤 말했다. 사위는 유치원 버스 기사였다. 버스를 운행하는 오전 여덟 시 이전과 오후 세 시 이후에 할 수 있는 소일거리를 찾다가 농촌으로 일 다닌 사람들을 싣고 다니는 차량을 급히 구한다기에 바로 시작했다. 새벽 네 시부터 노인들을 태우러 돌아다녔고 오후 여덟 시까지 바래다주며 주말도 없이 일했다. 원생들을 태우고 피곤한 몸으로 운전하다 가벼운 접촉사고를 냈다. 유치원 버스로 새벽에 노인들을 태우러 다닌다는 사실을 알고 있던 학부모가 사고 후 유치원을 방문했다. 피곤한 몸으로 운전하다 졸면 어떻게 하는가. 큰 사고라도 냈으면 어쩔 뻔했냐. 우리 아이는 그런 차에 태울 수 없으니 기사를 바꿔 달라. 학부모가 원장에게 막무가내로 항의했다. 학부모에게 소문이 돈 건 채 하루도 걸리지 않았다. 원장에게 불려간 사위가 낮은 자세로 애걸복걸했다. 앞으로는 절대 그러지 않겠다고 싹싹 빌었지만 지금까지 큰 사고가 나지 않은 게 기적이라며 당장 키 반납하라고 했다. 사위는 어쩔 수 없이 키를 반납했고, 차가 없으니 노인들을 태우러 다니지도 못했다.

전화를 끊은 그녀는 심란한 마음에 텔레비전을 끄고 엎치락

뒤치락했다. 모처럼 딸 식구가 온다니 반가워야 하는데 바위가 짓누른 듯 마음이 무거웠다. 딸을 생각하면 미안함이 앞선다. 갓난아이 때는 마른 젖을 빨며 칭얼대다가 어느 순간부터는 아예 젖을 찾지도 않았다. 남들은 젖을 떼느라 고생했다는데, 그녀는 오히려 풍족하게 먹이지 못해서 미안한 마음에, 피라도 주고 싶었다. 피가 부족하면 골수라도 짜내 빨게 하고 싶었다. 그런 딸인데 시집가서도 그녀 때문에 고생하는 것이 마음 아파 차라리 다른 사람의 딸로 태어났으면 좋았을 거라는 생각을 수도 없이 했다.

딸이 찾아와도 해줄 만한 게 별로 없다. 물 빠지면 호미, 괭이, 지렛대를 들고 나가 갯가를 파헤쳐 홍거시를 잡고, 낚싯대나 빌려다 주면 끝이다. 바닷가에서 평생 잔뼈가 굵었으니 그리 어렵지 않다. 그런데도 고민이 깊었다. 모처럼 놀러 왔는데 청천벽력같은 소식을 군이 전할 필요가 있을까. 그래도 전화로 하기보다 얼굴 보고 말해야 하는 거 아닐까. 딸에게 말하면 딸은 또 얼마나 가슴 아파할까. 고민했지만 이번에는 하지 않기로 마음을 굳혔다. 폭탄이 떨어진 가정에 핵폭탄까지 투하하고 싶지는 않았다. 방사능에 오염되면 후유증이 얼마나 길게 갈지 모르는데 그럴 수는 없었다.

한 달 전이었다. 동네 동생이 허리 통증으로 요양병원에 입원했다. 사 년 전에 남편 장례를 집에서 치렀는데, 장례를 치르는 내내 동생이 음식 장만에 설거지까지 도맡아 하는 등 몸 사

리지 않고 일손을 거들었다. 장례가 끝나고 고마움을 전하려
했으나 마음뿐이었다. 자주 만나기는 했지만 언니로서 역할을
할 기회가 주어지지 않았다. 한 살 많은 언니지만, 언니답게 지
갑을 열어 대범하게 경비를 지출한 적도 없었다. 그게 걸렸다.
농사를 지으면 농사를 돕고, 바닷일을 하면 허드렛일이라도 도
왔을 텐데, 동생은 농사도 바닷일도 하지 않은 예비군 중대장
부인이었다. 동생이 입원했다는 말에 일부러 짬을 내 광주로
병문안을 갔다. 그렇게라도 해야 마음이 가벼워질 것 같았다.
동생은 언제 허리가 아팠는지 모를 정도로 건강한 모습으로 입
원하고 있었다. 입원 일당 때문이라고 속말을 했다. 그리고는
모처럼 왔으니 건강검진이나 하고 가라고 그녀를 부추겼다. 그
녀는 바쁘다는 핑계로 거절했지만 완강하게 밀어붙이는 바람
에 마지못해 피검사를 했다. 의사가 콜레스테롤 수치가 너무
높다며 당장 큰 병원으로 가라고 했다. 가보라는 것도 아니고,
당장 가라는 것이었다. 의사가 너무도 심각히 말하는 바람에
그 길로 대학병원으로 갔다. 검사 결과 급성간암이라는 진단을
받았다. 그녀는 머리가 하얗게 되어 동생에게 내려간다는 말도
없이 고향으로 돌아왔다. 진단을 받은 일주일 후부터 통증이
느껴져 진통제로 하루하루를 보냈다. 이전보다 확연하게 살도
부어올랐다.

　딸의 방문이 마지막이 될지도 모른다는 생각이 스쳤다. 그녀
는 자리에서 일어나 창고로 갔다. 전등을 켜고 창고를 뒤졌다.

갯가에서 뜯은 청각, 우뭇가사리, 톳, 갈파래 등을 있는 대로
자루에 눌러 담았다. 김장철에 주려던 말린 고추를 담았고, 택
배로 부쳐주려 했던 참깨를 빈 플라스틱 물병에 채우고 또 채
웠다. 멸치젓갈도 냄새나지 않게 비닐봉지를 세 겹으로 하여
양동이에 담았다. 쌀도 몇 됫박만 남기고 자루에 담았다. 창고
를 탈탈 털었지만 양이 별로였다. 차가 없더라도 딸 식구가 넷
이니 나누어 들고 나가 버스에 실을 수 없는 부피와 무게는 아
니었다.

그녀는 방으로 돌아와 문구멍으로 마당을 보았다. 손님이 오
면 내다보곤 했던 습관이 되살아났다. 그러나 지금은 다른 이
유도 있다. 외손자들이 낚시 온다는데 고기가 잘 잡히는지 그
렇지 않은지 알아보고 싶었다. 마당을 밝힌 조명 때문에 남자
의 행동 하나하나가 뚜렷하게 눈에 들어왔다. 남자는 아이스박
스에 걸터앉아 네 개의 초릿대에 시선을 박고 초릿대의 움직임
을 살피고 있었다. 초릿대에 장착된 케미라이트가 파란빛을 은
은하게 비추고 있었다. 검은 바다 위의 파란빛이 반딧불처럼
보였다.

케미라이트가 깐죽거리듯 움직이자 남자가 낚싯대 손잡이를
잡고, 긴장된 자세로 챔질을 준비했다. 예신에 이어 본신으로
초릿대가 바다를 향해 살짝 처박혔다. 남자가 날쌘 동작으로
챔질하여 낚싯대를 올리고 내리며 서서히 릴을 감았다. 엄지손
가락 두 배 굵기의 기다란 고기가 바늘에 딸려 나와 허공에서

몸을 꼬았다. 갯장어였다. 남자는 낚싯줄에 몸을 꼰 갯장어 아가미에서 바늘을 빼 바다로 돌려보냈다. 그리고 바늘에 홍거시를 끼워 다시 바다에 투척했다. 릴을 감아 느슨한 원줄을 팽팽하게 하고 아이스박스에 걸터앉아 수건으로 손을 닦았다. 그사이 오른쪽 두 번째 케미라이트가 미세하게 흔들렸다. 조금전의 깐죽거림과는 달랐다. 남자는 수건을 바닥에 던지듯 내려놓고 바로 챔질했다. 바늘에 복어가 물려 나왔다. 크기가 작은졸복이었다. 남자는 갯장어와 달리 소중한 물건 다루듯 졸복을아이스박스에 넣었다.

한참을 지켜보니 주로 갯장어와 졸복이 간간이 물었다. 외손자들이 심심치 않은 손맛을 느끼기에 충분해 보였다. 외갓집에서 유의미한 추억을 쌓을 수 있을 듯했다. 남자는 크기와 상관없이 갯장어를 바다로 돌려보냈고, 졸복만 아이스박스에 넣었다. 그녀는 문구멍에서 눈을 떼고 이불을 덮었다. 왜 졸복만 챙기지? 졸복만 챙기는 남자가 머릿속에서 좀처럼 사라지지 않았다.

*

어촌의 밤은 길고도 쓸쓸했다. 적요한 밤을 파도 소리가 죄흔들었다. 오늘따라 구슬프게 들렸다. 계절에 따라 소쩍새, 귀뚜라미, 개구리, 부엉이 소리가 파도 소리에 섞여 들려왔다. 파도는 계절을 가리지 않았다. 자잘하게 부서지는 파도 소리를 들으며 그녀는 긴긴 밤의 외로움을 달래곤 했다. 어떨 때는 파도가 걱정거리를 쓸어간 듯 청량감을 선사했다. 하지만 요즈막엔 파도 소리가 다르게 느껴졌다. 파도는 바다만이 아니라 그녀 마음도 심란하게 흔들었다. 입술에 핏기가 없다는 말을 들었을 때 왜 진찰을 받아보지 않았던가. 오랜만에 만난 이가 얼굴이 몰라보게 까매졌다고 했을 때, 바닷바람 때문이라고 판단했던 게 그렇게 후회스러울 수가 없었다. 바닷바람을 올해만 쏘였던 것도 아닌데, 왜 귀담아듣지 않았단 말인가. 나른한 날이 이어지고 숙면을 충분히 취했는데도 피로가 말끔히 가시지 않았을 때라도 의심했었다면 지금과는 다를 거 아닌가. 발등이라도 찍고 싶었다.

의심했다고 달라졌을까. 자문하고 바로 고개를 가로저었다. 밑 빠진 독과 같은 통장은 아무리 들이부어도 언제나 바닥이었다. 들어갈 때는 한 방울 두 방울이었지만 빠져나갈 때는 폭포처럼 빠져나갔다. 하루하루가 팍팍했다. 도대체 언제쯤 구멍이 막혀 바닥이라도 채워지려는지, 앞날을 수없이 예측해도 아득하기만 했다. 뙤약볕 아래서 20년 이상 잡초를 뽑아야 하나, 아니면 물이 빠질 때마다 갯가에 나가 해초를 뜯어 말려야 하는가. 도대체 얼마나 오랫동안 파김치가 되어야 구멍이 막아진단 말인가. 막막했다. 너무 피곤한데, 고민으로 잠을 설치곤 했다. 하지만 몸의 피로보다 딸에게 면목이 서지 않은 게 더 힘들었다. 돈이 모인 족족 딸에게 송금했고, 딸도 더 이상 보내지 말라고 했지만, 마음 편하자고 계속 송금했다. 하지만 아직도 딸에게 진 빚을 청산하지 못했다. 그랬으니 안 좋아 보인다는 말을 의도적으로 흘려보낼 수밖에 없었다. 은연중 몸에 이상 징후를 느꼈음에도, 얼마가 들어갈지 모르는 병원비가 버거웠다. 또 하나, 만약 병원에 간다면 바로 입원하라는 말을 들을 것만 같았다. 예전과 다르게 몸이 무겁게 느껴질 때부터 좋지 않은 예감이 마음 깊은 곳에 자리하고 있었다. 중대장 부인이 아니었다면 아마 지금도 병을 모르고 하루하루를 넘기고 있을 것이다.

복부에 통증이 밀려왔다. 통증은 묘한 힘이 있다. 머리를 어지럽힌 숱한 고민을 한꺼번에 삼켜 버리고 한 가지만을 생각하게 한다. 통증을 줄이는 것. 지금 당장 아프지 않게 해달라고 경고하듯 내장을 쥐어짰다. 경고를 듣지 않으면 심장을 옥죄고 뼛속 깊이 고통을 가하여 배를 움켜잡고 구르게 할 거라고 위협했다. 의지가 아무리 강해도 통증을 이겨내기에는 한계가 있다. 간절히 빌고 또 빌었지만 그 어떤 신도 고통을 줄여주지 못한다는 것을 숱하게 경험했다. 기도는 늘 허공 속으로 공허하게 흩어졌다. 조금이라도 진전이 있었다면 단언컨대 몇 날 며칠이라도 납작 엎드려 지극정성을 들였을 것이다. 그러니 믿을 수 있는 것은 오직 진통제뿐. 그녀는 진통제 두 알을 날름 삼켰다.

*

시끄러운 소리가 수돗가에서 들려왔다. 문구멍으로 밖을 보니 남자가 수돗가에다 도마를 꺼내놓고 아이스박스 뚜껑을 열고 있었다. 수도꼭지에서 조금 떨어진 마당에는 휴대용 가스레인지가 양은 냄비를 머리에 이고 빨갛고 파란 불을 맹렬하게 뿜어대고 있었다. 남자가 아이스박스에서 졸복 다섯 마리를 꺼내 낚시칼로 손질하려고 했다. 남자가 손질하려 한 게 졸복이 아니었다면 그녀는 습관적으로 수돗가로 나가 대신 손질해 줄 것이다. 전망도 좋지 않고, 오래되고 누추한 집을 찾은 손님에게 해 줄 수 있는 것은 오직 서비스뿐이었으니 친정어머니 같은 마음으로 손님을 대했다. 모처럼 친정에 와서 허드렛일에 시간 보내지 말고 마음 편히 재미있게 놀다 가라는 마음으로 잡다한 일을 거들었다. 낚은 고기를 손질해 주고, 탕을 끓여 주고, 설거지를 해주었다. 내심 다시 찾기를 바라며 가벼운 마음으로 거들곤 했다. 하지만 지금 남자를 보고 있자니 머리털이 곤두섰다.

4년 전이었다. 민박 손님인, 낚시꾼 두 명이 낚시로 잡은 졸복을 남편에게 손질해달라고 했다. 술로 불콰해진 남편은 손님의 부탁이라 거절하지 못하고 정성껏 손질해 주었다. 그들은 탕을 끓여놓고 수고했다며 남편에게 같이 먹자고 종용했다. 몇 번 사양했지만 하도 권하는 바람에 그들과 술잔을 기울이며 탕

졸복

을 먹었다. 아침이 되자 집 안이 발칵 뒤집혔다. 남편과 한 사람은 저승길로, 또 한 사람은 병원으로 떠났다. 그녀는 세상이 멸망한 듯한 충격과 슬픔을 삭일 겨를도 없이 낚시꾼 가족의 협박에 시달렸다. 자격증도 없이 요리했으니 책임지라고 핏대를 세웠다. 그렇지 않으면 당장 감방에 처넣을 거라고 산 자의 가족과 죽은 자의 건장한 자식들이 합심해 협박했다. 생활하기도 빠듯한데 그들의 요구를 모두 들어줄 수 없었다. 남편이 손질한 것은 사실이니 능력껏 배상하고 나머지는 감옥에 들어가는 것으로 죗값을 치르려고, 멸치 어장과 집을 매물로 내놓았다. 집은 낚시꾼에게 팔렸는데, 낚시 올 때만 안방을 쓰기로 하고 다른 날은 마음대로 쓰라고 했다. 관리해주는 조건으로 민박도 가능했지만 주인이 올 때는 피해야 했다. 성수기 때는 주인이 거의 매주 낚시를 왔다. 아무튼 멸치 어장과 집은 좋은 조건에 팔렸는데, 피해자 가족이 원하는 배상액에 턱없이 모자랐다. 이를 알고 미련한 딸년이 나섰다. 사위가 십 년 넘게 다닌 직장을 그만두게 하여, 퇴직금과 어렵게 모은 돈으로 합의했다. 덕분에 교도소는 면했지만, 딸의 살림이 빈털터리가 되었다. 그렇게 무모한 결정을 하기까지 그녀는 까맣게 몰랐다. 나중에 그 사실을 알았을 때는 남편이 갑자기 죽은 것에 버금가는 충격을 받았다. 시집을 갔으면 잘살 생각을 해야지, 애까지 딸린 가정의 미래를 등한시했다는 게 그렇게 미련할 수가 없었다. 총알을 맞은 듯 가슴이 아팠고, 화도 났다. 딸에게 천하에 둘도 없이 미련한 년이라고, 집만 깔고 앉아있으면 돈이 나오느냐, 쌀이 나오느냐고, 무지막지한 욕을 한참이나 퍼부었다. 딸이 대거리했다. 엄마 또래의 노인들이 복지관에 허구한 날 와서 노시는데, 그분들을 볼 때마다 엄마 생각으로 눈물바람일 거 아냐? 엄마가 감옥에 들어가 있으면 내가 편히 근무할 수 있겠어? 딸의 말에 또 버럭 화를 내고 욕지거리를 퍼부었다. 감옥에 가는 것보다 마음이 더 불편했다. 딸에게 빚쟁이 아닌 빚쟁이가 되었다. 돈이 모인 족족 딸에게 송금했지만, 딸이 어렵기는 매한가지였다. 차라리 그때 감옥에 갔어야 했는데. 그랬다면 딸이 지금처럼 고단하게 살지는 않을 게 아닌가. 급성 간암 판정을 받고 감옥에 가지 않은 것을 얼마나 후회했는지 모른다.

그녀는 벌떡 일어나 수돗가로 나갔다. 남자는 수술용 장갑을 끼고 쭈그려 앉아 도마 의에서 졸복을 손질하고 있었다. 냄비 뚜껑이 수증기에 밀려 올라가고, 중력에 끌려 내려오느라 달그락 소리를 냈다. 남자는 손질한 졸복을 냄비에 넣었다.

"잡술라고요?"

화들짝 놀란 그녀를 남자가 태연히 바라보며 고개를 끄덕였다.

"오메, 오메, 시방 이거이 뭔 소리다요? 복쟁이를 잡순다고라우? 또 초상칠 일 있소? 집에 가서 잡술라면 잡수시고, 여그서는 잡수지 마씨요!"

다다다 쏘아붙이고 나서 잽싸게 가스레인지 불을 껐다. 뜨거운 냄비를 냉큼 들어 시궁창에 버리려 했다. 남자가 황급히 그녀를 막았다. 그녀는 남자의 만류를 무시하고 내용물을 시궁창에 몽땅 쏟아버렸다. 이전에는 상상도 할 수 없는 행동이었다. 손님의 의사와 반하는 일을 저질렀지만 걱정보다 안심이 되었다. 남자가 황당하다는 표정을 짓더니, 텐트 안으로 들어가 작은 생수병 하나를 꺼내왔다.

"이게 뭔 줄 아세요?"

그녀는 대답하지 않았다. 물 같은데 물이라면 남자가 물어보지 않았을 것이다.

"해독젭니다. 복어독 해독제!"

남자가 으스대며 그녀를 보았다. 해독제가 있으니 괜한 걱정도, 호들갑도 떨지 말라는 뜻이 표정에 진하게 담겨 있었다. 하지만 그녀는 우쭐대는 남자를 이해할 수 없었다. 해독제도 금시초문이고, 해독제를 믿고 졸복탕을 먹으려 한다는 것이 마치 죽으려고 작정한 사람처럼 보였다. 남자가 어떻게 죽는 건 알바 아니나, 그녀 집에서 죽는 것만큼은 막고 싶었다.

"그렇게 잡숫고 싶으면, 텐트 걷어서 다른 디로 가서 잡수쎄요."

남자가 난감한 표정을 지었다.

"랜턴이 없다고 했잖습니까? 이 깜깜한 밤에 어디로 가겠습니까?"

"그럼 날 밝을 때까지 참았다가 다른 디로 가시던지라우! 군이 지금 잡수지 않아도 되지 않겠소? 정 배고프면 라멘이라도 하나 끓여 드릴 텐께 복쟁이탕은 잡수지 마씨요."

남자가 배고프다면 라면은 물론 밥상이라도 차려줄 생각이었다. 하지만 남자는 그런 요구는 하지 않고 자세를 고쳐 잡았다.

"아주머니, 릴렉스하시고 제 말 좀 들어보세요."

"릴렉슨지, 릴슨인지는 때려치우시고, 여그서는 절대 안 된당께라우!"

그녀는 버럭 소리치고 험악한 인상으로 그를 노려보았다. 그녀의 거친 호흡이 가라앉을 때까지 기다리던 남자가 다시 입을 열었다.

"저는 제약회사에 근무하는데요, 회사의 명운을 걸고 수년간 복어 독을 집중적으로 연구했습니다. 복어 독으로 피해를 입은 사례가 세계적으로 수만 명은 되거든요? 해독제가 있었다면 그 많은 분들이 피해를 당하지 않았을 거 아닙니까? 그래서 명운과 사명감으로 연구를 시작했지요."

남자 말에 그녀는 남편이 떠올랐다. 그때 해독제만 있었어도 남편이 죽지 않았을 텐데, 하는 아쉬움도 들었다. 남자의 이야기를 들어보고 졸복탕을 끓이지 말라고 해도 되지 싶었다. 그녀는 은근히 다음 말을 기다렸다.

"복어 천적은 복어밖에 없다는 사실에 착안해 복어 습성부터 연구했습니다. 복어 이빨이 튼튼하잖아요? 그런데도 복어는 아주 간사하게 조금씩 먹어요. 낚시할 때 입질을 파악하기 어려울 정도로 말입니다. 그 튼튼한 이빨로 간사하게 먹는 이유가 무엇일까. 초기 연구는 거기에 포커스를 맞추었습니다. 복어가 복어를 먹는데 독 때문에 죽을 수 있잖아요? 그걸 알고 복어가 복어를 잘근잘근 씹으며 아가미로 바닷물을 빨아들여 일차적으로 세척하는 과정을 거친다고 판단하여, 복어 독과 나트륨이 모종의 상관관계가 있을 거라는 가설을 세웠습니다. 가설에 따라 피해 사례를 조사했더니 복어를 손질하여 바닷물에 세척한 것보다 민물로 세척해 탕을 끓인 사람들의 피해가 훨씬 크다는 것을 알았습니다. 그래서 나트륨과 독의 상관관계를 연구했습니다."

남자가 말하는 동안 아이스박스 안에서 졸복이 울어댔다. 드넓은 바다에서 살다가 좁은 곳에 갇혔다는 게 서러운지, 운명을 다했다는 사실이 서러운지 졸복이 우는 소리가 끊임없이 아이스박스 뚜껑을 비집고 나왔다. 개구리울음 소리 같은 중저음으로 복, 복, 우는 소리. 참으로 오랜만이다. 남편 따라 배에서 낚시할 때, 바닷물이 드나드는 어창에서 복, 복 우는 졸복 소리를 들었다. 그녀는 그때 처음 알았다. 졸복도 운다는 것을. 아이스박스 안에서 끊임없이 울어대는 졸복 소리가 저승사자에게 인도하는 전령사의 주술 같아 오싹한 기분에 잠깐 몸을 떨었다.

남자가 또 졸복으로 탕을 끓일까 두려웠다. 그녀는 아이스박스 뚜껑을 열어 졸복을 수돗가에 쏟아 부었다. 남자는 그녀의 돌출행동에 당황하여 입을 닫았다. 졸복 여덟 마리가 바닥에서 나뒹굴었다. 남자가 졸복을 주우려고 허리를 숙였다. 그녀 발이 남자 손보다 빠르게 졸복을 하수구 속으로 밀어 넣었다. 남자가 짐짓 화난 표정으로 쏘아보듯 그녀를 빤히 바라보았다. 그래서요, 라며 그녀는 다음 말을 재촉했다. 남자가 입을 열기까지는 상당한 시간이 흘렀다.

"나트륨 연구에 만족하지 않고 복어 독도 연구했습니다. 이열치열이란 말 들어보셨지요? 우리는 이독치독을 염두에 두었습니다. 복어 독의 어떤 성분이 복어 독을 중화시키기에 복어를 먹어도 죽지 않는지, 막대한 비용과 시간을 투자해 원인을 찾았습니다."

"알아냈소?"

남자 말이 허풍 같아 속으로 미심쩍어 하며 듣다가, 찾았다는 말에 불쑥 질문이 튀어나왔다. 삶에 대한 집착이 자신도 모르게 튀어나왔을 터였다. 남자는 입을 닫고 뜸을 들였다. 그녀의 궁금증을 극대화하려 했다면 성공이다. 정말로 결과를 궁금해 하고 있으니까. 그녀는 눈으로 대답을 다그쳤다. 남자가 물론이죠, 라고 대답하고 플라스틱 병을 그녀에게 보여주었다. 작은 생수병이었다. 남자는 마치 이 안에 연구 결과물이 들어 있다는 듯한 표정으로 병을 보았다.

"나트륨이 소금이잖습니까? 나트륨이 복어독을 중화시키지 않더라도 사람에게는 도움이 됩니다. 북어독을 먹으면 무엇보다도 빨리 토하는 게 중요하거든요? 진한 소금물을 마시면 금방 토하잖아요? 거기에다 복어 독을 중화시키는 성분을 찾아 여기에 농축해 놓았습니다. 복어 독에 중독되었다 싶을 때, 이 해독제를 마시면 일차적으로 구토를 일으켜 위에 들어있는 독 성분을 배출시키고, 이차적으로 독을 중화시켜 인체에 해가 없도록 만들었습니다."

남자가 정말 대단한 결과물이라는 듯 영탄의 표정으로 다시 해독제로 눈길을 돌렸다. 그녀는 남자가 그녀 집에 온 이유를 짐작했다. 남자가 제약회사에 근무한다면 환자들의 정보를 수집하는 것은 일도 아닐 것이다. 연구했으니 임상시험을 하고 싶을 텐데, 목숨을 담보로 하는 실험이라 희망자 찾기가 쉽지 않아, 거래하는 병원에 부탁해 정보를 얻어 그녀 같은 사람을 찾아다닌 듯했다. 아이스박스에 도마며 가스레인지와 식기까지 준비한 남자가, 랜턴과 갯바위장화를 깜빡했다기보다 의도적으로 챙기지 않았거나, 있으면서도 없는 척하며 그녀 집에 머무를 이유로 써먹은 듯했다. 마당에 불을 밝히면 어둑한 방에서도 남자의 일거수일투족을 선명하게 관찰할 수 있다. 남자는 마치 무대에서 조명을 받는 연기자처럼 행동할 테니 지켜보라는 의미로 불을 밝혀달라고 요청한 듯했다. 수돗가에서 시끄럽게 부산을 떠는 것도 그녀를 깨우려는 의도된 행동일 것이다. 만약 그녀가 산에 살고 있다면 남자는 반 건조한 졸복을 생선으로 둔갑시켜 어떻게든 먹게 했을 것이다.

그녀는 해독제를 갖고 싶었다. 병을 진단받고, 다양한 치료법을 알아보았으나 별다른 약이 없다는 사실을 알고 최후의 수단으로 졸복을 생각했다. 이독치독이라며 졸복을 권한 사람도 있었다. 그 비루한 삶이라도 연장해보고 싶어 졸복을 먹으려 했는데 남편이 떠올라 도저히 끓일 수 없었다. 그녀는 손질한 졸복을 냉동실에 넣고 말았다. 혹시나 하는 마음에 틈나는 대로 냉동실에 눈길을 돌렸지만 열어볼 엄두가 나지 않았다. 그런데 해독제라니. 남자가 솔직하게 임상시험에 응할 수 있는지를 타진하면 더 좋겠는데, 그런 기미가 느껴지지 않았다. 임상 테스트 도중 죽는다면 장례비 걱정은 없을 거 아닌가. 딸에게 장례비까지 떠넘긴다면 죽어서도 눈을 감지 못할 듯했다.

"시중에 나왔다요?"

남자가 고개를 가로로 흔들자 그녀는 심한 낭패감이 일었다.

"그람, 그걸 나한테 좀 팔 수 있소?"

남자가 답하지 않고 어디에 쓸 건지 물었다. 팔지 않겠다는 말 대신 어디에 쓸 것인지 묻는 걸 보니 한 가닥 가능성이 엿보였다. 남자는 그녀가 사용할 거라는 걸 이미 알고 있을 테고, 그녀도 남자가 은근히 그렇게 유도했다는 것을 느끼고 있었다. 그럼에도 그녀는 남자에게 심적 부담을 주기 싫었다. 사실대로 말했다가 부담을 느껴 팔지 않을지도 몰라, 민박집이나 동네에서 누군가가 졸복을 먹고 탈이 날 경우를 대비해, 비상용으로 비치해놓고 싶다고 했다. 남자가 고개를 무겁게 끄덕였다.

"팔 물건이 아니라 돈을 받을 수 없습니다. 아주머니 부탁을 거절할 수 없어 그냥 드리긴 하는데요? 너무 맹신 마시고 위급할 때는 바로 119부터 불러야 합니다."

남자는 해독제를 건네주기 전에 다짐을 받듯 강조했다. 복어를 먹지 않는 게 무엇보다 중요하고, 이상하다 싶을 때는 119를 불러야 한다는 말을 몇 번이나 했다. 그녀는 알았다고, 먹으려는 게 아니라 비상시를 대비한 차원이란 말을 남자가 강조할 때마다 반복했다. 그제야 남자가 해독제를 건넸다. 그녀는 고마운 마음에 라면이라도 드실 것인지 물었다. 남자는 낚시나 더 하겠다며 몸을 돌렸다. 그녀는 남자가 낚시에 집중하는 동안 하수구를 뒤졌다. 아이스박스에 담겼던 바닷물이 하수구 웅덩이에 고여 있었고 거기에 졸복이 있었다. 예상대로였다. 끓는 물에 넣었던 졸복은 아이스박스에서 나온 바닷물에 밀려가고 없었다. 그녀는 졸복 한 마리를 냉큼 건져 부엌으로 향했다.

불을 켜고 졸복을 싱크대 도마 위에 올렸다. 위기감을 느꼈는지 졸복이 확충낭에 공기를 잔뜩 집어넣었다. 타원형 몸이 동근 공처럼 부풀어 올랐다. 원래보다 두 배는 더 커 보였다. 졸복이 조금만 더 공기를 마시면 뺑, 소리를 내고 터질 것 같았다. 그녀는 손질하려고 왼손으로 졸복 목을 잡았다. 검푸른 맨살에 윤활제를 듬뿍 발라 놓은 것처럼 목이 미끄러웠다. 부풀대로 부푼 하얀 가슴에는 돌기 같은 가시가 빽빽했다.

양쪽 아가미를 누르니 졸복이 주둥이를 벌려 위아래 이빨 네 개를 드러냈다. 아가미를 잡은 손에 힘을 주자 졸복이 무딘 식칼처럼 튼튼해 보이는 하얗고 날카로운 이빨을 갈았다. 치아가 좋은 것이 오복 중 하나라고 했는데, 튼튼한 이빨 때문에 복 받은 고기라는 의미로 복어라는 이름이 붙었는지도 몰랐다. 남편은 복어 이빨을 흉기처럼 여겼다. 멸치 그물에 병치, 갈치 등 잡어 몇 마리와 월척급 복어가 걸려 나왔다. 버리기 아까운 크기였다. 남편은 날카로운 이빨로 다른 고기를 물어뜯을 수 있다며 펜치를 찾았다. 하지만 펜치가 배에 실려 있지 않아 이빨을 뽑지 못했는데 입속에 들어온 갈치 꼬리를 복어가 잘라버렸다. 낚싯줄 자르는 정도야 껌 씹기도 아니고, 복어가 작심하면 사람 손가락도 절단할 것 같았다.

졸복 배를 가르려는 그녀 손길이 떨렸다. 남은 삶을 넉 달 예상했으니 의사 말대로라면 이제 석 달 남았다. 그녀는 망설였다. 어차피 가는 인생, 고통으로 석 달을 살다 가는 것보다, 지금 가는 게 나을지도 모른다. 갑자기 가면 딸은 또 얼마나 슬퍼할까. 아니야. 석 달 뒤라고 슬픔이 줄어들 리 없잖아? 그래도 딸에게 이야기라도 하고 먹어야 하는 거 아닌가. 부모가 모두 졸복 때문에 죽었다는 게 딸에게 어떤 영향을 끼칠까. 그녀는 주머니에서 휴대폰을 꺼냈다. 시간을 보니 새벽 두 시. 깊이 잠들어 있을 시간이다. 이 시간에 한 번도 전화한 적이 없으니 전화가 가면 큰일이 벌어진 줄 알고 깜짝 놀랄 것이다. 그녀는 휴대폰을 주머니에 넣었다.

시도해보지 않으면 더 큰 후회가 남는다. 일단 시도나 해보자. 그녀는 졸복을 통째로 끓이려다, 그래도 독성이 너무 강할지 모른다는 생각에 과감히 배를 갈랐다. 졸복의 내장과 눈을 제거하고 핏기는 깨끗이 손질하지 않았다. 등뼈에 실핏줄 같은 핏기가 남아 있었다. 남편은 핏기까지 깨끗이 제거해야 독에 중독되지 않는다고 했는데 그녀는 의도적으로 핏기를 남겼다. 핏기를 제거해버리면 복어 독에 중독될 리 없을 테니, 간암 치료에 도움이 되지 않으리라 판단했다. 그녀는 핏기를 제거하고 싶은 충동을 가까스로 눌렀다.

가스레인지에 냄비를 올렸다. 물이 끓는 동안에도 얼마나 많이 생각을 바꾸고 또 바꾸었는지 모른다. 그리고 내린 결론은, 죽기 직전 시도나 해볼 걸 하는, 천추의 한을 남기지 말자였다. 해독제를 믿기로 했다. 믿지 않는다 해도 다른 방법이 없으니, 선택할 수밖에. 그녀는 간을 맞추려고 졸복탕에 소금을 넣고 대접에 탕을 퍼 담아 해독제가 놓인 쟁반 위에 올려 안방으로 가져왔다. 막상 탕을 먹으려니 갈등이 폭풍처럼 또 휘몰아쳤다. 그녀는 세뇌하듯 읊조렸다. 해독제가 있다. 잘못돼도 단지 석 달 먼저 갈 뿐이다. 금빛 찬란한 삶이 아니니 석 달을 더 산들 무슨 의미가 있겠는가. 눈을 감을 때, 시도라도 해 볼 걸 하는 후회는 남기지 말자.

*

　몇 번이고 자신을 다독이고, 기도하고, 결심하고 나서야 그
녀는 숟가락으로 탕을 떠서 조심스럽게 입에 넣었다. 소금이
덜 들어가고 양념을 하지 않아 싱겁고 밍밍한 탕이 입에서 한
참을 맴돌다 목구멍으로 넘어갔다. 그녀는 또 갈등했다. 면역
성을 길러야 하니 오늘은 한 숟가락만 먹고 내일은 두 숟가락
을, 모레는 세 숟가락, 그렇게 차츰차츰 늘려갈까. 그러다가 어
느 세월에? 주말에 딸내미도 온다지 않은가. 하루가 다르게 부
어오르는 몸을 그때까지 만이라도 멈추게 하고 싶었다. 딸내미
가 놀러 왔다 부어오른 그녀 몸을 보고 또 다른 고민에 빠져들
게 하고 싶지 않았다. 그녀는 게걸스럽게 대접을 깔끔히 비우
고, 구토를 대비해 비닐봉지와 해독제를 옆에 놓고 반듯하게
누웠다.

*

　한 시간이나 지났나. 혀끝에서 미세하게 절절거리는 것이 느
껴졌다. 몸에 독이 퍼지고 있는 증상일 것이다. 기대와 불안감
이 동시에 솟았다. 그녀는 자리에서 일어나 해독제를 집어 들
고 뚜껑을 열었다. 뚜껑을 여는 손의 감각이 평소와 다르게 무
뎠다. 망설이지 않고 해독제를 벌컥벌컥 마셨다. 바닷물에 소

금을 한 움큼 넣은 것처럼 엄청나게 짠맛에 인상이 저절로 찌푸려졌다. 해독제가 위장까지 내려간 것일까. 갑자기 속이 뒤집혔다. 비닐봉지를 입에 대자마자 토사물이 쏟아졌다. 어제 먹은 것까지 역류하는 소리가 방 안에 진동했다. 토사물로 비닐봉지가 묵직했다. 위장에 남은 독성이 모두 빠져나온 듯했다. 남자가 말한 일차적인 반응 같았다. 불안감보다 희망이 크게 느껴졌다.

시간이 지날수록 몸에 기운이 빠지고 어지럼증이 심해졌다. 반듯하게 앉아 있으려 해도 몸이 자꾸만 기울어졌다. 이게 명현반응일까. 아닌 것 같았다. 심상치 않음을 직감한 그녀는 소리쳐 그를 불렀다. 하지만 목소리가 입 안에서만 맴돌 뿐이었다. 숨도 점차 가빠졌다. 그녀가 구역질하는 소리를 들었을까. 남자가 방으로 급히 들어와 괜찮은지 물었다. 그녀는 어렵사리 고개를 흔들었다. 남자가 119에 전화를 걸어 복어 독으로 위급한 환자가 발생했다며 긴급 출동을 요청했다.

"해독제라면서라우?"

그녀는 간신히 말을 뱉었다.

"맹신하지 말라고 했잖습니까? 토할 때, 중화제 성분까지 모두 나와 버린 듯하니 주사제를 개발해야겠어요."

남자는 해독제 병을 급히 주머니에 넣었다. 주사기가 있으면 해독제를 주사해주라고 말하고 싶은데, 남자의 행동을 보니 주사기가 있다고 해도 그녀 몸에 흔적을 남기는 짓거리는 하지 않을 듯했다. 경찰의 수사를 대비한 게 분명했다. 그래도 그녀는 말이라도 건네 보려고 입을 달싹였지만 말이 나오지 않았다.

문득 남자가 낚시가방의 명찰을 뒤집던 모습이 떠올랐다. 남자가 제약회사에 근무하지 않을지도 모른다는 생각이 들었다. 떳떳하다면 이름을 감추지 않았을 것이다. 남자에게 소중한 누군가가 간암에 걸렸고, 병원 약이 듣지 않아 수소문 끝에 졸복 독으로 제조한 민간약을 구했지만, 먹일 자신이 없어 시험대상을 찾았을 것 같았다. 남자가 고른 시험 대상이 그녀였을지도 몰랐다. 문득 남자가 김종복이라 적힌 이름표를 뒤집었던 모습이 떠올랐다. 하필이면 왜 이제야 생각난단 말인가. 그녀 눈꺼풀이 가늘게 떨렸다. 남자를 의심하지 않았던 자신을 책망했다. 하지만, 명찰을 뒤집던 남자를 수상쩍게 여겼다 해도 그녀는 해독제를 믿었을 것이다. 지푸라기라도 잡고 싶은 심정이었으니까. 개똥밭에 구르더라도 이승이 나을 테니까. 다른 방법이 없었으니까.

*

이제 온몸이 굳어지고 정신이 혼미해졌다. 한 가닥 희망이 저 깊은 바다에 수장되었음이 느껴졌다. 순희로 불렸던 22년과 동구댁으로 불렸던 37년이 스쳐 지나갔다. 그 세월 모두 음

습하고, 어둑하고, 아등바등했다. 외로움을 달래줄 남편도 없
으니 더 이상 미련 같은 것은 없다. 딸에게 물려줄 것도 없고,
쓸 만한 것은 모두 챙겨 두었으니 가져가기만 하면 될 것이다.
다만 한 가지. 딸과 사위와 외손자들이 와서 볼 텐데, 너무 꾀
죄죄한 옷을 입고 있다는 것이 마음에 걸렸다. 남은 식구들에
게 마지막이라도 예쁘게 보여줄 걸. 그런 기회마저 놓쳐버렸
다. 일어나기 힘들 정도로 피곤할 때, 아파서 홀로 누워있을
때, 가슴이 텅 빈 듯 외로울 때, 암담한 현실이 오랫동안 온몸
을 옥죄어 올 때, 남편은 어김없이 꿈에 등장했다. 그녀가 저승
에 가면 틀림없이 마중 나올 남편만 생각했어도 충분히 할 수
있었는데, 분홍색 원피스를 입고 눕지 않은 게 후회되었다. 그
것뿐이다. ✦

그림자놀이

딱, 십장생 그림자가 하나씩 사라졌다. 화청은 계속 흘렀다.
딱, 소리에 연등 행렬이 사라지고 용과 잉어가 등장해 여의
주를 서로 차지하려고 했다. 나는 그 대목에서 잠시 생각했
다. 용과 잉어가 여의주를 서로 차지하려 했지만 결국 아무
도 차지하지 못했음을 보여 주기 위해서?

1

딱, 죽비로 치는 듯한 짧고 둔탁한 소리가 들린다. 천장에 매
달린 중앙 조명에 불이 들어온다. 바라, 징, 대금으로 연주한
곡이 흘러나온다. 무대 오른쪽 구석에 서 있는 만석중인형 옆
으로 연희자가 고개를 숙이고 느릿느릿 무대 중앙으로 등장한
다. 양손에, 분홍색 종이 연꽃을 든 연희자가 조명 아래 다소곳
하게 자리를 잡는다. 눈부시게 밝은 빛줄기가 무겁게 연희자를
짓누른다. 마치 정수리에 물 폭포를 맞는 것처럼 고개를 내리
꺾고 서 있다. 연희자는 하얀 장삼에, 가슴에서 엉덩이에 이르
는 폭넓은 붉은 띠를 두르고 노랑, 파랑, 녹색 대령을 목에 걸
쳤다. 머리에는 연꽃이 그려진 각진 고깔을 썼다. 연희자가 천

천히 고개를 든다. 아니, 저분은? 아버지다. 입술에 붉은 립스틱을 두툼하게 바르고 광대처럼 짙게 화장했지만, 틀림없는 아버지다. 그림자놀이에 평생을 바친 아버지는 주로 공연을 기획하고 연출했지 무대에 오른 적은 없었다. 공연 때면 전문 춤꾼을 초빙했는데 직접 무대에 오르다니. 나는 떨떠름한 시선으로 아버지를 응시한다. 아버지는 아직 움직이지 않는다. 마지막이라는 생각에 감정이 북받쳤단 말인가.

마지막이라는 말은 단단한 마음을 무장해제시킨다. 필요 이상으로 조심스럽게 만들고 감정의 날을 무디게 한다. 잔인하고 냉소적인 논리를 펼칠 수 없게 할 뿐만 아니라 측은지심마저 솟게 한다. 사람들은 흔히 마지막이라는 말을 핑곗거리로 악용하거나 책이나 노래 제목에다 전략적으로 사용하기도 한다. 궁지에 몰리면 마지막이라는 말로 동정표를 얻으려는 것처럼 아버지도 그랬을지 모르겠다. 마지막이라고 하지 않았다면 나는 아예 얼굴도 내비치지 않았을 테니까.

"전시관이라도 짓나 보죠?"

나는 좀 삐딱한 어조로 아버지에게 시선을 붙박고 있는 한수 형에게 물었다. 나보다 열두 살 많은 형은 그림자놀이의 모든 것을 전수받아 아버지 뒤를 이으려고 10년 전부터 아버지를 따라다녔다. 마흔이 훌쩍 넘었음에도 아직 미혼이다. 일부러 결혼하지 않았다고 큰소리쳤지만 내가 보기에는 하지 못한 게 분명하다. 입고 있는 흰색 개량한복도 촌스럽기 그지없고, 검정 리본으로 질끈 묶은 꽁지머리도 백 킬로그램이 넘는 큰 덩치와 어울려 보이지 않는다. 무엇보다도 벌이가 시원치 않다. 그런 형이 한심스러워 나는 한수 형을 볼 때마다 속으로 혀를 끌끌 찼다.

아버지는 전시관이 완공되면 형에게 운영권을 넘기겠노라고 입버릇처럼 말했다. 전시관은 아버지의 마지막 소원이었다. 애초에는 그림자놀이 박물관을 꿈꿨지만 여러 여건상 전시관으로 바꿨다. 전시관을 짓게 되어 마지막으로 공연이라도 한 번 하려고 아버지가 무대에 올랐나 싶었다. 형은 황급히 일어서서 아버지를 향해 허리께까지 고개를 숙여, 정중히 인사하고 난 뒤에야 입을 열었다.

"그건 아니네."

"그럼요?"

"나도 이유를 몰라 답답하네. 지난 일요일 밤에 갑자기 보자고 하시더군. 시무룩한 표정으로 나에게 모든 것을 맡아서 하라는 거야. 군사정권의 모진 탄압도 꿋꿋하게 버텼던 분인데 말이야. 어리둥절한 나는 한참 후에야 그 이유를 물었네. 헌데 아무리 물어도 대답하지 않으신 거야. 혹시 요즈막 자네와 어떤 일이 있었던 건 아닌가?"

나는 재빨리 기억을 더듬었다. 딱히 짚이는 건 없었다.

"일이요? 아무 일도 없었거든요?"

형이 고개를 갸웃거린다. 나는 고개를 돌려 주위를 살핀다.

이십여 가구가 사는 마을 옆 공터에 설치한 가설무대는 그지없이 초라하다. 1m 높이의 무대는 3.5미터가량의 파란 천막으로 빙 둘러쳐졌다. 무대 뒤 은막도 흔해빠진 얇디얇은 광목으로 만들었다. 아버지 머리 위 세 개의 팽팽한 밧줄에는 수십 개의 연등이 주렁주렁 달렸다. 객석의 의자는 달랑 두 개뿐이다. 그걸 나와 형이 차지하고 앉아 있다.

아무리 그림자극이 시대에 밀렸다 해도, 호기심 많은 아이나 하릴없는 노인 한두 명은 구경 삼아 올 법도 한데, 아무도 보이지 않는다. 앉아 있다는 자체가 창피할 지경이다. 더군다나 이 마을은 한때 우리가 살았던 곳이다. 10년 넘게 정을 나누었으니 인사치레로라도 누군가는 올 수 있다는 말이다. 아버지가 오지 못하게 막았거나 협조를 구했을 리도 없다. 무대 설치와 여러 스태프를 부리기 위해 적지 않은 돈을 지출했을 테니까. 거저 일손을 보태주는 세상도 아닌데 돈은 어떻게 마련했을까. 변변한 벌이가 없는 아버지가 어떻게 돈을 마련했는지 따위는 중요치 않다. 이런 공연을 위해 돈을 쓰다니. 마지막으로 자신의 춤을 선보이겠다는 속셈인지 몰라도 이건 아니다. 이럴 돈이 있으면 창고나 하나 빌려 물건을 보관하면 얼마나 좋아. 그랬다면 어머니가 쓸데없는 물건으로 좁디좁은 집안에서 최소한 휠체어라도 마음대로 타고 다닐 수 있을 거 아닌가. 나는 힐난의 시선을 무대로 던진다.

아버지는 여전히 움직이지 않는다.

웅숭깊고도 처량한 대금 소리가 까무레한 허공에 퍼진다. 이윽고 아버지가 양팔을 어깨높이로 들어 올린다. 넓고 긴 소매가 바닥에 닿는다. 대금 소리가 끊기고, 6박의 도드리장단과 함께 염불이 흐른다. 아버지는 팔을 든 채 오른쪽으로 구십 도쯤 돌았다가, 왼쪽으로 느리게 한 바퀴 돈다. 서서히 무릎을 꿇는다. 상체만을 깊숙이 숙여 머리를 바닥에 조아린다. 마치 객석을 향해 양팔을 벌리고 큰절을 하는 모양새다. 형은 맞절하듯 아버지를 향해 깊이 고개를 꺾는다. 나는 고개조차 까딱하지 않고 바라볼 뿐이다.

아버지가 느릿느릿 상체를 세워 뒤로 한껏 젖힌 뒤, 다시 머리를 바닥에 조아린다. 무릎을 꿇은 자세다. 다시 상체를 한껏 뒤로 제쳤다가 앞으로 머리를 숙이더니, 전과는 달리, 두 손을 모으고 상체를 왼쪽으로 틀어 오른쪽으로 움직이며 서서히 일어난다. 양팔을 머리 위로 올렸다가, 어깨높이로 내리고서 제자리에서 사뿐사뿐 돈다. 왼손을 오른 가슴에 얹고 오른팔로 왼손을 감싸 안으며 살포시 앉았다가 일어선다. 조용하고 느린 동작으로 회전한다. 연습이 부족했던 모양이다. 단아하면서도 절제된 발놀림 같지는 않다. 다만 최선을 다하고자 하는 모습은 역력하다. 아버지는 팔을 든 채 몸을 왼쪽에서 오른쪽으로 틀고, 한 바퀴 돈 후, 객석을 향해 다시금 큰절한다. 십 분이 넘게 연기를 하면서 절하는 동작을 다섯 번이나 반복했다. 마음을 청아하게 만드는 잔잔한 염불과 처연한 모습으로 자꾸만 절을 반복하는 모습에 내 마음은 심란하게 뒤엉켰다. 마지막으로 나에게 미안함을 나타내려고 일부러 무대를 꾸몄다 이건가.

"나비춤의 일종인 운심게작법이라네. 우리네 삶이 어항 속의 물고기처럼 좁다란 공간 속을 헤맬 뿐이며, 허망하고 무한한 욕심도 결국 허울 좋은 거품에 불과하다는 것을 보여주는 춤이라네."

절을 하려는 게 아니라 좁다란 공간을 헤매는 것을 표현한 것뿐이라고? 그럼 나에게 미안한 마음을 전하려는 게 아니잖아? 일말의 기대가 허공으로 산산이 흩어졌다. 쓴웃음이 터져 나왔다. 이 자리에 있다는 게 후회스럽다. 나는 돌아가려고 의자에서 일어선다. 형이 나를 끌어당겨 의자에 앉힌다. 형의 힘에 나는 엉거주춤 다시 의자에 앉았다. 형은 작법이 스님들의 춤이라고 보충설명 한다. 나는 귓등으로도 듣지 않는다.

공연을 마친 아버지가 무대 왼편 가장자리로 이동해 다소곳한 자세로 섰다. 음악이 멈추고, 무대 조명도, 무대 뒤에서 은막을 비추던 파이어 조명도 꺼졌다. 암전. 암흑은 어떤 것도 보여주지 않는다. 다만 어둠만 눈에 가득할 뿐이다. 눈을 감고 소리에 귀를 기울인다. 하천을 흐르는 물소리가 미약하게 들린다. 귀뚜라미의 요란한 아카펠라에 신경을 집중한다. 누구의 지휘에 따라 노래할까. 제각각 울어대는 것 같은데도 화음이 조화롭다. 한참 감상한 후에, 눈을 뜬다. 이제야 망막이 어둠에 익숙해졌다. 아버지는 아직도 무대를 내려가지 않고 그대로 서 있다.

2

아버지가 그림자놀이에 미친 건 한 권의 책 때문이었다. 내가 초등학교 4학년 때, 아버지는 어디서 구했는지 『조선연극사』 한 권을 들고 집에 들어왔다. 틈만 나면 배를 깔고 엎드려 책을 들여다보았다. 아주 특별한 책이라며 가보처럼 애지중지했다. 보물섬의 위치라도 기록해 놓은 책인가, 하는 착각이 들 정도였다. 저자인 김재철 선생을 신처럼 숭배했다. 어느 날, 아버지는 충격적인 선언을 했다. 책 속에 나와 있는—일제강점기 때 강요에 의해 맥이 끊겨버렸다는— 그림자놀이를 복원하겠다며 사표를 썼다는 것이다. 아버지는 9급 공무원이었다. 어머니는 어쩔 줄 몰라 하더니 넋이 나간 표정으로 깊은 한숨만 토해놓았다. 농밀한 단내가 집 안 가득 번졌다. 사실 그 당시에는 어머니가 그렇게까지 반응한다는 게 의아했다. 전통놀이를 복원하고 보급하려는 아버지가 멋있게 보였다. 게다가 다음해에는 올림픽도 앞두고 있었다. 아버지는 수시로 올림픽을 들먹였다. 아버지가 올림픽 때 어떤 큰 역할을 할 것 같았다. 나는 아버지 편에 섰다.

아버지와 나는 안방에서 불을 꺼놓고 자주 놀았다. 아버지는 손전등을 벽을 향해 켜 놓고 한손이나 양손으로 각종 모양을 만들어 손전등 앞에 갖다 대곤 했다. 벽에는 개, 독수리, 나비, 타조 머리, 박쥐 모양의 그림자가 나타났다. 나는 그런 신비로운 그림자를 보며 호들갑을 떨었다. 아버지는 빙그레 웃으며, 빛의 각도와 거리 및 방향에 따라 그림자 크기와 모습이 달라진다는 사실을, 실연을 통해 증명해 보였다. 더 나아가 아버지는 두꺼운 마분지로 십장생 모양을 본떠, 테두리를 제외하고 오려낸 다음 그 공간에 물들인 한지를 붙여 손전등으로 벽에 비춰보았다. 나는 벽에 나타난 컬러 그림자를 보고 양손을 치켜들고 환호성을 질렀다. 아빠, 짱이다!

　아버지는 그림자놀이에 대해 자주 말했다. 그림자놀이는 고려 시대 때 사월초파일을 맞아 연등회에 참관한 고관대작을 위해 만들어졌어. 그런데 어떻게 만석중놀이로 발전하게 된 줄 알아. 그건 민중들이 저잣거리에서 여러 가지 시대 현실을 담아서 공연했기 때문이여. 그림자로 현실을 풍자하기 얼마나 좋아. 하지만 그림자만으로는 부족하지 싶어 사람 닮은 인형을 만든 거여. 그것이 만석중이여. 민중들 사이에서 그림자놀이가 성행했기에 불교를 억압했던 조선 시대를 거치면서도 명맥이 끊기지 않았던 것이여. 일본 놈들이 그렇게 그림자놀이를 막으려 했던 것도 민중의식을 담았기 때문이 아니겠어? 아버지는 틈만 나면 민중의식을 강조했다. 그러면서 집회 장소에서 만석중을 앞세워 그림자공연을 하려고 기를 썼다. 그림자놀이를 복원하려는 자가 마땅히 해야 할 당위성이라고 했다.

공연 때 아버지가 무엇보다 공을 들였던 것은 용과 잉어가 여의주를 놓고 다투는 장면이었다. 연등놀이가 진행되다가 딱, 소리가 나면 연등 행렬이 사라지고 은막 왼쪽에서는 용이, 오른쪽에서는 잉어가 등장했다. 용은 머리에 뾰족한 뿔이 2개, 턱에는 두 가닥의 굵고 긴 수염이 있었다. 네 발 달린 용의 길이는 3미터가량 되었다. 등지느러미와 꼬리지느러미를 바짝 세우고 눈알이 부리부리한 잉어는 족히 일 미터가 넘어 보였다. 은빛 비늘 그림자의 용과 잉어는 마치 자신들의 용태를 자랑이라도 하듯 좌우를 유유자적하게 노닐었다. 용이 위로 향하면 잉어는 밑으로 향하고, 용이 밑을 향하면 잉어는 위를 향해 움직였다. 빠른 동작임에도 둘이 엉키지 않았다. 용과 잉어가 서로 눈높이를 맞춰, 마주보면서 한참을 머물러 있었다. 연인 같았다.

그러다 딱, 소리가 나면 은막 오른쪽에서 태극문양의 둥그런 여의주가 서서히 등장했다. 용과 잉어의 시선이 동시에 여의주를 향했다. 여의주가 은막 중앙 부분에 다다르자 갑자기 용과 잉어가 빠르게 움직이며 여의주를 물려고 했다. 여의주는 왼쪽, 오른쪽, 위아래로 황급히 움직이며 피해 다녔다. 급기야 용과 잉어는 서로 격렬하게 싸웠다. 용이 여의주를 물려고 하면 잉어가 잽싸게 다가가 아가미로 용의 머리를 거칠게 밀어냈다. 잉어가 여의주를 물라치면 용이 꼬리를 휘둘러 잉어를 멀리 쫓아냈다. 그 틈에 여의주는 용과 잉어의 머리에서 점차 멀어졌다. 그때까지의 그림자극 중에서 가장 동적인 장면이었다.

다시 딱, 소리가 났다. 여의주가 은막 가운데에 자리를 잡고 움직이지 않았다. 용은 은막 왼쪽 밖으로 꼬리 부분이 반쯤 벗어났지만 시선은 여의주를 향하고 있었다. 잉어 또한 오른쪽에서 여의주를 똑바로 바라보는 자세였다. 그러니까 여의주를 가운데 두고 용과 잉어가 서로 대치하고 있는 형국이었다. 그림자는 한동안 미동조차 하지 않았다. 침묵만 가득했다. 아버지도 그때만큼은 무겁게 침묵을 지켰다.

아버지는 그림자놀이와 관련된 물품을 찾고 수집하는데 열을 올렸다. 햇불, 등잔불, 촛불을 밝힐 수 있는 조명 도구, 각종 연등, 범종, 법복, 송낙, 장삼, 목탁, 장고, 징, 북, 민화가 그려진 갖가지 병풍을 비롯해 무구인 언월도, 삼지창, 신칼, 바라, 방울, 작두, 부채에 심지어는 크고 작은 솥뚜껑까지 집에 들여놓았다. 급기야 거실은 물론 안방과 내 방까지 수집품들로 넘쳐났다. 발 디딜 틈조차 없을 지경이었다. 집에 들어갈 때마다 마치 고물상이나 무당집에 들어가는 기분이었다. 집을 나가버리고 싶었다. 어머니는 골동품을 사들이느라 바닥난 살림살이에 망연자실한 표정을 짓기 일쑤였다.

아버지는 딱 한 번 얼이 빠진 듯한 표정을 지었다. 집중 호우로 하천을 범람한 물이 집 안을 덮쳤다. 우리는 겨우 몸을 피했지만 수집품들은 죄다 홍수에 쓸려가 버렸다. 만석중이 물에 떠내려가는 모습에 아버지는 발을 동동 구르며 통곡했다. 손을 휘이휘이 저으며 하천으로 걸어갔다. 물에 뛰어들려는 아버지를 막기 위해 어머니는 온몸으로 아버지 앞을 가로막고 막고 나섰다. 나도 아버지 허리춤을 붙잡고 필사적으로 매달렸다. 만석중이 시야에서 사라지자 아버지는 결국 포기했다. 그 후, 아버지는 미친 사람처럼 산발한 모습으로 여러 날 누워 있었다. 땟국이 잘잘 흐르는 얼굴에 눈물 이랑이 가시지 않았다. 눈앞에서 떠내려가는 자식을 구하지 못해 심하게 자학하며 괴로워하는 부모의 모습이었다.

　아버지는 삶을 포기한 듯했다. 어머니가 정성껏 쑨 죽과 쌈짓돈을 털어 조제한 보약을 한사코 거절했다. 하루가 다르게 초췌한 몰골로 변해갔다. 허구한 날 이불 속에 누워 있는 아버지의 퀭한 눈과 어쩌다 시선이 마주치면 오소소 소름이 끼쳐, 나는 재빨리 고개를 돌려버리곤 했다. 귀신을 보는 느낌이었다. 보다 못한 어머니가 눈물바람으로 나섰다.

　"이대로 가실 거요? 죽도록 고생했는데 전시관이라도 남겨야 할 거 아니요?"

　"……."

　아버지는 별다른 반응을 보이지 않았다.

　"정책 탓에 정부 관계자들의 발이 묶여 있으니, 민간인들이 나서서 작은 물꼬라도 터야 한다고 말했잖아요?"

　"……."

　"남북문예교류의 선봉에 서고 싶다고 하셨잖소? 단정된 민

간 교류의 노둣돌이 되겠다고 하셨잖아요? 그 말이 모두 허풍
이었다 이거요?"

"……."

"기운 내세요. 만석중놀이가 연희되었다는 개성에 꼭 한 번
가보고 싶어 하셨잖아요? 일어나야 노둣돌도 되고, 개성도 가
볼 거 아니요?"

그제야 아버지는 간신히 몸을 일으켰다. 어머니는 쇠약해진 아
버지를 정성껏 보살폈다. 집 안에 한약 냄새가 여러 날 진동했다.

아버지는 기력을 회복하자마자 그림자놀이와 관련된 자료를
수집하려고 전국을 뒤졌다. 물품을 수집하는 일에 이전보다 몇
갑절 힘을 쏟았다. 자료에 대한 정보를 치밀하게 조사해 간단
한 기록을 곁들였다. 예컨대, 50센티미터쯤 되는 범종에 '조선
시대, 학서암, 대형 범종으로 교체 후 담준 스님께서 기증'이라
는 메모를 부착해 놓았다. 집은 다시 예전처럼 그림자놀이 관
련 물품 창고로 변했다. 집에 가득한 골동품을 피해 조심스럽
게 움직이면서도 아버지는 흐뭇한 표정이었다. 하지만 마을이
재개발된다는 소문이 돌자마자 우리는 이사 가야 했다. 전세로
살고 있었는데 주인이 집을 팔았기 때문이었다. 이삿짐센터의
차를 타고 떠나기 직전, 아버지는 무연한 시선으로 마을 앞 하
천을 한참 동안 바라보았다. 떠내려간 만석중을 생각한 듯, 결
국 너를 찾지 못하고 떠나게 되었구나, 하고 비탄에 잠긴 어조
로 웅얼거렸다.

아버지는 방북 준비에 심혈을 기울였다. 만석중놀이에 관한 자료를 모으고, 밤늦도록 개성에서 만날 사람과 채집할 자료를 점검하고 또 점검했다. 혹시 고장이 날까 봐 녹취용 소형 녹음기도 2대나 준비했다. 방북 신청도 각별히 신경 썼다. 간혹 관계자와 밤새 술을 마시고 동틀 무렵에야 집에 들어왔다. 긍정적인 언질을 받았던지 술에 찌들어 초췌한 얼굴에도 미소가 넘쳐흘렀다. 하지만 통일부에서는 가타부타 말도 없이 시간만 끄는 중이었다.

아버지는 최근까지 전시관 건립을 위해 동분서주했다. 만석중놀이를 중요무형문화재로 지정받기 위해 자료를 바리바리 싸들고 문화재청과 한국문화재보호재단 및 국립문화재연구소 등을 발이 부르트도록 찾아다녔다. 아직도 진행 중인데 마지막이라니. 그동안 열정적으로 쏘다니더니 아버지가 중병이라도 걸렸나. 병에 걸리진 않았다. 내가 아는 한 아버지는 그렇다면 왜? 아무리 생각해도 납득이 가지 않는다. 아버지에게 의문의 시선을 던진다. 아버지는 아직도 무대에 서 있다. 앙상한 몸피에 광대뼈가 불거진 노구의 몸으로 삼십 분이 넘도록 그 자세 그대로다. 한 자리에 붙박아 놓은 만석중인형처럼.

3

나는 홈쇼핑 벤더 업체에 근무하는 벤더다. 벤더란 은밀하게 홈

쇼핑 MD와 생산업체를 연결해주는 담당자다. MD(merchandiser
-상품기획자)의 주요 임무는 숨은 보석을 발굴하듯 대박 상품을
발굴하는 일이다. MD가 대박을 예감한 상품은 모든 걸 비밀
리에 추진한다. 치열한 경쟁사회이다 보니 MD가 직접 나서서
생산업체를 들락거리거나 관련자를 만나면 경쟁업체에 정보가
누출될 가능성이 크다. 이를 막으려고 MD는 대리인을 내세우
는데, 나는 그런 대리인 노릇을 줄곧 해왔다.

　나는 지난달까지 일본 삿포로에 있었다. 고등어 전용 선별장
이었다. 값비싼 갈치 대신 고등어가 한국 식탁에 중점적으로
오를 것으로 내다본 MD의 지시에 따라 일본으로 건너간 것이
었다. MD는 우리나라 고등어 어획량이 급감한 탓에 안정적인
물량 확보를 위해 혈안이었다. 나는 선별장에서 크기와 선도가
좋은 고등어를 고르는 것을 관리 감독했다. 고등어 선별장은
농밀한 비린내가 둥둥 떠다녔다. 생경하고도 역겨웠다. 그럼에
도 품질 경쟁력 확보를 위해 자리를 오랫동안 비울 수는 없었
다. 나는 코를 틀어쥐고 선별장을 수없이 들락거렸다. 일이 끝
나면 샤워를 몇 번이나 했지만 몸에서 비린내가 떠나지 않았
다. 고등어라면 이가 갈릴 정도로 거부감이 일었다. 그런 고등
어를 세끼 반찬으로 반드시 먹어야 했다. 질리고, 지겹도록 먹
었다. 우리나라 소비자 입맛에 맞는지 점검하기 위해서였다.

　저녁이면 밤늦게까지 텔레비전을 보았다. 지상파는 물론 케
이블의 예능 프로까지 섭렵했다. 특히나 젊은이들이 등장하는

드라마나 시트콤, 최근 유행한 프로그램은 빼먹지 않았다. 그러다 필이 꽂히는 의류가 나오면 서둘러 인터넷을 검색하여 젊은이들의 반응을 살폈다. 한번은 최근 인기 있는 드라마를 보는데 남자 주인공이 입고 있는 옷이 눈에 확 들어왔다. 고어텍스 소재의 검정 점퍼에 모자가 달린 단순한 디자인이었다. 젊은층에 먹힐 것 같았다. 다음 날 나는 눈을 뜨자마자 그 점퍼를 제작한 업체를 수소문하여 찾아갔다. 그리 알려지지 않은 의류 전문 업체였다. 영세했다. 나는 거기서 생산한 모든 제품을 꼼꼼히 살폈다. 디자인은 물론 가격 면에서도 충분히 승산이 있다는 확신이 섰다.

MD에게 소개하기보다는 직접 백화점에 매장을 열어 판매하고 싶은 욕심이 생겼다. 가내수공업을 겨우 면한 수준의 업체에서 만든 의류라 백화점에 입점하기는 어려울 것이었다. 게다가 예상 매출액의 산출이 어려워 마진율 정하기도 만만치 않았다. 그러나 브랜드를 개발하여 OEM 방식으로 제작하면 충분히 극복할 수 있을 것 같았다. 하지만 자본이 문제였다. 땡전 한 푼 보태줄 수 없는 부모인데다 준비해놓은 밑천마저 없었으니 잠시의 꿈으로 만족했다. 너무나 아쉬워 내 생각을 홈쇼핑차 MD에게 전했다. 그가 깊은 관심을 보이더니 행동에 나섰다. 곧바로 직장에 사표를 내고 '티캐스트'라는 매장을 냈다. 내가 구상한 대로 OEM으로 생산하여 판매했다. 매장에서 판매한 의류가 젊은층에 삽시간에 퍼져 나갔다. 그는 1년도 안 되어 열 곳 넘게 매장을 확장했다. 나는 차 MD의 티캐스트가 빠르게 늘어가는 추세를 보며 허탈해 했고, 쓴웃음만 지었다. 날이 갈수록 티캐스트 매장이 늘었다. 발등을 찍고 싶었으나 이미 엎질러진 물. 나는 벤더 일에 충실해야 했다.

두 달 전이었다. 효과를 검증하려고 얼굴 한쪽에 '지렁이 크림'을 잔뜩 발랐다. 지렁이 크림은 미국에서 '바르는 보톡스'라는 별칭이 붙을 정도로 효과가 좋다고 아주머니들 사이에 소문이 자자했다. 효과만 확실하다면 주름살이 많은 여성들이 '빽'이 갈 만한 상품이었다. 하지만 홈쇼핑에서 판매하기에는 가격이 터무니없이 비쌌다. 가격을 낮출 필요가 있었다. 민 MD는 그 제품을 태국 업체를 골라 대량생산할 요량이었다. 나는 민 MD를 대신했다. 본격적으로 생산하기 전에 민감성 피부를 소유한 분들을 섭외해 실험에 들어갔다. 나 역시 크림을 얼굴에 두툼하게 바르고 실험에 참가한 것은 당연했다. 나는 바르지 않은 쪽과 비교하기 위해 하루에도 몇 번씩 거울을 보며 화장품을 발랐다. 어떤 이는 신상품을 가장 먼저 써본다고 부러워할지 모르나 그건 그렇지 않다. 나는 얼굴에 반갑지 않은 트러블이 생겨 열흘 넘게 병원에 다녀야 했다. 다른 사람들에게 일어나지 않은 트러블이었다. 그럼에도 나는 화장품을 계속 발랐다. 단점을 해결할 때까지. 나는 극심한 가려움과 따가움으로 얼마나 얼굴을 박박 긁었는지 모른다. 도중에 포기하고도 싶었으나 입도 빵끗 못했다. 단점을 떠벌렸다가는 벤더 업체에서

도태될 것만 같은 불안감이 밀려왔다. 나는 얼굴을 후벼 파며 단점을 보완할 때까지 바르고 또 발랐다. 마침내 효과가 확실한 제품을 생산하게 되었다. 덕분에 첫 방송에서 준비한 모든 물량이 동났고 매출이 십억을 훌쩍 넘었지만 나에게 돌아온 것은 극히 미미했다. 반면, 민 MD는 수백만 원의 보너스에 특진까지 했다.

　시간이 흐를수록 내 임무와 나를 철저히 숨겨야 하는 일에 점점 흥미를 잃어갔다. 손님으로 바글거리는 티캐스트가 머리에서 떠나지 않았다. 내가 왜 그걸 포기했을까. 충분히 가능성이 있으리라 예상해놓고. 아버지가 그림자놀이에 쏟아 부은 돈의 절반만 있었다면 어떻게 되었을까. 내 생각은 늘 거기서 멈췄다. 그림자놀이에 밀려났다는 생각이 들면 저절로 주먹이 쥐어졌다. 뒷목이 뻣뻣해지고 근육이 팽팽히 조여들었다. 밤에 잠자리에 누웠다가 벌떡벌떡 일어나는 경우가 허다했다. 쉬이 잠들지 못한 나는 약과 수면제 사이에서 갈등했다. 정신없이 술을 마시면, 술이 나를 혼미하게 지배하면, 불면에 시달리지 않아도 될 테니 술을 들이부었다. 부스스한 얼굴로 출근해 사무실에 들어가지 못하고 서성거리기 일쑤였다. 나는 속으로 투덜거렸다. 오늘도 심부름꾼이 되어야 하는가. 지긋지긋한 이 생활을 언제나 청산할래? 딱히 방법이 없잖아? 그랬다. 나를 필요로 하는 더 나은 곳은 없었다. 그렇다고 대책 없이 일을 그만둘 수도 없어 마지못해 문을 열고 들어가곤 했다. 나는 5년 동안 한결같이 기회를 엿보고 있었다.

오늘 민 MD와의 만남에서 이야기가 잘 되면 기회를 잡을지도 모른다. 신경은 온통 민 MD와의 만남에 쏠려 있다. 민 MD는 승진하여 회사 내에서 영향력이 막강하다. 내 구상을 듣고 오케이 한다면 내 인생이 달라질 수 있다.

휴대폰을 꺼내 시간을 확인한다. 9시 25분. 11시에 만나기로 한 약속 시간까지는, 가는 시간 30분을 감안해도 한 시간 정도 여유가 있다. 전화라도 해 볼까. 민 MD는 9시 30분에 시작될 방송 때문에 지금쯤 눈코 뜰 새 없이 바쁠 것이다. 상품이 잘 팔려야 기분 좋게 만날 수 있을 텐데. 민 MD가 기획한 상품이 대박 나기를 진심으로 바란다. 아니, 간절히 빈다. 대박이 나야 화기애애한 분위기로 이야기 나눌 테니까 말이다.

고개를 돌려 형의 표정을 살핀다. 형은 돌부처처럼 감정을 드러내지 않는다. 입을 앙다문 그의 표정을 보아하니 나를 붙잡아두는 임무라도 부여받은 듯하다.

"왜 내려가지 않는데요?"

볼멘소리로 형에게 물었다.

"글쎄, 자네에게 무슨 메시지라도 전하려는 게 아닐까?"

형이 오히려 의아하다는 듯 반문했다.

"메시지라고요? 입 봐두고 뭔 메시지요? 마지막이라 미련이 남았나 보죠 뭐."

나는 돌아가기 위해 자리에서 일어났다.

"그렇게 가버리면 아버지는 어떡하라고."

형이 내 팔을 강하게 끌어당겨 앉히려 한다.

"형, 메시지를 전달하실 속셈이라면 사십 분이 넘도록 서 있을 필요는 없잖아요? 마지막이라는 구실로 왠지 나를 조롱하는 것 같은데요?"

빈정거리는 어투로 쏘아붙였다. 형에게 그러고 싶지는 않았지만 나도 모르게 그렇게 튀어나왔다. 나는 형의 팔을 힘껏 뿌리쳤다. 형이 다시 팔을 잡고 말을 이었다.

"왜 이렇게 뜬금없이 모든 것을 포기하려는지 그 이유는 알아야 할 게 아닌가? 조금만 더 기다려 보게나."

나는 힘에 부쳐 형의 팔을 뿌리칠 수가 없어 다시 앉았다. 아직은 시간 여유가 있으니 굳이 서두를 필요가 없어 앉기는 했지만 헛되이 시간을 보내기는 싫다. 아버지는 여전히 움직이지 않는다.

나는 출발하기 전에 연습이라도 할 요량으로 가방에서 마리오네트를 꺼냈다. 키 30㎝인 원목 인형이 발 앞에 섰다. 인형은 고인이 되어버린 가수 '마이클 잭슨'을 빼다 박았다. 나는 다시 가방을 뒤져 중절모를 꺼내 마리오네트에 씌웠다. 아버지 맞은편에 서 있는, 만석중보다 훨씬 멋져 보인다. 밋밋한 두상, 장승 눈처럼 툭 불거진 눈, 한껏 과장된 코, 처진 귀, 토인처럼 뒤집어진 듯한 도톰한 입술의 만석중. 가슴과 배에 뚫린 구멍에 연결된 줄을 당기면 고작, 이마나 가슴밖에 치지 못하는 인형. 그런 인형이 뭐가 그리 대단하다고. 나는 '버랭기'라 불리는 두 개의 조종막대를 잡고 일어섰다. 그리고 어렸을 때부터 숱하게 들었던 일연 스님의 화청을 웅얼거리며 줄을 조종했다

"걸청걸청 지심걸청 걸랑걸랑 두어두고 일심봉청 오늘날에 저므도록 지금까지 종찰하시고 분별허든 제도감 스님은 어딜 가시고 종두대사는 법당 안에 금일재자를 인도하여 모셔놓고 다과진수를 탁자 위에다 진설허시고……."

마리오네트는 오른손으로 배꼽을 잡고 몸을 떨었다. 마이크를 잡고 노래하는 모습을 흉내 냈다. 나는 중절모 대신 가발을 마리오네트에 씌웠다. 마리오네트는 손가락을 머리 위로 올리고 빙글빙글 돌렸다. 손으로 가슴을 툭툭 치고, 허공에다 힘차게 헛발질했다. 많이 늘었네. 나는 나를 칭찬했다. 눈썹과 입술을 달싹일 정도의 수준은 아니지만 일주일 동안 연습한 것치고는 괄목할 만한 발전이었다. 하지만 이걸로 만족할 수는 없다. 퍼펫티어(연희자)가 출연을 어기면 모든 게 물거품이 될 수 있다. 나는 그것까지 염두에 두어야 한다. 손가락을 더욱 분주히 움직인다. 어쩐지 마리오네트의 움직임이 부자연스럽다. 다음에는 일본 전통인형극에 사용하는 조종 기구인 '에이트'로도 연습해봐야겠다.

4

"이제 가봐야겠네요."

나는 형에게 단호하게 말하고 자리에서 일어났다.

"지금 아버지가 자칫하면 쓰러질 것처럼 보이지 않나? 한 시간 넘게 서 있는 분을 저대로 두고 기어코 가겠다, 이건가? 자네, 아들 맞아?"

자신이 우상처럼 받드는 대상을 함부로 깔아뭉갰다는 생각이 들었기 때문일까. 형이 어미에 힘을 주었다. 자식이라면 이럴 수 없다는 표정을 짓는다. 나는 가슴속에서 무언가가 부글부글 끓어오른다.

모다기 비가 우산을 뚫을 것처럼 세차게 쏟아지던 2년 전 어느 여름날이었다. 그날 우리 아파트가 경매에 넘어갔다. 어머니가 분식집의 습하고 비좁은 주방에 틀어박혀 하루 종일 설거지해서 마련한, 손바닥만 한 아파트였다. 아버지는 수년 전에 한강 둔치에서 치르려 했던 통일문화축전이 갑자기 쏟아진 집중호우로 취소된 바람에 그렇게 되었다고 둘러댔다. 나는 그 말을 믿지 않았다. 행사가 행사이니만큼 정부에서 당연히 지원이 있었으리라 생각했다. 하지만 아버지는 한 푼도 받지 못했노라고 했다. 한 술 더 떠서, 그나마 그렇게라도 취소되었기에 망정이지 그렇지 않았다면 훨씬 이전에 거덜났을 거라고 탄식했다. 예정대로 행사가 진행되었다면 족히 세 배는 더 들어갔을 거라며 자조 섞인 푸념을 늘어놓았다. 아버지의 구차한 모습에 토악질이 나올 것 같았다. 내가 그깟 이유로 아버지를 경멸한 것은 아니다.

집을 비워줘야 한다는 사실에 어머니는 끝내 혈압으로 쓰러졌다. 그리고 결국 하반신을 쓸 수 없게 되어 휠체어에 의지하는 신세가 되었다. 우리는 셋방을 얻어 이사했다. 더 작은 집으로. 휠체어가 겨우 드나들 만한 집이었다. 아버지는 그 많은 그림자놀이 용품을 죄다 가지고 갔다. 그나마도 좁아터진 집에 층층이 들어선 용품이 휠체어 이동을 방해했다. 큰방에 화장실이 딸리지 않았다면 어머니는 볼일도 제대로 보지 못했을 것이다. 나는 더 이상 아버지 얼굴을 마주하기 싫었다. 그대로 가다가는 어떤 짓을 저지를지 몰랐다. 집을 나왔다. 동료 집에 얹혀 사는 신세가 되었다.

"아들이 맞냐고요? 저는 언제나 골동품보다 못했거든요? 돈이 생기면 우선적으로 소품을 사들이기에 급급했거든요? 학용품도, 먹고 싶은 것도, 입고 싶은 옷이 있어도, 늘 만석중이보다 뒷전이라 말도 못 꺼냈거든요? 만석중에는 구멍이 세 개뿐이지만 제 가슴에는 수없이 많은 구멍이 숭숭 뚫려 있거든요? 얼마나 가슴 시렸는지 아세요? 얼마나 서러운 세월을 살았는지 아세요? 형, 저 무대 위를 보세요. 아버지의 시선이 지금도 어디를 향하고 있는지! 그리고 어머니를 산송장으로 만들어버린 사람이 제정신인지, 차라리 아버지에게 물어보시지 그래요?"

어머니 생각에 울화통이 터져있던 터라, 나는 눈을 부라리며 따지듯 말했다. 온몸의 피가 거꾸로 흐르는 듯하다. 만석중을 부숴버리고 싶은 격렬한 기운이 머리끝에서 솟구친다. 나에게 메시지를 전하겠다는 아버지의 시선이 줄곧 만석중을 향해 있기에, 마치 아버지에게 마지막까지 무시당하고 있다는 느낌이다. 아버지가 고개를 내리 꺾고 있긴 하지만, 그럴 수야 없지 않은가.

당찬 기세에 눌린 형이 물끄러미 아버지를 바라보고는, 조심스럽게 입을 열었다.

"당신은 자네에게 자긍심은 심어주지 못할망정, 증오의 대상으로 기억되거나 평생 씨잘데기 없는 일에 정열을 낭비한 아버지로 기억되는 걸 원치 않으셨네. 전시관이라도 세워놓으면 자네가 아버지를 부끄러워하지는 않을 거라고 생각하시고 더욱 힘을 내곤 하셨지. 그랬던 분이 갑자기 모든 걸 포기한 것은 자네 때문이 아닐까. 정말 아무 일도 없었는가?"

형이 안타까운 표정으로 나를 본다. 아니다. 호소하는 듯한 표정이다. 나는 어쨌든 빨리 이 자리를 벗어나야 하기에 다시 기억을 되작거린다. 혹시 마리오네트와 관련 있는 것은 아닐까, 라는 생각이 문득 떠오른다.

보름 전, 대학로에서 열리는 마리오네트 공연을 우연히 보았다. 해질 무렵이었다. 각각의 관절이 미세하게 분리된 사람 모양의 작은 인형이, 한 개의 버렁기 조종막대와 세 개의 조종대에 연결된 끈을 조종하는 퍼펫티어의 의도에 따라 춤 추고, 떼를 쓰고, 소매로 눈물을 훔치며 울고불고, 앙탈을 부리는 등의 여러 가지 동작을 선보였다. 남녀노소 할 것 없이 걸음을 멈추고 신기한 표정으로 구경했다. 마리오네트를 홈쇼핑에서 판매하면 틀림없이 대박이 날 것 같았다. 수지침 연구자가 아니라도 손가락을 움직이면 뇌에 이점이 많다는 것을 잘 알 것이다. 아이들은 두뇌계발이 되고, 노인들은 치매가 예방된다지 않던가. 부모와 자식이 머리를 맞대고 마리오네트를 조종한다면 화목한 가정을 꾸리는데도 적잖이 도움이 될 것이었다. 게다가 연희자의 집중력도 배가되고, 미술이나 만화지망생들에게는 데생의 모델이 되고, 의상디자이너들은 연습 삼아 옷을 지어 입힐 수도 있고, 인테리어 소품으로도 사용하는 등 마리오네트의 장점은 차고 넘쳐 보였다. 나는 부푼 가슴을 애써 억누르며 구체적인 판매 전략을 세워나갔다. 민 MD와 자주 만나 의사를 조율해왔고, 오늘 만나 최종결정하기로 했다. 유리한 결정을 위해 전문 퍼펫티어도 불렀다. 내 예상대로만 된다면 갑과 을의 관계보다는 대등한 관계로 바뀔 것이다. 땡빚을 내서라도 OEM 생산을 한다면 그리 어렵지 않은 일이다.

나는 지난 토요일 저녁에 아버지를 만났다. 두 번 다시 아버지를 보지 않을 생각이었는데 필요했기에 어쩔 수 없이 집으로 찾아갔다. 아버지, 만석중을 이틀만 빌려 갈게요. 나는 단도직입적으로 용건부터 말했다. 어디에 쓰려고? 몰라보게 야윈 아버지가 물었다. 모처럼 만난 탓인지 아니면 처음으로 만석중에 관심을 두었기 때문인지 아버지 표정은 무척 밝아 보였다. 마리오네트를 팔 때 미끼 상품으로 끼워주려고요. 홈쇼핑에서 덤이 없으면 말이 안 되잖아요? 아버지 눈이 휘둥그레졌다. 덤으로? 그리고는 곧바로 쏘아붙였다. 고작 그따위 이유로 만석중을 써먹는다는 거야? 아버지가 다짜고짜 소리쳤다. 기껏해야 가슴팍이나 머리밖에 치지 못하잖아요? 나 역시 턱 끝을 바짝 치켜들고 기세등등하게 대거리했다. 뭐라고? 기껏해야? 안 빌려주실 거면 마세요! 사진을 보여주고 그대로 이천 개 만들어 달라고 주문까지 해놓았으니까요! 아버지와 더 이상 말을 섞기 싫어, 툭 쏘아붙인 뒤 집을 나와 버렸다. 등뒤에서 길길이 날뛰며 그게 아니라 어쩌고저쩌고하는 말이 들리는 것도 같았다. 하지만 귀에 담지 않았다. 업자는 사진만으로도 인형을 제작하는 데 그리 큰 어려움은 없다고 했었으니까.

5

나는 아버지에게 고개를 돌린다. 아버지는 아직도 고개를 숙이고 있다. 만석중은 고개를 곧추세운 자세다. 만석중을 향해 고개를 내리 꺾고 있는 아버지 모습이 마치 큰 잘못을 저지르고 지청구를 듣고 있는 모습처럼 느껴진다. 나는 고개를 들어 하늘을 올려다보았다. 동그란 형체만이 어슴푸레한 연등 사이로 형형하게 빛나는 별들이 눈에 들어온다. 나는 잠시 까만 하늘에 총총히 박힌 별을 감상하고 휴대폰을 열어 시간을 확인한다. 10시 25분. 늦지 않게 약속 장소에 가려면 최소한 열 시 반에는 출발해야 한다. 남은 시간은 길어야 5분. 그전에는 아버지를 무대에서 내려야 하는데. 어떤 방법으로 해야 하나. 딱히 방법이 떠오르지 않는다. 간간이 자동차 지나가는 소리가 멀리서 들리고, 하천에서 물 흐르는 소리가 가깝게 들린다. 귀뚜라미는 목청도 좋다. 저렇게 노래를 불러도 소리가 하나도 갈리지 않는다.

한 시간 반 이상 무대에 붙박이처럼 서 있는 아버지는 무엇을 말하고 싶은 것일까. 필시 만석중과 관계있을 것이다. 내가 만석중을 홀대해서 대신 용서를 빌고 있는 모습을 보여주고 싶은 것일까. 아니면 나를 민중의식이 부족한 놈으로 키웠음을 뉘우친다는 것일까. 어쨌든 그것은 아니지 싶다. 그럴 생각이었다면 나에게 집회 참석이나 그림자놀이에 한 번쯤 가보라고 말했을 텐데, 그런 말을 한 번도 하지 않았다. 만석중만 생각하면 이가 갈릴 정도로 싫었다. 아버지도 그걸 잘 알고 있었다.

아버지와의 감정 정리는 다음 일이다. 곧장 자리를 떠나야 하지만, 어쨌든 아버지를 무대에서 내려오게 하는 게 급선무다. 나는 눈을 감고 무대의 진행을 처음부터 회상해보았다.

댕, 웅숭깊은 범종 소리가 울리자 순간 깜깜해졌다. 댕, 다시 범종 소리가 들리고 만석중을 집중적으로 비추던 조명이 꺼졌다. 무대 뒤 은막에 빛이 들어오기 시작했다. 딱, 은막 왼쪽에서 오른쪽으로 연등 그림자가 하나씩 등장했다. 만(卍) 자가 쓰인 연등과 각등에 이어 연꽃 문양의 그림자와 탑등 그림자가 연이어 등장하고 그 뒤를 또 다른 연꽃, 각등, 연등의 그림자가 따랐다. 은막 중앙의 탑등 좌우로 연꽃, 각등, 연등 그림자가 데칼코마니처럼 대칭적으로 자리 잡고 움직이지 않았다. 10초나 흘렀을까. 등장한 역순으로 연등이 퇴장하고 나자 은막의 조명이 서서히 암전되었다. 딱, 다시 은막에 조명이 켜졌다. 화청이 흘렀다. 은막에는 해를 형상화한 그림자가 오른쪽에서 서서히 등장했다. 그 뒤를 이어 구름이 약간 걸쳐진 보름과 성난 파도의 윗부분을 연상케 하는 물, 시커멓게 포개진 바위, 흔하디흔한 뭉게구름, 잎이 무성한 소나무, 수국을 닮은 듯한 불로초, 꼬리를 치켜든 거북이, 양 날개를 활짝 편 학, 사슴 닮은 노루가 차례로 나타났다. 십장생이었다. 등장한 그림자는 각각의 특성에 맞게 높이를 맞춰 자리를 잡았다. 해, 구름, 달은 소나무보다 높게, 학은 소나무 옆에, 노루와 바위 그리고 거북이와 물과 불로초는 소나무보다 낮은 곳에 자리를 잡았다. 광대들이 연습을 많이 했는지 그림자들의 위치가 어수선하지 않았다. 마치 한 폭의 십장생 병풍처럼 조화로웠다. 노루와 학과 거북이는 두 마리가 쌍을 이루었고, 구름과 불로초는 각각 세 개씩 모여 있었다. 만석중은 이들을 향해 바라보는 자세였다.

딱, 십장생 그림자가 하나씩 사라졌다. 화청은 계속 흘렀다. 딱, 소리에 연등 행렬이 사라지고 용과 잉어가 등장해 여의주를 서로 차지하려고 했다. 나는 그 대목에서 잠시 생각했다. 용과 잉어가 여의주를 서로 차지하려 했지만 결국 아무도 차지하지 못했음을 보여 주기 위해서? 나는 고개를 갸웃거렸다. 단언컨대 여의주처럼 큰 이권을 놓고 나는 아버지와 다툰 적이 없었다. 그렇다면 여의주를 혹시 어머니로 형상화하기라도 했단 말인가. 그것도 아닌 듯하다. 집을 나온 뒤 아버지에게 꼭 전할 필요가 있으면 직접 말을 건네는 대신 어머니를 통해 의사를 전달하곤 했다. 아버지도 그랬다. 하지만 어머니를 서로 자기 편으로 만들려고 생각조차 하지 않았다. 나는 그림자가 던지는 메시지를 나와 연관지어 해석해보려 했다. 무언가가 딱히 떠오르지 않는다. 다만 왕족이 권좌를 서로 차지하려는 막후의 싸움만 떠오를 뿐이다. 다시 공연의 진행 과정을 더듬었다.

딱, 무대 천장 가운데 매달린 조명에 불이 들어왔다. 바라, 징, 대금 등으로 연주한 곡이 흘러나올 때 아버지가 등장해 연기를 마치고, 내려가지 않았다. 내가 본 공연은 그게 전부였다.

아버지는 만석중의 역할에 대해 말하고 싶은 건 아닐까. 불현듯 그런 생각이 스쳤다. 만석중에 도통 관심이 없는 나에게 만석중이 다리로 가슴을 치고 손으로 머리를 치는 것이 깨달음만을 나타내기 위한 단순한 행위가 아님을 보여주려는 의도 같다는 생각이 들었다. 분명 그 이상의 역할이 있음을 알아보라고 무연하게 서 있는 듯하다. 그렇다면 그 이상의 역할은 무엇이란 말인가. 머릿속에 황사 먼지가 가득 들어찬 것처럼 혼탁하다. 무언가가 잡힐 듯하면서도 아리송하다. 나는 양손 중지로 관자놀이를 지압하며 정신을 집중한다. 멀리서 개 한 마리가 컹컹 짖는다. 여기저기서 개들이 따라 짖는다.

얼음 밑을 흐르는 산골짜기 계곡물로 뇌를 말끔히 씻은 기분이 든다. 만석중이가 단순히 서 있는 게 아니라 소리로 그림자들을 총 감독하는 것. 그러니까 만석중이 소리로 신호를 보낸다 이거지. 나는 조금 들뜬 어조로 말했다.

"형, 파이어 조명이나 손전등 있나요?"

"파이어 조명은 없고 손전등은 있는데, 왜?"

형이 손전등을 가지고 왔다.

형, 제가 주문한 만석중이를 전시관 오픈할 때 방문객들에게 줄 계획이라고 나중에 아버지께 좀 전해주세요."

나는 나지막하게 말하고, 형을 향해 시선을 돌린다. 형의 시선이 나와 엉킨다. 내 그림자가 은막 중앙에 비칠 수 있도록 각도와 거리를 맞춰달라고 하고선, 의자 옆에서 만석중처럼 섰다. 형은 손전등을 이리저리 움직이며 그림자 위치를 조절한다. 내 측면 그림자가 은막 중앙에 고정되었다. 나는 잠시 아버지를 힐끗 바라보았다. 아버지는 여전히 움직이지 않는다. 나는 숨을 깊이 들이마신다. 호흡을 멈춘다. 그리고 만석중처럼 손으로 가슴을 힘껏 쳤다. ✦

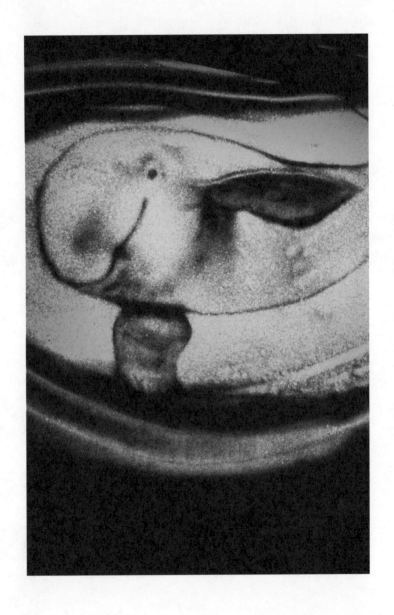

상쾌이

상괭이를 보니 여전히 웃고 있었다. 마치 극락에 들어가기 전에 하는 마지막 인사처럼 보인다. 눈을 돌려 이물을 본다. 닻이 모습을 드러낸다. 닻줄을 기둥에 감는 걸 보고 바로 배를 출발시킨다.

상괭이

1

상괭이가 어망에서 쏟아져 나온 갈치 무리에 섞여 올라왔다. 안강망에 갇힌 상괭이가 탈출에 실패해 갑판까지 딸려나온 것이다. 비늘도 없고 볼품없는 민둥머리가 아니라도, 상괭이의 검정 피부 때문에 은색 갈치 사이에 있어도 눈에 확 들어온다. 상괭이는 초청받지 않은 파티에 온 것처럼 다소곳하다. 옆으로 축 늘어진 걸 보니 벌써 숨이 끊어졌는지도 모른다. 물 밖으로 나온 갈치들의 맹렬한 몸부림이 마치 상괭이를 떼거리로 공격하는 듯하다. 그럼에도 상괭이가 배시시 웃는다. 극락으로 가는 열차를 기다리며 웃는 것처럼 상괭이의 온화한 미소가 눈가에 가득하다.

"선장님, 재수 없어? 버려?"

일콤이 갑판에서 조타실을 올려다보며 크게 소리쳤다. 일부 어부에게 상괭이는 재수 없는 고기다. 한국의 인어라는 별칭이 붙은 토종 고래라고는 하지만, 고래라고 부르기 민망할 정도로 작은 몸피에다 가격마저 형편없다. 게다가 상괭이를 잡으면 다른 고기가 안 잡힌다는 속설도 있다. 일콤은 그걸 염두에 두고 한 말인 게 분명했다. 우즈베키스탄 출신인 일콤은 국내에서 삼 년을 보내고 귀국한 뒤, 다시 입국해 육 개월 전에 배를 탔다. 처음 배를 탔고, 아직 한국말이 서툴지만 한국 어부들과는 제법 많은 대화를 나누어 상괭이의 가치를 알고 있었다.

"살았어, 죽었어?"

일콤이 바짝 다가가 허리를 숙여 상괭이를 살핀다.

"아직 살았어!"

"그럼, 수조에 넣어!"

나는 짧게 말하고 수조를 내려다본다. 플라스틱으로 수조를 만들어 기관실 왼쪽에 설치했다. 조타실에서 고개를 내밀면 잘 보이는 위치였다. 지난겨울의 끝자락에 설치했다. 돌풍으로 먼 바다가 뒤집어져 뱃머리를 돌려 귀항하다, 근해에 투망했다. 씨알 좋은 감성돔이 떼거리로 그물에 걸렸다. 흔치 않은 일이지만 값으로 치자면 상당할 것이었다. 그런데 물칸이 없어 살리지 못했다. 배에 물칸이 없는 건 아니지만, 활어를 잡으려는 목적이 아니었기에 물구멍을 막고 냉동 창고로 이용하고 있었다. 그런데 횟감이 잡힌 것이었다. 한두 마리라면 회를 떠서 먹거나 구이나 탕으로 먹을 텐데, 이백 마리가 넘는 양이라 그렇게 먹기에 무리였다. 그래서 냉동 창고에 보관했다 팔았는데 활어의 삼 분의 일도 받지 못했다. 그 후로 배에 수조를 설치했다. 또다시 있을지 모를 행운을 대비했다. 상괭이도 충분히 돌아다닐 수 있는 크기였다.

내 지시에 선원들이 바삐 움직인다. 캡모자를 삐딱하게 쓴 올해 쉰 줄에 들어선 우즈베키스탄 출신의 알렉스가 수중펌프로 바닷물을 퍼올려 수조를 청소한 다음, 물을 채워 나간다. 알렉스는 상괭이 몸에서 물이 마르지 않게 하려고 간간이 호스 끝을 상괭이에게 돌려 물을 뿌린다. 수조에 물이 가득 차오르자, 일콤이 상괭이 머리를, 알렉스가 꼬리를 잡고 조심스레 수조에 넣는다. 상괭이는 물속으로 들어가지 못하고 수면에 떠 있다. 차라리 그게 더 생명을 연장하는 방법인지도 모른다. 심상치 않은 몸으로 잠수했다가 올라오지 못하면 질식사할 게 분명하다. 상괭이는 포유류라 허파로 호흡하기 때문에 물속에 오래 있으면 질식해 죽는다. 그물에 걸린 고래가 죽는 이유도 마찬가지다.

상괭이가 수면에 떠 있어 질식사하지는 않겠지만, 만약 물에 잠겼다면 얼마나 버티고, 어떻게 될까. 가죽을 파고드는 차가움을 느낄 겨를도 없을 것이다. 숨을 쉬지 못해 가슴은 터질 듯 답답하고 붉게 충혈된 눈이 빠질 것처럼 튀어나올 것이다. 급한 마음에 벌컥벌컥 들이킨 바닷물로 입은 짭짤하고, 목구멍은 쌉쌀하고, 속은 메스꺼워 토하고 싶은데 자꾸 바닷물이 밀고 들어와 토할 수도 없을 것이다. 그래도 어떻게든 수면 위로 올라와 숨을 쉬려고 발버둥 치다, 어찌할 수 없음을 깨닫고 죽음을 자연스럽게 받아들일지 모른다. 목숨을 포기하면 저런 미소가 나올까. 나는 상괭이 미소에 잠깐 시선을 멈추고 입을 열었다.

"몸만 적시게 수족관에서 물 빼!"

알렉스에게 지시하고 나는 무전기를 잡았다. 무전기에서는 고래 출현에 대한 이야기가 아직도 이어지고 있었다. 고래 소식은 어제 황혼 무렵 시작되었다. 백도 근해에서 조업 중인 보라호 선장이, 고래가 나타났다고, 엄청난 크기라고, 흥분한 어조로 타전했다. 이에 몇몇 선장이 몇 마리고, 무슨 고래냐고 물었다. 보라호 선장은 고래 이름 대신, 생김새를 말했다. 등과 등지느러미는 까만데 배는 하얗고 눈 주위에도 하얀 무늬가 있다고 했다. 어떤 선장이 범고래라고 했다. 누구도 이의를 달지 않았다. 또 다른 선장은 범고래는 어미를 따르는 모계사회의 특성이 있다고 했다. 범고래의 특성을 구체적으로 묻는 선장이 있었지만, 누구에게서도 명징한 대답이 나오지 않았다.

보라호 선장 외에 몇몇 다른 선장도 범고래를 보았다고 타전했다. 선장들의 말을 종합해보면 범고래 무리가 가까이 있는 모양이었다. 나는 바다의 로또라는 범고래를 잡는다면 얼마나 될지 잠깐 생각해보고는 이내 고개를 저었다. 직접 본 적도 없는데 그런 행운이 돌아올 것 같지 않았다.

나는 무전기 대신 휴대폰을 잡았다. 상괭이를 잡으면 전화해달라는 김 과장에게 연락했다.

"상태가 심각하니 핑 달려오씨요."

자초지종을 말한 뒤, 그 말을 끝으로 김 과장과의 통화를 끝냈다.

김 과장을 처음 만난 건 지난봄이었다. 입항하여 갈치 경매를 하고 있을 때, 그가 일부러 다가와 명함을 건네며 인사했다. 명함에는 남해수산과학원 김민철 과장이라고 쓰여 있었다. 사마귀처럼 큰 점이 오른쪽 코에 나 있고, 머리가 훌러덩 벗겨져 부장 이상이라고 해도 의심의 여지가 없어 보이는 그가 내게 안강망을 하는지, 몇 년째 하는지, 예년보다 조황은 어떤지 등을 묻고 본론으로 들어갔다.

"그물에 탈출망을 꼭 좀 설치해 주십시오."

탈출망이란 단어가 금시초문이라는 표정을 짓자, 김 과장은 손짓 몸짓을 섞어가며 탈출망에 대해 자세히 설명했다. 탈출망은 대형 어류가 그물에 갇히면 중간에 빠져나올 수 있도록 차단 그물을 만들고 차단 그물 밑에 구멍을 뚫어 대형 어류가 빠져나가게끔 하는 구조라 했다. 나는 속으로 과연 연구자는 다르구나, 하고 생각했다. 그러면서 왜 그래야 하는지 반문하니 상괭이를 보호하기 위해서랬다. 김 과장은, 고래는 보호종이고, 상괭이는 우리의 토종 고래다. 그런데 혼획으로 해마다 급감하고 있다. 어부들은 상괭이를 하찮게 볼지 모르지만, 우리는 다르다. 상괭이를 보호하는 게 나의 주요 임무. 그는 죽어가는 상괭이를 치료해 바다로 돌려보내기도 했다며 경험담을 늘어놓았다. 그리고는 상괭이가 혼획되면 꼭 연락을 달라고 했다. 그의 진지한 태도에 반발하고 싶지 않아, 나는 알았다고 고개를 끄덕인 뒤 헤어졌다. 그리고는 그의 전화번호를 휴대폰에 입력했다. 죽어가는 상괭이를 치료해 바다로 돌려보낸다는 그 한 마디가, 가슴에 와 닿았기 때문이었다.

2

하늘엔 회색 구름이 짙게 끼었다. 회색 구름은 내 마음도 우울하게 하고, 바다도 회색으로 물들였다. 회색으로 물든 바다는 수심이 깊어 보인다. 북서쪽으로 흐르는 조류와 역방향으로 부는 남동풍. 남동풍이 부는 날이면 바다 수온이 낮아진다. 짙은 구름과 바람 때문에 바다는 차가울 것이다. 바람이 수면에 작은 파문을 일으키고는 있지만 바다는 잔잔한 편이다. 돌풍에 대한 예보도 없었다. 김 과장이 달려오는데 장애물이 없다는 말이다. 나는 육지 쪽에서 배가 오는지 다시 한 번 확인하고 양망 중인 선원들에게 시선을 돌렸다.

어업에 종사한 사람이라면 누구나 그렇듯, 나도 양망할 때마다 어망에 고기가 가득 들기를 바라며 한시도 눈을 떼지 못한다. 그물이 올라오는 동안은 모든 근심 걱정이 사라지고, 기대에 부푼다. 이번에도 기대감을 잔뜩 안고 서서히 올라오는 그물을 주시한다. 롤러에 로프를 감아 당기는 여덟 개의 시선을 포함해 스물네 개의 시선이 모두 그물을 향한다. 다들 같은 마음일 것이다. 고기가 많이 들기를 바라는 그 한마음. 그물은 그런 우리의 마음에 긴장감을 불어넣기 위해서인지 조금씩, 아주 조금씩 몸을 드러낸다. 어망 끝이 가까워질수록 나는 가슴이 부푼다.

"에잇!"

누군가의 입에서 튀어나온 말이었다. 어망 끝이 물속에서 채 나오지도 않았는데 그는 어망 속이 별거 없다는 걸 이미 감지한 모양이었다. 그가 아니라도 며칠만 배를 탄 사람이라면 그런 걸 예감할 수 있는데, 수십 년 경력의 내가 모를 리 없다. 부풀었던 기대감이 순식간에 빠져나갔다. 심하게 흔들린 캔 뚜껑이 열리자마자 콜라가 빠져나간 것 같았다. 그렇게 빠져나가도 캔에는 어느 정도의 콜라가 남아 있게 마련이지만, 어망은 그렇지 않다. 캔에 콜라가 묻어 있듯, 어망에는 딱 그 정도의 고기뿐이다. 그것도 대상 어종인 갈치나, 병어, 조기가 아닌 해파리가 대부분이다. 진한 허탈감이 밀려온다.

갑판은 어망에서 쏟아진 각종 어류로 난분분하다. 양망이 끝나면 어종과 크기를 선별하느라 바빠야 하는데, 엉뚱한 일로 선원들이 바삐 움직인다. 선원들은 한 마리라도 더 건져볼 속셈으로 수북한 해파리 더미를 파헤치며 고기를 찾는다. 모래 속에 자갈이 섞인 것처럼 고기가 해파리 속에 섞여 있다. 해파리 더미에서 일부를 자기 앞에 덜어, 그 속을 샅샅이 뒤진 후 해파리를 바다에 버리곤 한다. 같은 작업을 반복하느라 허리를 수십 번 굽히고 편다. 그럼에도 소득은 거의 없다. 체에 모래를 담아 흔들어 돌을 걸러내듯, 그물코가 큰 망에 해파리를 담아 흔들면 어떨까 하는 생각이 잠깐 들었다. 하지만 쓸데없는 생각이다. 해파리가 그물코에 달라붙어 그걸 제거하느라 얼마만큼의 헛수고를 해야 할지 모른다. 나는 어망으로 눈을 돌렸다. 어망에는 해파리가 덕지덕지 달라붙어 있었다. 해파리를 제거할 선원들을 생각하니 뇌에 지저분하고 찐득거리는 해파리가 가득한 느낌이다.

'혹시, 상괭이의 저주 아냐?'

나는 수조로 눈을 돌린다. 기력을 회복하지 못한 상괭이는 수조에서 꼼짝 않는다. 몸은 삼분의 이 가량이 물에 잠겼다. 몸이 마르지 않은 상태로 호흡할 수 있도록 물을 조절한 탓이다. 머리에 상처가 나 있고, 꼬리지느러미도 상당히 닳았다. 그물에 갇힌 상괭이의 몸부림이 뇌리에 그려진다.

상괭이가 그물에 머리를 박아가며 탈출할 곳을 찾아 지느러미를 빠르게 움직이며 곳곳을 살폈다. 구석구석 둘러봐도 빠져나갈 곳은 눈에 들어오지 않고, 조류는 여전히 강했다. 잠깐만

졸복

170

방심하면 어망 속으로 빨려 들어갈 것 같았다. 상괭이는 가슴 졸이며 또 다른 곳을 찾아 헤맸다. 숨이 점점 가빠졌다. 위기의 식을 느낀 상괭이가 머리로 계속 그물을 박았다. 그물은 조금 밀려나기만 할 뿐 한 코도 찢어지지 않았다. 머리에 상처만 생겼다. 상괭이는 방법을 바꿔 꼬리지느러미로 그물을 흔들어보았다. 기를 쓰고 흔들었지만 그물은 그 어떤 구멍도 생기지 않았다. 허파의 산소는 바닥나고, 정신이 혼미했다. 빨리 수면으로 나가야 하는데, 숨을 쉬어야 하는데, 도무지 그물을 빠져나갈 수 없다. 호흡이 가쁘고 정신이 혼미했다. 그 무렵 양망 작업이 이루어졌지만 상괭이는 그런 사실을 몰랐을 것이다.

상괭이는 여전히 웃고 있다. 눈가의 주름 때문이겠지만 웃는 것처럼 보인 건 틀림이 없다. 어쩌면 상괭이가 자기를 그렇게 만든 우리를 비웃고 있을지도 모른다. 그래서 해파리 떼를 불렀는지 모르고. 그렇다면, 오늘 일진은 보나마나다 이건가. 그렇지 않다는 걸 빤히 알면서 말도 되지 않은 생각이 자꾸만 떠오른다. 선원들도 그런 생각일까. 하나같이 똥 씹은 얼굴로 해파리를 뒤적거린다.

요령 피우지 않는 선원들. 그들이 바다에 희망을 걸고 포기한 것이 한둘이 아니다. 두 다리를 쭉 펴고 잘 수 있는 안락한 침대와 따뜻한 온돌. 어머님께서 정성 들여 차려준 맛깔스러운 음식. 푸근한 아내의 품. 친척들의 중요한 행사. 턱밑에서 쫑알대는 손자 손녀의 재롱. 문득 네 살배기 손녀 지아가 눈앞에 나타난다.

"할아버지는 왜 맨날 세수 안 해?"

지아가 덥수룩한 내 수염을 만지며 물었다. 지아는 태어난 지 삼 개월 만에 우리 집에 왔고, 어느덧 삼 년이 넘었다. 인천 남동공단에서 맞벌이하는 아들 내외가 잠깐만이라고, 금방 데려가겠노라고. 굳게 다짐하고 맡겼다. 하지만 아직도 지아는 우리 집에 있다. 니 엄마 건강도 좀 생각해야지. 나는 아들을 볼 때마다 종용했다. 지아를 빨리 데려가라고. 관절염 때문에 걷지도 잘 못하는 아내, 관절에서 삐걱거리는 소리가 금방이라도 날 것처럼 바싹 마른 몸피의 아내가, 가볍지 않은 지아를 업어주고 안아주기를 반복하다, 잠을 재우고 나서는 끙끙 앓곤 했다. 지아가 예뻐 죽겠다며 너스레를 떠는 모습과는 대조적이었다. 그런 아내가 안타까워 아들을 자주 닦달했다. 그럼 집 살 때까지만이라도. 아들은 비좁은 집에서 키울 수 없다는 핑계를 댔고, 빨리 보내고 싶으면 집을 사는 데 좀 보태 달라고 은근히 요구했다. 속이 까맣게 타들어간 나는 지아에게 시선을 돌리고 말았다.

"세수를 안 해서가 아니여, 배 타면 죄다 까매진당께."

나는 너털웃음을 웃으며 지아 볼을 엄지와 검지로 아프지 않게 꼬집었다.

"그럼 뱃사람들은 다 까매?"

지아가 해맑은 표정으로 물었다.

"다들 시커멓제."

나는 바로 대답했다. 그리고는 다 그런 건 아니라고 말을 바꿔야 했다. 생각해보니 우즈베키스탄 출신 선원들은 달랐다. 물론 그들도 바닷바람에 피부가 그을리긴 마찬가지다. 처음 만났을 때보다 얼굴이 까맣게 변한 것도 분명하다. 하지만 그들은 한국인과는 달랐다. 그을리긴 해도 한국 선원들처럼 새까맣지는 않다. 여름에는 최고 45℃를 넘나드는 기온에 피부가 적응한 건지, 유전적 특징 때문인지 대체로 한국인 선원보다 덜 새까맣다. 특히 일콤과 낭춘의 피부가 그렇다. 둘은 배를 타지 않는다고 해도 믿을 정도였다.

"그럼 배 타지 마!"

지아가 내 눈을 똑바로 쳐다보며 말했다. 천진난만한 표정 속에 어떤 단호함이 묻어났다. 아마도 나의 까만 피부가 눈에 거슬린 모양이었다. 나는 씩 웃으며, 니 아빠가 집 사면 그만 탈 거라고 했다. 그리고는 뒤돌아서 들리지 않게 한숨을 쉬었다.

아들을 핑계 삼았지만 그건 아니었다. 사실 일흔이 가까워지자 바다에서 보내는 하루하루가 고단했다. 습한 바닷바람에 몸은 늘 찌뿌듯하고, 온갖 걱정으로 가득 찬 머리는 무겁고 어지러웠다. 우리 배를 타는 선원들에게 남들보다 많이 주지 못할망정, 비슷하게는 줘야 할 텐데 고기가 잡히지 않으니 마음대로 할 수 없었다. 스물다섯 살에 아버지를 따라나섰다가 사십

오 년 가까이 바다를 뒤졌는데, 바다는 아직도 속을 훤히 드러내지 않았다. 바다를 웬만큼 안다고 자부했으나 조과는 늘 예상을 빗나갔다. GPS, 어군탐지기, 과거의 어업 기록, 경험, 조언, 선장들의 정보를 총동원하고 종합적으로 판단하여 투망하지만 어획량은 갈수록 줄었다. 출항할 때마다 이번에는, 이번에는, 이번에는……, 하는 마음으로 부식거리를 준비하고, 기름을 주유하고, 필요한 어구를 장만하고, 배를 손보곤 했지만 어인 일인지 빚만 늘어나고 말았다. 배를 처분해서 정리할 수 있다면 진즉 정리해버렸을지도 모르는데, 이미 그 범위를 훌쩍 넘어섰다. 빚만 청산할 수 있다면 당장에라도 정리하고 싶은 마음, 간절하다.

3

"고기 좀 잡히요?"

아내가 전화를 걸어 조황을 물었다. 고기는 뭔 고기, 라는 말이 목구멍에서 맴돌았다. 하지만 꾹꾹 눌렀다. 어느 순간부터, 정확하게 8년 전부터, 아내가 조과에 관심을 뒀다. 이전과는 딴 판이었다. 전화도 잘 하지 않았지만, 전화하더라도 조과는 일절 묻지 않고 선원들의 안부나 나의 건강을 체크하곤 했다. 그랬던 아내가 조과를 묻는다는 것은, 그만큼 가정 경제가 팍팍하다는 뜻일 것이다.

아내가 처음으로 조과를 물어보았을 때, 나는 아내의 변화가 신경 쓰여 은밀히 이유를 알아보았다. 오랜 거래처인 선구점과 주유소에서 아내에게 밀린 외상값이 너무 많다고 일부라도 갚아줄 수 없는지 물었다. 아내는 절뚝거리며 은행으로 가 적금을 깼고, 거래처로 이동해 외상을 갚아주며 나에게는 말하지 말라고 했다. 내가 알면 의기소침할까 봐 신신당부했다. 아내와 거래처는 별도로 장부를 만들었다. 기존 외상 장부는 그대로 두었다. 내가 일부를 갚으면 기존 장부에만, 아내가 갚으면 별도로 만든 장부로 정산했다. 내 장부에는 수천만 원의 외상이 있었지만, 아내 장부는 외상이 없었다. 아내 때문에 거래처에서 얼마든지 외상으로 주곤 했다. 하지만 삼 년 전부터는 아내 장부에도 외상값이 늘어갔다. 나는 모른 척했으나 마음이 무거웠다. 고기가 잘 잡히냐고 물을 때마다 빚쟁이가 된 느낌이었다. 아내는 크게 내색하지 않았다. 그런 아내에게 희망마저 꺾어버리고 싶지 않다.

"아직 양망은 안 했는디, 많이 잡히겠제."

나는 호기롭게 말하고 시선을 갑판으로 돌렸다. 갑판에는 선원들이 아직도 그물에 달라붙어 해파리를 털어내고, 터진 곳을 꿰매고, 투망하기 좋게 그물을 정리하느라 분주하게 움직이고 있었다. 다섯 틀의 그물을 모두 올렸으나 갈치 스물한 상자와 병어 두 상자에 잡어만 조금 들었을 뿐이다. 저 정도면 기름값이나 겨우 넘길 것이다. 다들 기대에 부풀었을 텐데 착잡하다.

조과가 시원치 않은 탓인지 하나같이 낯빛이 어둡다. 차라리 동중국해로 갈 걸 그랬나, 하는 후회가 밀려온다. 9노트 전후의 속도로 서른 시간 가까이 달리는 다른 배들과는 달리, 7노트 속도로 마흔 시간 넘게 달려야 하는 낡은 배. 기관마저 오래되어 만만치 않은 기름 값에, 조과도 신통치 않을 것 같아 근해로 틀었지만 막상 텅 빈 그물을 보자 그 생각부터 떠올랐다.

"진수 아제가 말이여라우……."

근심에 찬 아내 목소리가 잠시 끊겼다. 목소리도 그렇고, 뒷말을 빨리 잇지 않는 것도 그렇고, 진수에게 무슨 일이 일어났다는 직감이 확 밀려왔다.

"진수가 왜?"

다급하게 물었지만, 아내는 깊은 한숨을 쉬고 나서야 입을 열었다.

"구급차에 실려 갔다 안 하요."

축 처진 아내의 목소리가 나지막하게 들려왔다.

"뭔 야근지 차분하게 좀 해보랑께!"

나도 모르게 언성이 높아졌다. 아내는 바로 대답을 않고 뜸을 들인다. 한숨 소리만 귀에 박힌다.

"고용노동분가 어딘가 갔다 와서는 술을 진탕 마시고 바다에 뛰어들었답디다. 다행히 누군가가 바로 119에 신고해서 건져 갖고 호흡기를 끼워서 실고 갔단디, 어짤란가 모르겠소."

아내는 근심스런 마음을 잔뜩 늘어놓고는 전화를 끊었다. 물론 나의 안부를 챙기는 건 빼먹지 않았다. 나는 진수 소식에 순간적으로 다리가 풀렸다. 오죽했으면 그랬을까. 진수 마음을 충분히 이해할 수 있다. 그렇다 해도 목숨을 함부로 포기하려 했다는 것은 싫다. 나는 휘청이며 의자에 앉았다. 맥이 풀렸다.

진수는 나보다 열두 살 어린 동네 후배다. 둘은 띠동갑이라며 각별하게 지냈다. 나이 차는 많지만 40여 년의 바다 경력은 비슷했다. 진수는 중학교를 졸업하고 바로 배를 탔고, 나는 군대 다녀온 후로 배를 탔다. 누구보다 바다를 좋아한 진수는 일찍부터 바다를 누비는 걸 행복이라 여겼다. 친구나 선후배들에게도 당당했다. "살기 힘드요? 그람 우리 배 타씨요." 그런 진수 표정엔 자신감이 넘쳐흘렀다. 어떤 분야나 탁월한 능력자가 있듯, 진수는 바다를 읽어내는 능력이 월등해 조과는 늘 선두권이었다. 운이 좋다고 겸손을 떨지만, 내가 보기에 절대 운이 아니었다. 그래서 진수는 선원들에게 인기가 좋았다. 고기를 잡으면 정해진 비율에 따라 분배하는 게 관행이었으니 선원이라면 고기를 잘 잡는 진수 배에 타고 싶어 하는 건 당연했다. 하지만 바다는 늘 변수가 많았다. 거친 바람과 높은 파도가 이는 날이면 조업하지 못하고 뭍에서 보내야 했다. 그런 날이 많을수록 선원들에게 돌아가는 금액이 적었다. 선원들은 이직을 심각하게 고민했다. 진수는 가정이 원활하게 돌아가야 뱃일도 잘할 수 있다며 선원들의 최저 월급을 보장해 주었다. 기본급을 정해놓고 고기가 많이 잡히면 상여금 조로 챙겨주곤 했다.

고기가 안 잡혀도 가정을 꾸릴 수 있게 한다는 취지였다. 그런데 매월 정기적으로 지급한 돈이 문제였다. 배에서 내린 선원 몇 명이 고용노동부에 진정했다. 퇴직금을 달라고. 일 년 이상 고용관계가 유지되면 퇴직금이 발생하는데, 매월 지급한 돈이 퇴직금과 연결되는 결정적인 증거가 되었다. 진수는 고용노동부에 불려갔다.

"성님, 퇴직금을 줘야 한단디 말이나 돼요?"

진수가 고용노동부에 다녀온 첫날 코를 씩씩 불며 불만을 토로했다.

"도대체 뭔 소리여? 나도 처지가 비슷한께 자세하게 좀 말해봐."

선원들의 퇴직금 문제는 생소했다. 지금까지 퇴직금을 지급한 선주를 보지 못했다. 선원들도 퇴직금 개념이 없었다. 진수 건이 아니었다면 머리에 떠올리지도 않았을 것이다.

"선원들이 최소한 기초생활이라도 하라고 오 년 전부터 기본급 정도는 보장해줬잖애라우?"

"그건 다들 알고 있제. 자네 땜시 나도 재작년부터 그렇게 했는디 나도 내심 심각하당께."

"그렇게 돈 받은 세 놈이 퇴직금을 달라고 했는디, 아이 근로감독관이 합의를 하라고 안 하요? 세상에 그거이 말이나 돼냔 말이요?"

내 상식과 판단과 경험으로 이해할 수 없는 내용이었다.

"말도 안 돼제."

나는 바로 진수 말에 동조했다.

"근디라이? 합의를 안 하면 입건조치 될 수도 있담시로, 칠십 프로 정도에서 합의하는 게 어짜냐고 합디다. 근디 그거이 이천이 넘습디다. 성님, 이천이 뭐, 누 집 개 이름이요? 이천이면 기름을 얼마나 띠겄소? 그래서 내가 감독관한테 그랬소. 입건을 시키든 깜빵에 보내든 맘대로 하라고."

이천만 원이라는 액수에 뭐라고? 라는 말이 튀어나올 뻔했다. 진수는 물론 나에게도 큰 액수였다. 하지만 한창 일해야 할 나이의 진수에겐 돈보다 중요한 게 있었다.

"그래도 깜빵은 안 돼제."

"누구는 가고 싶겄소? 근디 생각을 해보씨요? 그놈들 합의해주고 나면 다른 놈들도 퇴직금 달라고 진정서 낼 게 뻔한디, 감당하겄소? 세 명에 그 정돈디, 여섯 명이면 얼마나 되겄소? 차라리 깜빵 간 것이 낫지 않겄소?"

진수가 목청을 높였다.

"그래도 애로사항 얘기함시로 사정해보제 그랬는가? 즈그도 사람인디 통하지 않겄어?"

씩씩거리는 진수를 진정시키려고 나는 목소리를 낮추었다.

"왜 우리 사정 얘기 안 했겄소? 자꾸 사정해싸께 감독관이 그랍디다. 깊이 조사 들어가면 더 많은 벌금을 낼 수도 있다고. 사대보험도 들먹이고 불법고용도 들먹이고, 거시기 뭐드라. 아참. 주당 근무 시간도 들먹인디 내가 알 수가 있어야지라우?
거기서 끝이 아닙디다. 해결이 안 되면 검찰로 넘어가고, 검찰
조사에, 재판까지 받을 수 있다고 합디다. 그래서 내가 또 그랬
소. 내가 죽어버리면 그럼 누가 부담하냐고. 그랬더니 그건 안
갈차 줍디다."

진수가 주먹으로 가슴을 툭툭 쳤다.

진수는 그 뒤로도 몇 번 더 고용노동부에 출석했다. 조업을
핑계로 연기를 요청했지만, 처음 몇 번은 연기해주더니 처리해
야 할 기간이 있다며 나중에는 연기조차 해주지 않았다. 나는
수시로 진수에게 결과를 물었다. 진수가 풀 죽은 목소리와 표
정으로 말했다. 의지할 데가 없다고. 심한 배신감에 치를 떠는
데, 선원들에게 베푼 혜택이 고스란히 부메랑이 되어 돌아오는
데, 감당하기에 너무 벅찬데, 하소연할 데가 없다고. 배만 타다
보니 도움을 요청할 인맥 하나 만들지 못했다고. 진수는 몇 차
례나 그 말을 강조했다. 배 지을 때 빌린 대출금을 절반도 갚지
못했는데⋯⋯. 진수가 말끝을 흐렸다.

진수는 내일이면 또 출석해서 조사를 받아야 하기에 출항하
지 않았다.

진수 건으로 나도 비상이 걸렸다. 퇴직금에 대해 여러 경로
로 수소문했다. 정보를 종합해보니 나에게 유리할 게 없어 보
였다. 우리 배를 일 년 넘게 탄 사람이 다섯 명인데 그에 대한
금액은 얼마나 될지 자꾸만 머리로 계산하곤 했다. 전 재산을

처분한다 해도 빚을 갚을 수 없는데 퇴직금까지 감당해야 하다니. 그 문제만 생각하면 앞이 캄캄했다. 자다가도 벌떡 일어나는 일이 많아졌고, 교도소에 수감되어 재소자에게 막 얻어터지려 할 때 꿈에서 깨곤 했다. 자자, 자. 일단 잠을 자야 피곤이 풀리고, 피곤이 풀려야 뭔 일을 해도 할 거 아닌가. 나는 애써 그렇게 마음을 다잡았지만 잠은 쉽게 오지 않았다.

고래라도 한 마리 걸리면 해결될라나? 그런 마음까지도 들어 고래 경매가를 알아보기도 했다. 바다의 로또라 불린다기에 얼마나 될지 기대가 컸으나 고래가 잡혀도 빚 청산은커녕 퇴직금 정리도 어려워 보였다. 바다의 로또라는 말은 현실과 너무 차이가 났다. 로또복권을 살 생각도 했다. 하지만 그런 행운이 나에게 찾아올 것 같지 않았다. 그렇게 운이 좋은 놈이라면 지금까지 바다를 누비고 다녀야 하는 팔자는 아니었을 것이다. 그래서 마음을 바꿨다. 내가 하는 일에 최선을 다하자고. 그러다 보면 빚을 청산할 날이 오지 않겠냐며 스스로 위안했다. 그게 언제가 될지는 모르지만 나에게는 바다가 유일한 희망이었다. 기왕이면 많이 잡히길 바라는 마음으로 다시 배에 오르곤 했다.

4

아내의 전화를 받고 나자 일이 손에 잡히지 않았다. 내가 물에 빠져 허우적대고 있는 것 같고, 빨리 진수에게 가야겠다는 마음뿐이다. 그런 내 마음을 바다가 알고 있는 것처럼 발목을 잡았다. 투망하려는데 그물이 엉켰다. 엉킨 그물이 수면에 어지럽게 떠 있다. 선원들이 기다란 삿대로 그물을 푼다. 그물이 풀리기 전까지는 철수할 수가 없다. 엉킨 그물이 언제나 풀릴지 모른다. 수조에서 맥 빠진 채 누워 있을 상괭이가 마음에 걸린다.

　나는 조타실을 빠져나가 수조로 몸을 틀었다. 수조에는 상괭이가 축 늘어져 가까스로 목숨줄을 부여잡고 있었다. 아무리 봐도 살아날 가능성이 희박해 보인다. 우리 배에서 죽을 바엔 차라리 바다에서 죽는 게 낫다. 일콤이 상괭이를 보고 재수 없다고 했는데, 바다에 돌려보내면 재수에 붙은 옴이 떨어져 나갈지도 모른다. 심란한 마음으로 상괭이를 내려다보는데 상괭이가 웃는 얼굴로 맞이한다. 주름살로 만들어진 미소가 이제 죽어도 여한이 없다고 말하는 듯하다. 나는 마음을 다잡고 휴대폰을 꺼냈다. 김 과장에게 오지 말라고, 헛수고하지 말라고 하고 나서, 죽더라도 고향인 바다에서 죽으라고 바다에 빠뜨릴 것이다.

　신호는 가지만 김 과장이 전화를 받지 않는다. 오고 있다면 배의 엔진 소리에 들리지 않을 것이다. 배가 오는 소리가 들린다. 소리 나는 쪽으로 고개를 돌리니 배 한 척이 빠르게 이쪽으로 달려온다. 엄청 빠른데. 나는 김 과장의 빠른 등장에 속으로 감탄했다. 아까 전화를 받자마자 출발한 모양이다. 나는 상괭이가 마르지 않게 감쌀 수 있는 무언가를 준비하려다 말았다. 상괭이를 살리겠다는 사람들이 설마 그런 장비조차 없을 거라는 생각이 문득 스쳤기 때문이었다. 하지만 도착한 배는 김 과장이 탄 배가 아니고 해경 단속선이었다. 우리 배에 나란히 세워 로프를 결박하고 해경 둘이 우리 배로 건너왔다.

"그물에 탈출망 설치했습니까?"

몇 가지 간단한 질문을 한 박 경사가 탈출망으로 화제를 돌렸다. 나는 느닷없는 질문에 눈을 크게 뜨고 되물었다.

"탈출망이라우? 그거이 뭔 소리다요?"

내 말에 박 경사가 바로 입을 열었다.

"고래가 포유류라 아가미가 아닌 허파로 숨을 쉬어야 하는데 그물에 걸리면 숨 쉬러 수면 밖으로 나올 수가 없잖습니까? 그렇게 되면 고래도 익사할 수 있어요. 그러니 탈출망이 필요한 것 아니겠습니까?"

박 경사는 무언가 대단한 걸 말해준 듯 의기양양한 표정을 지었다. 고래가 바다에서 익사할 수 있다는 것은, 금시초문일 거라는 거만함도 묻어난다. 어이가 없다. 해양생물학을 심도 있게 접해본 적 없지만 40년 넘게 배를 탔는데 고래가 포유류란 것을 모를 리 없고, 이미 김 과장에게 들었으니 탈출망의 필요성에 대해 모를 리 없다. 박 경사의 거만함에 반박하고 싶은 마음을 애써 눌렀다. 속내와는 달리 활짝 웃어 보였다. 그가 해경 소속이고, 털어서 먼지 안 날 리 없으니 단속하려고 한다면 트집 잡을 것은 얼마든지 있을 텐데, 괜히 감정을 건드려서 좋을 리는 없지 않겠는가. 나는 동의의 의미로 고개를 주억거렸다. 그런데 문득 다른 궁금증이 일었다. 왜 지금 단속 나왔냐는 것이다. 여태까지 탈출망과 관련한 단속을 당하거나 조사를 받은 적이 한 번도 없었다.

"범고래가 나타났다던데, 혹시 그것 때문이다요? 범고래를 국제자연보전연맹이 국제보호종으로 지정했다등면, 범고래 땜시 나오셨소?"

나는 질문을 던지고 상괭이에게 눈을 돌렸다. 상괭이는 멸치나 정어리 같은 작은 어류를 먹고 사는데 고래는 상괭이 같은 대형 어류도 잡아먹는다고 들었다. 어쩌면 상괭이가 천적인 범고래를 피해 급히 도망치다 그물에 갇혔는지도 몰랐다. 상괭이는 기력이 더 빠져 보인다. 움직임이 전혀 없는 것이 체념하고 있는지도 모르겠다. 그런데도 눈가의 미소는 그대로다.

"그건 저도 잘 모릅니다."

박 경사 표정이 거짓말 같지는 않다.

"그라먼이라우?"

"상부의 지시에 따라…"

박 경사가 말끝을 흐렸다. 나는 수조의 상괭이를 손가락으로 가리켰다.

"우선 저 상괭이나 빨리 실코 가서 치료하씨요. 상괭이도 고래고, 보호종이람서요?"

"…그건 우리 소관이 아니라 어렵습니다."

박 경사 말에 가슴 깊은 곳에서 울화통이 치밀어 오른다. 생명이 위급한데 소관이나 따지고 있냐고 거칠게 쏘아붙이고 싶다. 속에서 불끈거리는 욕지기를 가까스로 참는다.

"그람 사고를 처리한 건 소관에 해당되지라우? 그물이 엉킨 사고가 났능께 경사님이 쬐깐 도와주씨요. 그물이 스크류에 걸리면 어떤 사고가 날지도 모른디, 터보엔진이라 스크류에 걸릴 일도 없을 것인께, 마침 잘 됐소."

나는 최대한 정중한 투로 말했다. 해경이 도와주면 진수에게 가는 시간이 빨라질 것 같았다.

"그건 작업의 일환이잖습니까? 저희가 직접 작업에 참여하기는 좀 그렇습니다."

박 경사가 당연히 들어주리라 예상했는데 여지없이 빗나가고 말았다. 그물 끝을 배에 묶어 조금만 끌어다 주면 되는 간단한 일을 거부한 박 경사와 오래 있고 싶지 않다. 박 경사가 더 이상 볼도 없어 보인다.

"바쁘실 텐디, 쎄게 가씨요."

나는 박 경사의 등을 떠밀었다. 박 경사가 돌아갈 생각이 전혀 없는 표정으로 입을 열었다.

"당장 설치해야 하는데요?"

박 경사가 탈출망을 설치하는 걸 보고 가겠다는 의지가 역력하다.

"설치할 뭐가 암껏도 없는디 설치하라고라우? 재료가 있다고 칩시다. 할라면 육지에서 제대로 해야제, 이 좁은 배에서 작업이 가능하겠소?"

나는 난감하다는 표정과 제스처를 했다. 박 경사는 곰곰이 생각하더니 이번 주 내로 다시 올 거란다. 한 번 조업을 나오면 십여 일은 기본인데, 그런 건 깡그리 무시당했다. 박 경사는 서로 얼굴 붉히는 일이 없도록 하자며, 일행을 이끌고 자기들이 타고 온 보트로 내려가 출발했다. 보트가 하얀 물거품을 일으키며 빠르게 바다 위를 달린다. 나는 김 과장이 오는지 바다를 두리번거린다. 저 멀리서 항해하는 대형 선박들만 아스라할 뿐, 김 과장이 타고 올 만한 작은 배는 보이지 않는다.

5

"진수 아제가 아버님 져트로 가게 생겼다 안 하요."

선원들이 그물을 푸는 사이 아내에게 전화를 걸자, 울먹이는 목소리로 소식을 전했다. 그래도 일말의 희망을 품고 있었는데, 허공에서 터져버린 물거품이 되어버렸다. 가슴이 먹먹하다. 차라리 롤러에 끼어 두 팔이 나갔으면 하는 마음이 간절하다. 나는 시선을 바다에 던졌다. 바다가 말없이 내 멍한 시선을 받아낸다. 바다를 향해 깊은 한숨을 토한다. 혼자 있다면 목 놓아 진수를 불러보고도 싶다. 나는 속으로 진수를 부른다. 시퍼런 바다에 진수가 일렁거린다. 진수 아버지도 일렁거린다. 꼭 진수를 데려가야겠소? 나는 바다를 향해 원망어린 속말을 한다.

35년 전, 진수 아버지는 우리 동네에서, 유일한, 동력을 장착한 배의 선주이자 선장이었다. 나와 진수는 그 배를 탔다. 나는 선원으로 일했고 진수는 선장의 후계자 교육까지 받으며 일했다. 진수가 키를 잡고, 진수 아버지는 서툰 나에게 투망하는 방법을 알려주려고 이물에 자리 잡고 직접 닻을 투하했다. 지금처럼 롤러와 윈치가 발달한 것도 아니고, 배도 작아 위험이 곳곳에 도사리고 있었다. 영상 십일 도의 북서풍이 초속 구에서 십이 미터로 불어 닥쳐 체감온도는 영하에 가까웠다. 아버지는 추위에 대비해 털모자를 푹 눌러썼고, 두꺼운 옷에 '갑바'까지 입었으니 움직임이 둔할 수밖에 없었다. 아버지는 그런 몸으로 닻을 내렸다. 주의를 기울인다고 했지만, 닻줄이 발목에 감겨 그만 바다에 빠지고 말았다. 진수와 나는 발을 동동 구르며 아버지를 목 놓아 불렀다. 아버지가 어디에 계실지 위치를 정확히 아는데도 우리가 할 수 있는 건 아무것도 없었다. 아버지가 떠오르기를 빌고 또 빌었다. 다행히 아버지는 금세 수면으로 머리를 내밀었다.

하지만 아버지를 구조하기가 쉽지 않았다. 빠른 조류에 아버지가 배에서 점점 멀어졌다. 진수는 아버지를 구조하려고 아버지 가까이 배를 몰았지만 바다에 어지럽게 있는 닻줄이 진로를 방해했다. 진수는 스크루에 닻줄이 감기지 않게 닻줄을 피해 배를 조심스럽게 몰았고, 그동안 아버지는 배에서 더 멀어지고 있었다. 배가 아버지 가까이 접근하자 내가 재빨리 밧줄이 달린 부표를 던졌다. 아버지는 부표를 잡고 힘겹게 배에 올랐다. 그 시간이 이십 분 가까이 되었을 것이다.

배에 오른 아버지는 심하게 몸을 떨었다. 10℃를 밑도는 수온에 체온을 빼앗겼기 때문이었다. 아버지를 재빠르게 선실로 들게 하여 옷을 모두 벗기고, 모든 이불로 아버지를 덮었다. 진수는 전속력으로 육지로 배를 몰았다. 아버지는 심한 오한으로 부들부들 떨었다. 떨림이 멈추자 아버지는 눈을 감고 잠에 빠지려 했다. 나는 자꾸 아버지 몸을 흔들며 말을 걸었다. 아버지는 눈을 감은 채 대답했지만, 무슨 말인지 알아들을 수 없는 헛소리뿐이었다. 사람들이 안타까운 마음을 연이어 쏟아내며 이 방법 저 방법을 들먹였다. 어떤 이는 기계를 거쳐 나온 따뜻한 물을 대야에 받아와 손발을 적셨다. 하지만 아버지의 손발은 점차 싸늘해졌고, 의식도, 맥박도, 희미해 갔다. 그리고는 혼수상태에 빠지더니 끝내 숨을 쉬지 못했다. 배가 육지에 거의 도착할 무렵이었다. 아버지의 운명이 거기까지인지 몰라도, 나는 그 후로 배가 빨랐다면 아버지를 살릴 수 있었을 거라는 생각이 머리에서 떠나질 않았다.

나는 당시 우리가 탔던 배의 속도와 요즘 흔한 선외기 속도를 비교해보는 버릇도 생겼다. 40노트를 넘는 배가 그때 있었다면, 아버지는 20분 내에 병원에 도착할 수 있었을 것이었다. 그렇다면 일흔을 넘겼을지도 몰랐다. 한동안 시름에 빠졌던 진수가 어쩔 수 없이 배를 물려받아 조업에 나섰는데, 아버지 곁으로 가려 하다니. 가긴 전에 진수를 보고 싶다. 나는 바다에서 시선을 거두고 선원들을 보았다. 선원들이 엉킨 그물을 아직도 풀고 있었다.

상괭이는 미동도 하지 않는다. 얼마 남지 않는 것 같아 조급증이 인다. 김 과장이 출발은 했겠지? 김 과장에게 전화를 건다. 긴 신호음이 이어져도 전화를 받지 않는다. 다시 전화를 건다. 역시 받지 않는다. 또 전화를 걸어보지만 김 과장의 목소리는 들려오지 않는다. 나는 휴대폰을 주머니에 넣고 마이크를 잡았다.

"그냥 그물 올려!"

다들 의아한 표정으로 나를 본다.

"탈출망을 설치하러 가게요?"

갑판장이 물었다. 탈출망을 설치하지 않으면 조업이 어려울 거라는 박 경사의 말을 염두에 둔 모양이다.

"진성호 선장이 죽었단디 빨리 가 봐야제!"

"내일 가도 되지 않겠소? 이왕 나왔응께 기름 값은 해야제라우?"

갑판장이 나를 배려해서 한 말이라는 걸 잘 안다. 하지만 나는 갑판장의 말을 무시하고 그물을 올리라고 지시했다. 일부는 엉킨 그물을 빠르게 올리고, 일부는 로프와 닻줄, 어구들을 정리하고, 청소 준비도 한다.

"상괭이 바다에 빠트려요?"

일콤이 큰 소리로 물었다.

"같이 갈 거다!"

상괭이를 보니 여전히 웃고 있었다. 마치 극락에 들어가기 전에 하는 마지막 인사처럼 보인다. 눈을 돌려 이물을 본다. 닻이 모습을 드러낸다. 닻줄을 기둥에 감는 걸 보고 바로 배를 출발시킨다. 선원들이 갑판을 청소하고 물건을 정리한다. 배가 육지 쪽으로 선수를 향하자 마력을 끝까지 올린다. 기계는 크게 울며, 새까만 연기를 뿜어낸다. 배의 속도가 점차 빨라진다. 배 뒤에 생긴 물거품도 길고 넓어진다. 이렇게 달려도 세 시간이 넘을 텐데. 나는 상괭이와 배의 진로 방향, 육지에서 배가 오는지 등을 번갈아 보며 방향키를 조종한다. 시선을 저 멀리 향한다. 육지 쪽에서 작은 물체가 빠르게 움직이는 게 눈에 들어온다. 김 과장이 타고 있을까. 그럴 가능성에 대비해 나는 갑판장을 불러, 담요 하나에 물을 적셔 상괭이를 덮어주라고 지시한다. ✶

오라 해서 갔더니

뱃고동처럼 큰 클랙슨 소리가 다급하게 들려온다. 등에 소름이 돋는다. 소리 나는 쪽으로 냉큼 고개를 돌린다. 중심을 잃은 초대형 트레일러가 비슷한 각도를 유지하며 점점 가까이 다가온다. 아니, 밀려온다. 김 대표는 재빨리 인도로 올라가 전봇대 뒤로 몸을 피한다.

오라 해서 갔더니

　오늘 열 시까지 사무실로 들어오세요. 거래처 이 과장이 문자를 보냈다. 일회용 커피를 종이컵에 넣어 정수기에서 뜨거운 물을 받아 놓고 다시 문자를 확인한다. 다시 봐도 무슨 일 때문이라는 내용은 없다. 궁금증이 일어 김진 대표는 이 과장에게 전화를 건다. 무뚝뚝하고 다소 거만한 목소리가 수화기에서 흘러나온다. 김 대표는 아침 인사를 간단히 한 뒤 무슨 일이냐고 물었다. 이 과장은 별일 아니란다. 들어오시면 알게 된다는 성의 없는 말만 들려왔다. 김 대표가 다른 말을 막 하려는데 이 과장이 회의 준비해야 한다며 전화를 끊었다. 이 과장의 목소리에 공손함이나 친절함은 하나도 묻어나지 않았다. 별일 아니라지만, 찝찝한 기운이 마음 깊은 곳에서 머리끝까지 차오른다. 꺼림칙한 기분으로 하루를 연다.

김 대표는 왼손에 종이컵을, 오른손으로 커피 봉지를 잡고 커피를 젓는다. 그쪽으로 젓지 마세요! 칼날 같은 소리가 나는 쪽으로 고개를 돌리니 추위에 파리해진 얼굴의 아내가 염려하는 얼굴로 보고 있다. 이 과장이 사물실로 오라는 통보를 아내가 들었나? 이 과장 통보에 걱정되어 짓는 표정인가? 이 과장에 쏘아붙이고 싶은 말을 나한테? 아침부터 아내에게 괜한 걱정을 끼치게 했다는 생각에, 아내가 없을 때 전화할 걸 하는 후회가 생겼다. 환경호르몬이 나오잖아요? 타박하는 아내의 말에 김 대표는 그나마 다행이라는 생각이 든다. 휘젓고 있던 커피 봉지를 꺼내 확인한다. 한쪽 가장자리의 찢어진 녹색 부분에 커피가 묻어 있다. 이 나이에 환경호르몬은…. 지금 이런 기분에 환경호르몬이 대순가. 김 대표는 속으로 뇌까리며 봉지를 그대로 종이컵에 넣어 몇 번 더 휘젓는다. 김 대표는 커피 봉지를 쓰레기통에 버리고 책상 위에서 담배를 집어 든다. 커피 마시면서 담배 안 피우시잖아요? 아내가 눈을 둥그렇게 뜨고 말했다. 카페인과 니코틴이 동시에 들어가면 고지혈증에 좋지 않을까 봐 올해 초부터 삼가고 있었다. 예외 없는 법칙은 없잖아? 김 대표는 가볍게 한 마디 하고 문을 밀고 밖으로 나간다.

사무실 밖으로 나오자마자 도시 변두리의 싸늘한 공기가 온몸을 엄습한다. 저절로 몸이 움츠러든다. 출근 준비하면서 집에서 들었던 올 들어 가장 춥다는 일기예보가 생각난다. 예보가 정확한 것인지, 마음 때문인지 유난히 춥게 느껴진다. 뜨거운 커피를 후후 불어 한 모금 삼키고 주위를 둘러본다. 밤새 내린 눈이 두꺼운 이불처럼 세상을 덮고 있다. 나무, 창고, 조립식 공장, 멀리 보이는 주택까지도 온통 눈에 파묻혔다. 아름답게 보여야 할 하얀 세상이 암담해 보인다. 고개를 차도 쪽으로 돌린다. 눈이 지저분하게 얼어붙은 도로를 차들이 느릿느릿 움직인다. 뒤덮은 눈을 대충 치운 차들이 눈에 가득 들어온다. 앞뒤 창문만 눈을 제거한 차량, 시야만 겨우 확보할 정도로 앞창문의 눈만을 치운 차량, 운전석 창문만 치운 차량, 지붕을 대나무 빗자루로 쓸어낸 흔적이 있는 차량 등 갖가지 형태로 눈을 치웠다. 지하 주차장에 주차한 듯 말끔한 차도 어쩌다 눈에 들어온다.

김 대표는 빙판길을 달리는 화물차에 시선을 집중한다. 특히나 탑차들을 눈여겨본다. 무게중심이 높은 탑차가 휘청거리며 커브 길을 지날 때는 가슴이 철렁 내려앉은 듯 조마조마하다. 김 대표는 시선을 더 먼 곳으로 향한다. 눈 쌓인 도로에 소형 탑차가 옆으로 누워 있다. 아! 자기도 모르게 탄식이 나왔다. 그보다 1킬로미터쯤 앞 경사진 도로에는 트레일러가 비스듬히 멈춰 있다. 트레일러는 4차선 도로의 3차로까지 점령했다. 그 뒤로 승합차 2대 승용차 1대 RV 차 1대도 오르막길에 아무렇게 방향을 잡고 움직이지 않는다. 곧 러시아워일 텐데 빠르게 조치를 취하지 않는다면 교통 대란이 벌어질 듯하다. 우리 차들은 어떻게 움직이고 있는지 걱정이다.

커피를 창틀에 올려놓고 바지 주머니에서 휴대전화를 꺼낸다. 차주 중 가장 나이 많은 박 기사에게 전화를 건다. 정중히 예를 갖춘 목소리가 들려온다. 자상한 어조로 운전 조심하라고 당부한다. 저는 걱정 말고 다른 차주들을 챙기라는 박 기사 말이 귓속을 파고든다. 육십이 넘은 나이에 화물차 핸들을 잡아야 하는 박 기사 형편이 뇌리에 스친다. 김 대표는 위암으로 입원 중인 박 기사 아내 안부를 묻는다. 다음으로 박 기사 큰아들의-일 년째 직장을 구하고 있는 중- 취업 가능성이 어느 정도인지 챙긴다. 둘째 아들의 전역이 열흘 남았는데 그날은 하루 쉬어야 하지 않겠느냐고 제의한다. 박 기사 딸이 오늘 양가 상견례가 있는 날인데 사모님은 나갈 수 있는지 김 대표는 우려 섞인 어조로 체크한다. 박 기사가 뜸을 들인다. 김 대표는 하여튼 조심하라고 거듭거듭 당부하고 전화를 끊었다. 김 대표는 곧바로 두 번째 연장자에게 전화를 건다.

일곱 명의 차주들에게 일일이 전화를 걸어 가족까지 챙기고 나서야 김 대표는 창틀에 있는 커피를 집어 들어 한 모금 마신다. 어느새 식어버려 차가운 날씨만큼이나 싸늘한 커피. 커피가 목구멍에서 식도를 따라 위장으로 내려갔을 텐데도, 한기가 온몸으로 느껴진다. 김 대표는 몸을 부르르 떨고 남은 커피를 바닥 한쪽에 버린다. 담배를 입에 물고 두 손으로 감싸 바람을 막고 일회용 라이터를 켠다. 바람에 불이 금방 꺼져버린다. 터보 라이터라도 있었으면 하는 마음 간절하다. 몇 번의 시도 끝에 담배에 겨우 불을 붙였다. 김 대표는 오들오들 떨면서 담배를 피우고 냉큼 사무실로 들어간다. 추위가 따라 들어올까 봐 재빨리 문을 닫는다.

"추워서 도저히 안 되겠네. 오늘은 난로 좀 켜세."

김 대표는 책상 옆에 있는 전기난로를 켜며 아내를 바라본다. 전기세 타령을 하며 난로를 끄라고 하지 말라는 속셈을 눈빛에 담았다. 두꺼운 털 점퍼를 입고 목도리를 친친 감고 있는 아내도 추웠을까. 별다른 말을 하지 않는다. 김 대표는 벌겋게 달아오른 두 개의 열선에 양손을 바짝 대고 비빈다. 손에 어느 정도 열기가 느껴지자 손으로 문지르며 마른세수를 한다.

"열 시에 유진테크 이 과장이 들어오라는데?"

추위가 좀 가시고 나자 김 대표가 아내에게 말을 건넸다.

"왜요?"

아내가 근심 어린 표정으로 물었다.

"물어 볼라고 했는디 바쁘다고 끊어버리데."

"뭐, 하루 이틀 겪나요? 그나저나 오늘 열 시에 계약하기로 했잖아요?"

아내의 말이 비수가 되어 가슴에 박혔다. 김 대표는 잠시 천정을 올려다본다. 깊은 한숨을 쉰다. 오늘 주식회사 상아전자 총괄 담당인 윤 부장과의 약속은 사흘 전에 잡혔다. 김 대표는 벽에 걸린 시계를 본다. 여덟 시가 막 지났다. 부지런한 윤 부장이라면 출근하여 업무에 집중하고 있을 것이다. 김 대표는 윤 부장에게 뭐라고 둘러대야 할지 잠시 고민한다. 김 대표는 책상에 있는 상아색 전화기를 집어 들었다가, 내려놓는다. 이미 잡혀 있는 약속을 취소한다는 게 예의가 아니란 생각 탓이다. 잠시 망설이던 김 대표는 마음을 차분히 가라앉히고 휴대전화기를 꺼내 전화를 건다. 윤 부장이 아침 일찍 웬일이냐고 반갑게 받는다. 김 대표는 갑자기 중요한 일정이 생겨서 그런다며 아내를 대신 보내도 되는지 양해를 구한다. 빙판길을 운전하기 어려울 거라며 다음으로 미루자는 윤 부장의 말이 부드럽게 귀에 들어온다. 굳어 있던 김 대표 얼굴에 화색이 돈다. 김 대표는 내일 오전 중 시간을 낼 수 있냐고 묻고는, 그럼 내일 열 시에 찾아뵙겠다며 전화를 끊는다.

김 대표는 손바닥만 한 사각 쟁반에서 커피와 메밀차를 회의실 원탁에 내려놓는다. 회의를 시작하기 전이면 으레 하는 행동이다. 낡고 오래된 원탁은 세월의 흔적이 진하게 묻어난다. 광택이라고는 찾아볼 수 없는 칙칙한 자줏빛 원탁에 빨간, 파란, 검정 글씨가 그득하다. 때때로 메모지 대용으로 삼은 탓일 것이다. 원탁 둘레에 인조목으로 등받이를 만든 바퀴 없는 네 개의 의자가 놓여 있다. 김 대표는 의자 하나를 빼고 앉는다. 걸레로 책상을 닦고 있던 아내도 청소를 서둘러 마무리하고 회의실로 들어와 원탁에 앉는다. 둘은 말없이 커피와 메밀차를 한 모금 들이킨다. 잠시 묵직한 침묵이 흐른다. 김 대표가 먼저 말문을 연다.

"12월이라 내년 계약 건 때문이겠제?"

김 대표는 이 과장이 왜 불렀을지 다각도로 생각했으나 딱히 집히는 게 없었다. 그동안 이 과장과 내년 계약 건 때문에 몇 번 통화를 한 적이 있으니 그 연장선일 거라는 생각이 지배적이었다. 아내도 그렇게 판단한 듯 고개를 끄덕인다. 어두운 표정으로 앉아 있는 아내가 입을 연다.

"탕바리(회당 단가)는 절대로 안 된답디여?"

"이 사람이! 몇 번이나 안 된다고 말 했잖은가?"

아내가 갑자기 시무룩한 표정을 짓는다. 김 대표도 양 팔꿈치를 책상에 올리고 오른손 엄지, 검지, 중지로 미간을 마사지한다. '월대'(월정액)나 '회당 단가'는 수입 면에서 상당한 차이가 있다. 특히나 차주들은 더욱 그렇다. 현재 유진테크와는 월 360만 원에 열두 대 계약되었다. 회당으로 계산하면 물류량이 많고 거리가 가까워 보통 이하의 가격을 적용하더라도 월 500만 원은 훌쩍 넘는다. 우리에게 지입하는 지입료 7퍼센트를 적용하면 한 대당 10만 5천 원의 지입료가 더 발생한 셈이다. 하지만 아내는 지입료보다 차주들이 어쩐지 손해보고 있다는 생각에 어두운 표정을 짓고 있을 것이다.

"내년에는 삼백칠십은 넘어야 할 텐데."

아내가 자조 섞인 어조로 말했다. 김 대표는 속으로 재빨리 계산해보았다. 그렇게 계약해도 지입료, 기름값, 보험료, 수리비 등을 빼고 나면 차주들 수중에 이백만 원도 채 들어가지 않을 게 뻔하다. 김 대표는 리프트까지 설치한 오 톤 탑차 가격을 되짚어 보고 혼잣말하듯 나지막하게 말한다.

"팔천만 원도 넘게 발라놓고 뭐하자는 일인지……."

김 대표는 씁쓸한 표정으로 입맛을 다셨다. 불현듯 자신도 뭐하고 있는 것인지 의구심이 솟아오른다. 늘 느낀 거지만 법인 설립 비용은 제외하더라도 차고지 임대료, 사무실 임대료, 보유하고 있는 차량 수리비 등으로 매월 칠백만 원을 넘게 지출해야 하는 게 큰 부담이었다. 차량 50대에서 들어오는 지입료에서 지출을 제외하면, 채 오백만 원도 남지 않는다는 사실에 얼마나 자주 허탈해했는지 모른다. 밤잠은 또 얼마나 설쳤었는가. 거래처에서 차량 문제로 전화를 걸어오면, 사고가 난 줄 알고 자다가도 벌떡벌떡 일어난 적이 허다했다. 그럴 때면 아내도 자동반사적으로 자리에서 일어났다. 시시때때로 걸려오는 전화에 둘이 맨몸으로 벌어도 그 정도는 벌 것이라고 자주 푸념을 늘어놓곤 했다.

"상아전자처럼 삼백팔십은 택도 없겠죠?"

아내가 턱 끝을 바짝 치켜세우고 물었다.

"자기들이 제일 큰 거래처라고 뻔히 네고하자고 나오겠지 뭐."

"그래도 삼백칠십오를 마지노선으로 합시다. 일하는 보람은 커녕 현상유지라도 해야 할 거 아니요?"

"누가 그걸 모른가? 칼자루를 거기서 쥐고 있어서 그러지."

김 대표 말끝이 한없이 내려갔다. 시선을 원탁 바닥으로 힘없이 떨구었다. 어떻게 해서라도 삼백칠십오는 넘게 계약해 오라는 아내 말이 항공모함처럼 무겁게 가슴을 짓누른다. 김 대표는 속으로만 웅얼거린다. 누군들 그렇고 싶지 않겠어?

김 대표는 휴대전화를 보고 시간을 확인한다. 여덟 시 삼십오 분. 김 대표는 출발 시간을 가늠해본다. 평소 같으면 채 이십 분도 걸리지 않지만 미끄러운 걸 감안해 한 시간 일찍 출발하기로 마음먹는다. 시간상 약간의 여유가 있다고 판단한 김 대표는 캐비닛을 열어 계약서 파일을 꺼낸다. 파일을 빠르게 넘기던 손길이 유진계약서에서 멈춘다. 김 대표는 계약서에 시선을 떼지 않고 문장 하나하나를 꼼꼼히 훑는다. 제7조 ②항에 눈길을 박고 속으로 읽어본다. 계약 파기나 조건 변경 시 한 달 전에 서면으로 통보하기로 한다. 이 조항은 김 대표 머릿속에 각인되어 있지만 확인 차 살핀 것이다. 이 조항대로라면 유진테크에서 계약 파기나 조건 변경에 대한 건으로 부른 것 같지는 않다. 아니, 애써 그렇게 자위한다. 별일 아니라고 했지만 내심 불안했다. 유진테크에서 계약을 종료하자고 할 것만 같은 불안감이 가시지 않는다.

계약 종료하자고 하면 어떻게 해야 하나. 십이월이 시작되자 숱하게 고민했다. 묘안은 떠오르지 않고 머리만 어지러웠다. 새로 뚫을 수 있는 거래처를 되짚어보았다. 한 업체가 생각났다. E전자에서 견적을 제출하라고 해서 찾아갔더니 터무니없이 낮은 가격을 제시하며 할 수 있는지 물었다. 검토하겠다고 정중하게 말하고 돌아섰지만 속으로 엑스를 그었다. 시세보다 삼십만 원이나 낮은 가격에 계약했다가는 다른 물류사들이 가만있지 않을 것이다. 제 살 깎아 먹자는 말이냐, 잘하고 있는 C물류와 원수졌느냐, 물 먹일 작정을 했느냐, 파급 효과는 안중에도 없느냐는 등 갖가지 욕설을 퍼부을 게 뻔했다. 담합은 하지 않았지만 도의적으로 그럴 수도 없고. 어찌어찌 그 업체와 다섯 대를 계약한다 해도 나를 믿고 유진테크를 담당한 나머지 여덟 명의 차주는 어떻게 한단 말인가. 이래저래 김 대표는 답답하기만 하다. 김 대표는 밖으로 나가 담배를 뻑뻑 피워댄다.

공단에 진입한 김 대표는 4차선 도로를 빠져나와 유진테크로 진입하는 좁은 길로 들어섰다. 오늘도 편도 일차선에 차들이 즐비하게 주차돼 있다. 트럭 한 대가 겨우 지나갈 정도다. 오가는 차와 마주친다면 어느 한 차는 공장 입구로 들어가 비켜주어야만 운행할 수 있다. 여느 때처럼 도로가 얼지 않았다면 모를까 그러다가 접촉사고가 날 가능성이 높아 보인다. 더군다나 이 도로는 김 대표 회사 소속 차들이 반드시 지나가야 하는 도로가 아닌가. 김 대표는 고개를 돌려 후방을 살핀다. 뒤에 차가 보이지 않자 후진 기어를 넣고 천천히 후진한다. 김 대표는 탑차들의 통행에 지장이 없는 도롯가에 주차하고 노트를 챙겨 인도를 따라 걷는다. 복사뼈까지 눈이 쌓인 도로에 발자국이 거의 없다. 구두에 들어온 눈이 녹아 금세 양말이 축축해졌다. 귓불이 드라이아이스만큼 차갑게 느껴진다. 전깃줄에 갈리는 바람 소리가 휘파람처럼 들려온다.

오백 미터쯤 걸어 유진테크 정문에 도착해 시간을 확인한다. 약속 시간 10분 전. 김 대표는 경비실에서 출입자 명단에 자신의 이름을 기록하고 사무동 현관에서 이 과장에게 전화를 건다. 회의 중이니 조금만 기다려 달라는 문자가 날아온다. 김 대표는 회의 끝나면 전화 주시라는 문자를 전송한다. 얼음처럼 차갑고 축축한 발과 에일 듯한 귓불을 조금이라도 녹이려고 계단 밑에 있는 화장실로 들어간다. 김 대표는 바지를 내리지 않고 비데가 설치된 좌변기에 걸터앉는다. 엉덩이에 따뜻함이 전해진다. 김 대표는 장갑을 벗고 허벅지 밑 변기 커버에 손을 넣어 추위에 굽은 손을 녹인다. 따뜻하다. 이 과장이 전화할 때까지 노크 소리를 듣지 않았으면 좋겠다.

"내일모레부터 라인 공사가 시작되거든요?"

약속 시간보다 이십오 분 늦게 만난 이 과장이 바로 본론으로 들어갔다.

"……."

내년 견적이나 가격 인하를 말하리라 예상했던 김 대표는 전혀 예상치 못한 말에 어떤 대꾸도 할 수 없다. 의아한 눈으로 물끄러미 이 과장을 바라볼 뿐이다. 체구가 왜소하고 몸이 후리후리한 이 과장은 돼지털처럼 머리카락이 뻣뻣하다. 군대 조교를 연상케 하는 각진 얼굴에 두툼한 안경을 끼고 있다.

"그래서 하는 말인데요? 모레까지만 차를 보내주시라고요."

이 과장이 부하 직원에게 하는 어투로 통보하듯 말했다. 모레면 12일. 월대 계약을 했으니 차량을 투입하지 않아도 계약대로 지급할 것이기에 차주들 걱정보다는 유진테크가 걱정이라는 마음을 담아 망설이지 않고 입을 연다.

"물량이 없으면 어쩔 수 없죠."

공사 때문에 공장을 세워야 한다는데 누군들 반문하겠는가.

"물류비는 일 할로 정산하겠습니다."

이 과장이 거리낌 없이 말했다. 마치 사전에 합의된 사항을 되짚어보는 듯한 뉘앙스였다. 일 할 정산이란 십이월이 31일이니, 월대 계약금 360만원을 31로 나누어 차량을 투입한 12일치만 지급하겠다는 뜻이다. 월대로 계약했으니 계약서와 정면으로 위배된다.

"예?"

김 대표 말끝이 자기도 모르게 높아졌다. 12일치만 정산한다면 얼마인지 속으로 계산해본다. 어림짐작으로 백사십만 원이 조금 넘을 듯하다. 그 돈을 고스란히 가져가도 생계가 막막할 텐데. 김 대표는 차주들을 생각하니 절대 수용하지 못하겠다는 마음이 앞선다. 김 대표는 말도 안 되는 소리 하지 말라는 듯한 표정을 지으며 이 과장 눈을 똑바로 응시한다.

"일을 안 하는데 대금을 줄 수는 없잖아요?"

이 과장은 그거는 당연한 거 아닌가요, 라는 표정으로 김 대표를 힐난하듯 바라본다. 김 대표는 속에서 무언가가 꿈틀꿈틀 기어오르고 있음을 느낀다. 이런 안하무인격인 사람과 마주앉아 대화하고 있다는 사실에 서글픔도 느껴진다.

"턴키계약이라 하루를 하든 이틀을 하든 계약된 금액은 줘야 맞는 거잖습니까?"

김 대표는 격앙된 감정을 꾹꾹 억누르며 점잖게 말했다. 턴키계약은 수송 횟수에 상관없이 매월 얼마씩으로 정한 '월대' 계약을 지칭한 말이다. 정확한 용어는 아니지만 현장에서 흔히 통용된다. 물류사를 운영하는 김 대표는 유진테크와 월정액으로 계약했다. 그래서 김 대표가 턴키계약을 들먹인 것이었다.

"아니, 십이 일밖에 안 하고 한 달 치를 달라는 건 도둑놈 심보 아닌가요?"

도둑놈 심보라는 말에 김 대표는 속에서 부아가 부글부글 끓어오른다. 월 계약을 해놓고 계약서를 무시하고 이백사십 만원이나 차감하겠다는 것과 계약서대로 달라는 것 중 누가 더 도둑놈 심보란 말인가. 계약된 차량 열두 대니 이천만 원 이상을 날로 먹으려는 심보. 김 대표 또한 이백만 원 전후의 지입료가 줄어든다. 적지 않은 금액이다. 김 대표는 이 과장이 눈치채지 못하게 어금니를 앙다문다. 김 대표는 마른 침을 꿀꺽 삼키고 나서 입을 열었다.

"공사로 매출이 줄면, 차라리 이러이러하니 고통을 분담하자는 말을 먼저 꺼내야지, 무턱대고 모레부터 차량을 넣지 말라면 차주들을 어떻게 관리합니까?"

안간힘을 쓰며 평정심을 유지하려는 마음과는 달리 말투에 가시가 박혔다.

"그동안 기사들이 고생했으니 이번 기회에 푹 쉬었다 나오면 좋잖아요?"

이 과장 말에도 만만찮은 기운이 서려 있다.

"차주님들은 하나같이 팍팍하게 살고 있거든요. 연말연시라 돈도 많이 들어갈 텐데 그렇게 오래 쉬면 심각한 타격을 받을 게 뻔하잖습니까? 차주들이 우리 회사에 남아 있으려 하겠습니까?"

이 과장과의 기 싸움에서 이기려 하기보다는 정말 차주들 입장을 대변하고 싶은 마음을 드러냈다.

"그건 그쪽 사정이고요."

김 대표는 잠시 말문이 막혔다. 귀싸대기라도 한 대 갈기고 싶은 마음이 꿈틀거린다. 하지만 그럴 수는 없는 노릇이고 복장이 터질 듯 답답하다. 김 대표는 회의 시작 전 이 과장이 자판기에서 뽑아준, 다 식어버린 바닥 난 커피를 마시기 위해 종이컵을 입에 물고 고개를 뒤로 한껏 젖힌다. 입 안으로 커피가 흘러들어오기를 바라며 다른 방 안을 궁리한다. 묘안이 떠오르지 않는다. 구두상 약속을 계약서보다 더 중시하는 김 대표는 결국 계약서를 들먹인다.

"계약서에도 나와 있잖아요? 조건 변경 시 한 달 전에 서면으로 통보하기로. 그런데 이틀 남겨 놓고 이렇게 구두로 통보하면 저보고 어쩌란 말입니까?"

"그래서 일하기 싫어요?"

이 과장이 된통 언성을 높였다. 김 대표는 자기도 모르게 불끈 주먹이 쥐어졌다. 이 과장이 조금만 더 길게 말했다면 한 방 날렸을지도 몰랐다. 속에서 부아가 치민다. 혈압이 올라 얼굴도 벌겋게 상기되었다. 김 대표는 눈을 지그시 감고 기분을 가라앉힌다.

김 대표 주머니에서 휴대폰이 진동한다. 김 대표는 이 과장에게 잠깐만요, 라고 말하고 몸을 약간 비틀어 휴대전화를 받는다. 발신자는 서른두 살 먹은 차주 정 기사다. 갓 결혼한 정기사는 5톤 트럭으로 상아전자 제품을 D전자로 운송한다. 그런데 사고가 났다는 것이다. 커브 길에서 미끄러져 차가 넘어졌다는 정 기사 말에 김 대표 얼굴이 흙빛으로 변한다. 김 대표의 마음을 읽기라도 한 것일까. 몸은 하나도 다치지 않았으니 걱정 말라는 정 기사 말이 또렷하게 들려온다. 차를 한 대 보내달라는 말이 뒤따른다. 차량이 넘어진 탓에 그 안에 있던 제품을 다른 차로 옮겨 운송해야 한단다.

김 대표는 갑자기 눈앞이 캄캄해짐을 느낀다. 제시간에 제품을 입고하지 못해 D전자 라인이 멈춘다면, 유실비가 초당 이천팔백 원이란 사실이 번개처럼 뇌리에 스친다. 유실비에 대해 여러 업체에서 귀동냥한 탓에 십 분이면 십육만 팔천 원이고 한 시간이면 백만 팔천 원을 배상해야 한다는 것을 잘 알고 있다. 유실비도 부담이지만 그보다는 거래처인 상아전자가 대기업인 D전자로부터 라인 스톱에 따른 패널티를 받는 게 더 두렵다. 패널티를 받게 되면 개발 신제품 물량이 끊겨, D전자가 성장하는 데 악영향을 끼친다. 신제품은 비교적 높은 단가가 책정된다. 해마다 납품단가를 인하하는데 그때를 대비해 높게 책정한 것이다. 페널티를 받아 신규 물량을 확보하지 못하면 회사가 커가는 데 상당한 지장이 있기에 업체들은 신경을 곤두세워야 한다. 게다가 상아전자 대표이사가 D전자로 불려가 갖은 수모를 당한다. 어찌나 모멸감을 느끼는지 두 번 다시 들어가라면 차라리 회사를 포기하는 게 낫다는 말까지도 서슴없이 나돈다. 물론 과장되기는 했을지라도. 그러니 혼쭐난 대표이사가 담당 직원을 불러 야단치는 건 너무도 쉽게 예견된 수순이었다. 담당은 윤 부장이다. 김 대표에게 관대한 윤 부장이 상사들에게 호되게 질책당하고 시말서를 작성하는 모습이 눈앞에 아른거린다. 김 대표는 고개를 세차게 흔든다.

정 기사를 지원할 만한 차주는 누굴까. 몇 명의 차주가 우선 떠오르지만 어제저녁에 근무하고 다들 잠들어 있을 것이다. 콩알만 한 심장으로 마음 졸이며 밤새 빙판길을 다니느라 녹초가 되었을 텐데 다시 불러내고 싶지는 않다. 주간에 핸들을 잡고 있을 차주들을 한 분 한 분 떠올리며 가능성을 짚어본다. 오늘

같은 상황에서는 자기들도 시간 내에 입고하느라 정신이 없을 게 뻔하다. 막히면 언제나 생각했던 사람. 아내. 그렇다. 이 사고를 수습할 만한 사람은 아내가 유일하다. 지금 아내는 유가환급금을 신청하기 위한 서류를 준비하느라 정신이 없을 것이다. 김 대표는 아내에게 전화를 건다. 아내에게 자초지종을 말하고 정 기사를 도와 상아전자 제품을 납품하라 하고 전화를 끊는다. 보나마나 아내는 하던 일 멈추고, 서랍에서 키를 찾아, 주차장으로 뛰어가, 5톤 트럭을 몰고 정 기사가 있는 곳으로 정신없이 달려갈 것이다. 길이 미끄러우니 조심해서 운전하길 바란다. 김 대표는 이 과장을 바라보며 말을 이어간다.

"중요한 문제라 차주님들과 회의 좀 해보고 결정하는 건 어떻겠습니까? 사고가 나서 가봐야 될 것 같기도 하구요."

김 대표는 애잔한 눈으로 이 과장을 쳐다본다.

"바로 결정하고 가시면 되잖아요?"

이 과장이 턱 끝을 바짝 치켜세우고 말했다.

"일단 고통분담에 동참하자고 차주님들을 설득해보겠습니다. 그런 후에 다시 만났으면 합니다."

김 대표는 테이블 위에 펼쳐놓은 노트를 덮으며 말했다. 볼펜도 상의 안주머니에 집어넣었다. 이만 가보겠다는 말을 행동으로 표현한 것이었다.

"오늘 결정해야 하거든요?"

이 과장이 여전히 팔짱을 긴 채 단호하게 말했다. 김 대표 마음에는 온통 정 기사와 윤 부장 얼굴뿐이다. 일 초라도 빨리 여기를 벗어나고 싶다. 하지만 이 과장의 굳은 표정을 보아하니 그냥 가서는 안 될 듯하다. 내년 계약과 결부될 수 있다는 사실도 떠오른다. 천불이 나지만, 자리를 박차고 나가고 싶지만 나갈 수 없다. 김 대표는 다른 방법을 찾는다.

"그럼 이렇게 하는 건 어떻겠습니까?"

이 과장이 팔짱을 풀고 의자를 바짝 당겨 앉으며 관심을 보인다.

"공장 사정으로 삼 일 이상 쉴 때는 근로자들에게 임금의 최소 70퍼센트는 줘야 하잖습니까? 우리도 70퍼센트 선에서 결정하시죠?"

김 대표는 고용노동법을 들먹였다. 김 대표는 회사 사정으로 삼 일 이상 일을 하지 못했을 때, 기사들에게 이 법을 적용했다. 이 정도면 어떻게든 기사들을 설득할 수 있을 듯하다. 하지만 착잡하다. 김 대표는 애써 씁쓸한 마음을 숨기며 이 과장 얼굴을 살핀다. 이 과장 표정에 변화가 없다.

"40프로 일하고 70프로를 달라구요? 그건 아니죠. 그건 정규직에나 해당되는 말이잖아요? 이럴 때를 대비해서 용차를 쓰는 거지, 그렇지 않으면 뭐하러 용차를 쓰겠어요? 그러니 실비로 정산하는 게 맞잖아요?"

이 과장이 팔짱을 낀다.

"그렇다면 그동안 일요일에 무상으로 일한 거 정산해 주실랍니까? 계약서에는 일요일 부분은 빠졌잖습니까? 그래도 서비스 차원으로 그냥 해드린 건데 1월 달부터 지금까지 모두 정산해주실 수 있습니까?"

1월부터 매월 한 번 이상은 일요일에 배차했으니 12월을 빼도 최소 열한 번은 넘는다. 그것만 제대로 지급받으면 차주들을 붙잡아 둘 수 있을 것이다. 물론 일요일 배차에 대한 지입료는 받지 않을 생각이다.

"그건 서비스차원으로 해 주기로 했잖아요?"

이 과장 말에 김 대표 얼굴이 만취한 것처럼 붉게 상기되었다. 유진테크에서 작년 말에 계약할 때 그랬다. 일요일 날 공장을 가동한 날이 어쩌다 한 번 있을까 말까 한다고. 그래서 그 말을 믿고 구두로 약속했다. 그 정도라면 서비스 차원에서 무상으로 배차할 거라고. 하지만 유진테크는 한 달에 최소 한 번은 공장을 가동했다. 두 번 가동한 것도 어림잡아 다섯 달이다. 애초 말한 것보다 확연한 차이였다.

할 말을 잃은 김 대표는 우두커니 앉아 허공을 바라본다. 휴대전화가 또 떨린다. 김 대표는 이 과장에게 양해를 구하고 몸을 비틀어 전화를 받는다. 겁에 질린 아내 목소리가 힘없이 귓속을 파고든다. 눈길 운전은 도저히 자신 없단다. 차에 올라탄 순간 오줌이 지릴 것 같다고, 김 대표더러 빨리 왔으면 좋겠다고 한다. 김 대표는 고개를 끄덕인다. 베테랑 기사들도 힘든 판에 2년 남짓의 운전 경력으로 빙판길을 달려야 한다는 게 겁날

법도 하다. 불안에 잠긴 아내 표정이 아른거린다.

"와이프가 도저히 운전을 못하겠답니다. 아무래도 가봐야겠습니다. 과장님 제안은 차주님들과 의논해서 말씀드리도록 하겠습니다."

김 대표는 이 과장의 눈치를 살피지 않고 자리에서 일어난다. 노트를 들고 돌아서는 김 대표 귀에 이 과장 말이 파고든다.

"공사를 해도 하루 한두 탕은 뛰어야 되거든요? 한 탕에 만 팔천 원 드릴게요."

김 대표는 가던 길 멈추고 뒤돌아선다. 하루 두 탕 뛰자고 누구를 대기시켜야 합니까. 스파성(긴급성)은 회당 팔만 원이 넘잖습니까, 라는 말이 목구멍에서 소용돌이처럼 맴돈다. 하지만 뱉어내지 못한다. 이 과장의 '탕바리'란 말에 김 대표는 불현듯 다른 방 안이 떠올랐다. 내년에 회당 단가만 보장된다면 어떻게든 배차를 하겠다.

"이번에 실비로 정산한다면, 내년에 탕바리로 계약할 수 있습니까?"

실무자인 이 과장이 약속해도 윗분들에게 결재 받을 가능성은 낮다. 김 대표가 이를 모를 리 없다. 그럼에도 이 과장에게 약속을 받아내고 싶었다. 회당 단가를 약속한 걸 빌미로 아내가 말한 최소 월대계약금인 375만 원을 밀어붙일 속셈인 것이다.

"탕바리는 안 된다고 몇 번이나 말했잖아요? 어쨌든 이번 달은 실비정산 하는 걸로 마무리 짓죠?"

김 대표는 어쨌든 연락드리겠노라고 말하고 돌아선다. 추위에 떨고 있을 정 기사와 아내 얼굴이 어른거려 도저히 있을 수 없다. 어쩌면 더 이상 이야기를 나누다가는 이 과장의 멱살이라도 움켜쥐게 될까 봐 얼른 벗어나고 싶은지도 모른다. 그것도 아니라면 동상에 걸릴 듯 축축하고 차가운 발 때문인지도 모르고. 어쨌든 김 대표는 유진테크 사무실을 빠져나온다. 이 과장은 배웅한답시고 김 대표 뒤를 따른다.

"1할 정산에 만 팔천 원입니다!"

이 과장의 배웅 인사에 김 대표는 대꾸도 않고 종종종 걷는다.

유진테크 정문 밖으로 나왔다. 함박눈이 바람에 흩날려 난분분하다. 도로에 쌓인 눈이 복사뼈를 넘었다. 아까 들어올 때 생겼던 발자국은 오간데 없다. 김 대표는 눈 덮인 도로를 터벅터벅 걷는다. 눈이 구두 속을 끊임없이 파고든다. 영하의 바람이 귓가를 휘감는다. 김 대표는 노트를 겨드랑이에 낀 채 잔뜩 몸을 움츠리고 조심스럽게 도로를 걸어간다. 눈길에 미끄러져 휘청, 중심을 잃더니 바로 중심을 잡는다. 이놈의 날씨는 정오가 가까워지는 데도 변화가 없다. 추위도 여전하다.

자동차에 올라타 시동을 건다. 눈발이 점점 굵어진다. 자동차 앞 유리에 눈이 켜켜이 내려앉는다. 시야가 흐릿하다. 김 대표는 와이퍼를 작동시킨다. 유리에 달라붙은 눈이 성에가 되어 시야를 가린다. 워셔액 스위치를 작동한다. 부동액이 함유된 워셔액이 창문에 뿌려지고 와이퍼가 작동된다. 김 대표의 의도와는 다르게 워셔액이 살얼음으로 변해 시야를 아예 막아버린다. 와이퍼를 가장 빠르게 작동시켜 보지만 살얼음은 제거되지 않는다. 김 대표는 온도계로 시선을 돌린다. 온도계 눈금이 바닥에 머물러 있다. 따뜻한 바람이 나오려면 한참이 걸릴 것이다. 김 대표는 사물함에서 성에제거기를 꺼내 들고 밖으로 나간다. 성에제거기를 두 손으로 잡고 유리를 박박 긁는다. 하얀 성에가 굳어버린 촛농처럼 빡빡하게 벗겨진다.

뱃고동처럼 큰 클랙슨 소리가 다급하게 들려온다. 등에 소름이 돋는다. 소리 나는 쪽으로 냉큼 고개를 돌린다. 중심을 잃은 초대형 트레일러가 휘청거리며 점점 가까이 다가온다. 아니, 밀려온다. 김 대표는 재빨리 인도로 올라가 전봇대 뒤로 몸을 피한다. 휘둥그레진 눈으로 트레일러의 움직임을 뜯어본다. 트레일러는 아슬아슬하게 김 대표 차를 비켜 지나간다. 안도의 한숨이 길게 나온다. 한숨은 순식간에 하얀 김으로 변해 허공으로 빠르게 흩어진다. 김 대표는 트레일러가 중심을 잡고 제대로 가는 것을 보고도 한참이나 있다가 자동차에 오른다.

온도 게이지를 바라본다. 바늘이 첫 번째 칸 언저리에 있다. 따뜻한 바람이 앞 유리로 향하게 조종하고 히터를 최강으로 튼다. 사이드미러와 룸미러를 번갈아 살피며 유리창에 성에가 제거되기를 기다린다. 휴대전화가 짧게 울린다. 휴대전화로 눈길을 돌려보니 문자가 와 있다. 김 대표는 발신자가 누구인지 살핀다. 아내의 독촉 문자인 줄 알았는데, 유진테크 이 과장이다. 김 대표는 씁쓸한 표정으로 내용을 확인한다. '12월은 실비로 정산한다는 내용을 공문으로 좀 보내주세요.' 공문을 보내라고? 공문이 무엇인가? 법적 효력의 확실한 공식 문서가 아닌가? 내가 연락한다고 했지, 언제 결정이나 했나? 김 대표는 혼잣말을 내지른다. 속이 부글부글 타오른다. 커피라도 있으면 한 잔 마시고 불길을 잠재울 텐데, 커피가 없다. 휴대전화에서 눈길을 거둔 김 대표는 주머니를 뒤져 담배를 꺼내 불을 붙인다. 깊게 한 모금 빨아 마시고 길게 내뱉는다. 차에서 담배는 처음이다. 냄새 때문에 아내가 심하게 타박할 것이다. 하지만 담배라도 있으니 다행이지 싶다. 차 안에 담배 연기가 자욱하다. 앞 유리에는 아직 성에가 그대로다. 차는 연기로 뿌연데, 눈 내린 밖도 뿌옇고 우중충하다. 김 대표는 우중충한 세계로 자동차를 출발시킨다. 차도에 진입하기도 전에 휘청, 거린다. ✦

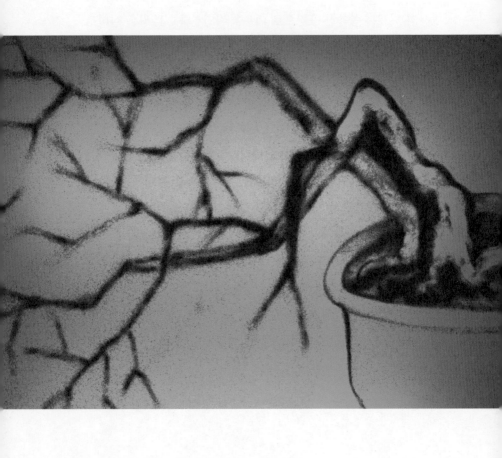

분재, 섬 소사나무

"나무는 낙엽이 다 떨어진 후의 모습이 볼품이 있어야 진정 아름답대요. 그런 면에서 잔가지가 울연한 소사나무는 한겨울에도 충분히 감상할 가치가 있어요. 잔가지에 눈이 소담스럽게 내려앉아 있는 모습을 상상해 봐요. 정말 운치 있지 않나요?"

분재, 섬 소사나무

오늘은 꼭 팔려야 하는데. 왜소한 몸피의 아저씨가 혼잣말했다. 여위고 새까만 손으로 마사토 위의 이끼를 꾹꾹 누른다. 이끼에 그렁그렁 맺혔던 물이 마사토 속으로 빠르게 스며든다. 아저씨는 아이 엉덩이 두드리듯 손바닥으로 밑동을 토닥인다. 아저씨의 시선이 우듬지에 꽂힌다. 한참을 물끄러미 바라본다. 걱정하지 말라고 용기를 북돋아 주는 눈길이다. 일요일인데다, 마지막 날이라 사람들이 대거 몰릴 거야. 눈도장만 찍어놓고 갔던 사람들도 으레 다시 오곤 하거든. 싸게 사려고 말이야. 들릴 듯 말 듯 혼자 중얼거리며 아저씨는 다시 이파리를 꼼꼼하게 닦는다. 물 묻은 손이지만 차갑지 않다. 평소 하던 대로 물뿌리개로 분사하여 수건으로 물기만 닦아주면 될 것을 굳이 잎에 내려앉은 먼지 하나까지 정성스럽게 닦아낸다. 본업 때문에 의당 해야 하는 일일지 모르겠으나, 영 편치가 않다. 너무 닦지 마세요. 아저씨 손길이 부담스러워 나는 그만, 거부의 텔레파시를 보내고 말았다.

오늘은 꼭 팔릴 거야. 아저씨는 잔가지에 내려앉은 물기와 먼지까지 닦아주며 기대 섞인 어투로 속삭였다. 내 단점을 누구보다 잘 아시잖아요. 나는 다시 아저씨에게 텔레파시를 보냈다. 아저씨의 손길이 순간 멈칫한다. 아침 일찍 화분에 물을 주고 이파리를 닦고 또 닦았던 일흔두 살의 아저씨다. 화원에서는 조 씨로 통한다. 아저씨는 자청해서 박람회장으로 출장 왔다. 사방팔방 잘 뻗은 뿌리가 어디 그렇게 쉽게 만들어지는 줄 알아. 게다가 줄기의 굵기도 적당하고, 멋지게 휜 것 하며 균형이 잘 잡힌 가지는 그야말로 최상이란 말이야. 박람회장에 왔다는 것 자체만으로도 이미 검증이 끝난 것이나 마찬가지야. 그러니 제발 자신감을 좀 가지란 말이야. 아저씨는 안타까운 시선으로 속삭였다. 나는 아저씨 말이 과장이 아님을 잘 안다. 58센티미터의 작지 않은 키. 두 손으로 잡을 수 없는 크기의 밑동부터 우듬지까지는 비틀린 원뿔형이라 어디에 내놔도 손색이 없다는 평을 받았다. 대칭적으로 돋아난 잔가지가 삼각형에 가까워 안정감 있다는 말도 자주 들었다. 이런 내 모습 앞에서 사람들은 카메라나 휴대전화로 사진을 찍으며 탄성을 지르곤 했다. 그래서 한때는, 아니, 오랫동안 아저씨처럼 나도 그렇게 생각했다. 하지만 시간이 흐를수록 의기소침해지는 건 어쩔 수 없었다. 오늘따라 왜 그러세요. 나는 그런 정성까지 들일 필요가 없다는 뜻으로 다시 아저씨에게 텔레파시를 보냈다.

"마지막 날이잖아?"

아저씨 말 속에 마지막 날이니만큼 자신도 최선을 다해야겠다는 속내가 담겨 있는 듯해, 가슴이 컥 막혀왔다. 아저씨는 이번 전시를 끝으로 화원을 떠난다. 오른쪽 귀밑에 피부암의 일종인 흑색종이 위험 수위에 다다랐다. 내일 대학병원에 입원 절차를 밟고, 모레 수술이 예정되어 있다. 나는 아저씨의 기대를 더 이상 꺾을 수 없어 의중을 드러내지는 않았지만 답답함을 어떻게 형언할 수 없다. 그저 아저씨를 멀거니 바라보고 있을 뿐이다.

내 몸의 물기를 남김없이 닦고 난 아저씨가 내가 들어 있는 검정 대리석 위의 화분을 끄응 들어 올렸다. 아저씨가 내뱉은 소리에는 요 며칠 꼭두새벽부터 부지런을 떨었던 피로감이 들어 있다. 아니면 31년 묵은 내 삶의 무게 때문인지도 모른다. 내 남은 삶까지 짊어져야 할 책임 때문인지도 모르고. 아저씨는 파릇파릇한 잔디가 두툼하게 깔린 바닥에 화분을 내리며 휴— 하고 길게 한숨을 내쉬었다. 한숨에는 깊은 고뇌가 섞였다. 오늘따라 유난히 얼굴이 새까맣다. 햇볕에 그을린 탓만은 아니라는 걸 잘 알기에 더없이 착잡하다. 아저씨는 수건으로 화분과 좌대의 물기를 연신 훔쳐낸다. 옆에 있는, 검정 고무바퀴가 두 개 달린 손수레 안에서 가장 깨끗한 수건을 꺼내 남은 물기를 마저 닦는다.

아저씨는 시간 맞춰 개장할 준비에 허술함이 없다. 성격이 원만한데다 성실하고 입이 무거워 화원 원장의 신뢰가 두텁다. 분재에 대한 조예도 깊다. 나를 짙은 기와색 사각 화분에 심고 검정 대리석 좌대에 올려놓은 것도 백색이 아닌 나의 단점을 최대한 감추기 위함일 것이다. 검정색 좌대 위라면 회색인 내가 더 하얗게 보일 것이라고 생각했을 것이다. 으이쌰! 아저씨가 나를 다시 좌대 위에 올렸다. 한 바퀴 돌아보고 문 열 테니까, 힘내! 아저씨의 응원에도 나는 침묵한다. 아저씨가 내 밑동을 토닥토닥 두드리고는 손수레를 끌고 돌아선다. 모든 분재에 이미 물을 흠뻑 뿌린 아저씨는 줄기와 가지, 이파리, 화분, 좌대 등에 남아 있는 물기를 마저 제거하고, 주위에 널린 장비와 도구들도 말끔하게 치운 후, 정확히 오픈 시간에 맞춰 문을 열 것이다. 아저씨의 축 처진 어깨와 좁디좁은 등이 점점 멀어져 간다. 손수레 위에 있는 작은 연장통에서 덜그렁거리는 공구들의 불협화음이 울퉁불퉁 삐져나온다. 아저씨는 자꾸 나를 향해 고개를 돌린다.

도시 외곽에 자리한 야외 분재박람회장은 초가을 청명한 햇살을 가득 품었다. 파릇한 잔디 위 좌대에는 아직도 수백 그루의 분재들이 즐비하게 전시돼 있다. 개장이 가까워지자 모두가 긴장한 듯하다. 실바람이 살짝 스치기만 해도 이파리들이 잘게 떨린다. 분재박람회장은 자연의 일부를 축소해 옮겨놓은 것 같다. 위태로운 암반 위에서 벼락도 불사하고 강한 비바람과 싸웠던 풍상을 줄기와 가지에 고스란히 담고 있는 소나무, 시골 마을의 수호신으로까지 추앙받았던 수백 년 된 느티나무와 팽나무, 열매가 주렁주렁 열려 있는 아름드리 은행나무 등이 축소되어 화분 안에 서 있는 듯하다. 뿐만 아니라 겨울이 채 가기도 전에 꽃망울을 터뜨리는 명자나무를 비롯해 영춘화, 매화나무, 동백나무, 등나무, 배롱나무, 꽃석류, 치자나무, 산사나무, 철쭉나무와 탐스러운 열매가 일품인 모과나무, 감나무, 배나무, 애기사과나무, 홍자단, 아기능금 등이 한 좌대씩 차지하고 있다. 잡목이라 불리기도 하지만 사계절의 변화를 한 눈에 느낄 수 있는 단풍나무와 황피느릅나무, 느티나무, 화살나무 등도 보이고 사시사철 푸른 잎을 볼 수 있는 오엽송과 해송, 육송, 진백나무, 노간주나무, 가문비나무 등도 착잡한 표정으로 문이 열리기를 기다리고 있다.

나도 그들처럼 개장 시간을 기다린다. 결과를 알지 못하는 기다림은 늘 초조하기 마련이다. 물이 우듬지에서 뿌리까지 흠뻑 적시는 것처럼 초조함이 온몸을 엄습해온다. 개장 시간이 가까워질수록 나는 안절부절못했다. 다가오는 개장 시간은 점점 포위망을 좁혀오는 그물처럼 느껴진다.

문이 열리자 관람객들이 우르르 몰려들었다. 아저씨는 입구에 서서 연방 허리를 굽히며 관람객을 맞는다. 누구 하나 아저씨에게 인사를 건네지 않는다. 모자로 감춘 오톨도톨한 종양을

발견한 탓인지 일부러 시선을 외면한 이도 있다. 바람이 빛바
랜 아저씨의 모자를 간간이 들썩인다. 관람객들은 남아 있는
분재 중에서나마 최상의 작품을 선점하려는 듯 빠르게 눈동자
를 굴린다. 어떤 이는 안쪽으로 잽싸게 내달린다. 점찍어 놓은
작품이라도 있는 모양이다. 박람회장 곳곳에서 분재들이 경쟁
자들보다 튀기 위해 한바탕 쏟아진 빗물을 머금은 것처럼 신선
한 초록빛을 뿜어낸다. 뒤질세라 나도 햇살을 퉁겨내며 영롱함
을 뿜낸다. 산들바람에도 이파리와 잔가지를 살랑살랑 흔들며
관람객의 시선을 끌기 위해 안간힘을 쓴다. 줄지어 서 있던 관
람객들이 거지반 들어 왔는지 입장하는 사람들이 뜸하다. 아저
씨는 조금 전까지와는 달리 크게 낙담하는 표정이다. 개장할
때마다 저런 표정이었다. 오히려 내가 아저씨를 다독여주고 싶
은 마음이 든다. 할 수만 있다면.

　두 사람이 내 앞에 섰다. 아저씨와 나이 지긋한 관람객이다.
관람객은 이마가 어디까지인지 구분하지 못할 만큼 훤한 대머
리에 그나마 몇 가닥 남아 있는 머리카락마저 죄다 하얗게 변
했다. 점잖고 기품이 흐르는 얼굴에 단아한 차림은 퇴직한 학
자처럼 느껴진다. 그는 풍채 좋은 아내와 함께 들어섰다. 아내
는 꽃이 화려한 배롱나무 쪽으로 냉큼 발길을 옮겼다. 그녀의
관심사는 분재보다는 꽃인 모양이었다. 나는 전시기간 내내 특
별한 관심을 받지 못했던 만큼 이 노신사에게도 별다른 기대를

하지 않는다. 관람객들은 그저 쓱 한번 훑어보고 지나가기에 급급했다. 화려한 모양새에만 잠시 시선을 두었다가도 이내 떠밀리듯 발길을 옮기곤 했다. 오랜 세월의 흔적이나 상처 등이 무성한 잎에 가려져 있으니 자세히 살피지 않으면 분재의 진면목을 제대로 볼 수 없다. 수십 년 동안 비바람과 싸우며 이겨온 세월 앞에 겸허한 모습의 관람객은 극히 드물었다. 분재를 좀 안다고 하는 사람들도, 작품을 이해하려 하기보다는, 수형과 줄기의 모양새, 건강 상태 등에 관심을 두고 바라볼 뿐이었다. 취향에 맞지 않으면 눈길조차 주지 않았다.

　이른 시간임에도 공기는 후텁지근하다. 노신사는 유유자적하며 내면의 눈으로 나를 살핀다. 이런 관람객은 실로 얼마 만인가. 시선이 오래 머무를수록 진정으로 나의 가치를 인정하고 있다는 느낌이 든다. 뿌듯하다. 아저씨는 노신사에게 나에 대해 자랑이라도 늘어놓으려는 듯 가까이 붙어서 기회를 엿보고 있다. 손님들에게 데면데면했던 이전 모습과는 사뭇 다르다. 노신사는 내 주위를 서서히 돌며, 까치발을 딛고 위에서 아래로 내려다보기도 하고, 쪼그리고 앉아 올려다보기도 한다. 이런 식으로 살핀다면 족히 5분은 걸릴 것 같다. 지금껏 자세를 낮추고 나를 올려다본 관람객은 접해보지 못했다. 처음엔 이 노신사도 잠시 머물다 갈 것이라며 대수롭지 않게 생각했는데, 그게 아니다. 나를 대하는 태도와 눈빛이 예사롭지 않다. 손으로 만져보지도 않고 코를 가까이 대고 냄새를 맡아보려고도 하지 않는다. 함부로 만지지 않는 것은 손대지 말라는 경고 문구 때문은 아닌 듯하다. 작품에 대한 의견도 전혀 내지 않는 것이 관람하는 예의를 잘 알고 있다. 정말 저 노신사는 나에게 관심이 있는 것일까.

　작년 봄이었다. 꽃샘추위가 기승을 부리던 날이었다. 나는 겨우내 움츠렸던 새순을 밀어내기 위해 날이 풀리기만을 기다리고 있었다. 한 고객이 화원을 찾아와 나를 지목했다. 직원이 '축 승진'이라는 글과 '제일 금형'이라는 글이 써진 리본을 내 몸에 둘렀다. 영문도 모르는 데다 쌀쌀한 기온에 나는 으스스 몸을 떨고 있었다. 화원 직원이 나를 어느 사무실로 옮겼다. 그곳에서는 대기업 임원의 승진을 축하하는 파티가 한창이었다. 이미 많은 화환과 화분이 즐비하게 자리를 차지하고 있었다. 석란과 각종 서양란을 비롯해 동백나무 분재도 보였다. 하나같이 승진을 축하한다는 글이 적힌 화려한 리본을 두르고 있었다. 왁자한 시간이 끝나고 핵심 측근으로 보이는 직원 몇 명만이 남았다. 그때 누군가가 불콰한 얼굴의 임원에게 허리를 굽실거리며 동백나무 분재는 버리라고 말했다. 임원이 둥그런 눈으로 쳐다보았다. 직원은 손으로 목을 긋는 시늉을 하며, 동백은 꽃이 댕강 떨어지기 때문에 사무실에 두면 재수가 없다고 귀띔했다. 임원은 동백나무를 발로 사정없이 차버렸다. 도자기 화분이 산산이 조각났다. 그래도 분이 풀리지 않았는지 도끼눈으로 나를 날카롭게 쏘아보았다. 저런 앙상한 나무도 내다 버리세요! 격앙된 목소리였다. 갑자기 찾아온 꽃샘추위를 맞이했을 때보다 더 차가운 느낌이었다. 내심 대표 자리를 꿈꾸고 있었을까. 꽃이 화려한 서양란이나, 사철 푸른 소나무 정도쯤 돼야 자신의 거창한 미래와 격이 맞는다고 생각한 모양이었다. 아니면 분재에는 전혀 관심이 없는지도 몰랐다. 직원이 나를 홀쩍 들어 내팽개치듯 밖에 내놨다. 혹독한 냉기가 뿌리 끝까지 파고들었다. 온몸이 꽁꽁 얼어버린 듯했다. 추위보다는 마음이 더 스산했다. 선물한 이의 마음마저 버려진 것 같았다. 동틀 무렵, 화환을 수거하는 차를 타고 다시 화원으로 돌아왔다. 그때는 임원에게 누군가가 미역이나 한 보따리 선물했으면 좋겠다는 생각을 했지만, 돌이켜보니 천만다행이었다. 그 사무실에 계속 있었다면 물이나 제대로 얻어먹을 수 있을지, 회의감이 들었다. 분재에는 완전 문외한처럼 보였으니까.

"소사나무는 우리나라가 원산지지요?"

노신사가 아저씨에게 물었다.

"그래서 일본에서는 '카피너스 코리아나 나카이(Carpinus Coreana Nakai)'라고 부른다고 합디다."

아저씨는 시선을 나에게 고정한 채 자신 없는 투로 말했다.

"토종이라 그런지 볼수록 정겹게 느껴지네요. 저는 순간적인 아름다움보다 보고 또 봐도 질리지 않는 그런 작품을 좋아한답니다."

"혹시 집에 소장하고 계신 작품이라도 있으시오?"

"저보다는 집사람이 관심이 많아 가꿔보려 했으나, 워낙 출장이 잦은 탓에 집에서 길러볼 엄두까지는 내지 못했습니다. 관리 소홀로 값비싼 작품을 죽이면 땔감으로도 쓸 수 없잖습니까. 하지만 정년퇴직을 했으니 이제부터 취미 삼아 길러보려고 합니다."

"좋은 취미지요. 분재를 접한 세월이 35년 정도 되다 보니 우리네 인생을 축소해놓은 것이 아닌가 하는 생각이 들 때가 많습니다."

"그래서 분재를 밑에서 올려다보곤 하지요. 자세를 낮추면 무성한 잎에 가려져 있는, 오랫동안 겪었을 풍상까지도 볼 수가 있다는 것을, 최근에야 알았답니다."

"저도 분재에 입문하기 전에는 모과를 과일로 취급하지도 않았습죠. 헌데 열매가 한참 커가는 시기에 다음해에 틔울 싹을 미리 준비한다는 것을 알고 나니 신기하기도 했지만 경외감이 느껴집디다. 그것 때문에 여즉까지 화원에 붙어 있는 것인지도 모릅니다."

"알면 알수록 배울 게 많은 게 분재인 거 같습니다. 아무튼 더 돌아봅시다."

고개를 주억거리며 아저씨와 대화를 나누던 노신사가 발길을 돌렸다. 아저씨는 나에 대한 설명을 더 늘어놓지 못한 게 못내 아쉬운 표정이다.

노신사가 배나무 앞에서 발길을 멈추었다. 청순하게 핀 하얀 꽃이 꽤 매력적인 배나무는 화원에서도 사람들에게 곧잘 둘러싸이곤 했다. 꽃이 지고 열매가 점점 커가는 것 또한 빼놓을 수 없는 볼거리다. 사람들은 배나무 앞에서 감탄사를 연발하기 일쑤였다. 겨우 50센티미터밖에 되지 않는 나무에서 탐스러운 배가 주렁주렁 열려 있으니 마냥 신기한 모양이었다. 박람회장에서도 전시기간 내내 적지 않은 시선이 배나무로 쏠렸다. 키 작은 나무에 달린 열매가 많은 관람객을 흥분시켰다. 나는 배나무가 금방 팔릴 것으로 생각했다. 하지만 여태 좌대 위에 서 있다. 거북등처럼 표피가 갈라지고 주름이 자글자글한 것이 가장 큰 이유 같았다. 그게 아니라면 마땅한 이유를 찾을 수 없다. 배나무 표피가 흉측한 것은 사람들이 좋아하는 다디단 열매를 맺으려고 껍질에 있는 진액 한 방울까지 쥐어짠 결과인지도 모른다. 그런데도 사람들은 갈라진 표피가 싫었으리라. 노신사는 그런 사실을 잘 알고 있는 것처럼 자세를 낮춰 감상한다. 심오한 표정이다. 배나무 표피를 보면서 자신의 지나온 시절을 회상하고 있는 것일까. 작은 나무에 커다란 열매가 열린 모습만으로 흥분하고 탄성을 자아내는 관람객과는 확연히 다르다. 지적 고귀함 때문인지 타고난 겸손 탓인지, 관람 태도가 수준급이다.

배나무를 관상하고 난 노신사는 잰걸음으로 향나무가 있는 곳으로 향했다. 그 뒤를 아저씨가 조용히 따른다. 잔뜩 기대했던 나는 다시 움츠러든다. 이리 오리라 기대했는데, 씁쓸하다.

분재. 섬 소사나무
—

처음 본 관람객한테 매료돼 은근히 기대하다니. 왜 노신사에게 기대했을까. 다른 좌대가 일찌감치 비워지는 동안 마지막 날까지 좌대를 지키고 있다는 수치심이 전부는 아니다. 새벽부터 늦은 밤까지 가르릉가르릉 올라오는 가래를 힘 있게 뱉어내지도 못하고 큼큼거리다 삼키며 나를 돌봐주었던 아저씨 때문이다. 아저씨는 자외선 차단제를 바르지 않고 일했다. 모자도 잘 쓰지 않았다. 그런 탓인지 2년 전부터 아저씨 얼굴에 검은 점이 생겼다. 아저씨, 병원에 가봐야 하는 거 아니야? 나는 걱정스러운 마음을 전했다. 나이 들면 검버섯이 저절로 피거든. 단순하게 생각했던 아저씨는 6개월 전부터 간간이 통증을 호소하더니 석 달 전에서야 비로소 병원을 찾았다. 멜라노마라는 악성 피부암이라고 했단다. 그때라도 손을 썼어야 했는데, 나를 분양하고 나서 수술을 받으려다가 지금에 이르렀다. 장기에 전이되면, 예후에 따라 사망할 수도 있다며 걱정하기도 했다.

'아저씨는 가족이 없나요?'

나는 조심스럽게 텔레파시를 보냈다. 그때는 아저씨와 소통한 지 십 년쯤 되었다. 형형색색 물들어 있던 이파리가 바싹 말라 우듬지에 두세 개쯤 달려 있었다.

"없긴 왜 없어? 얼마나 멋진 아들이 있는데."

아저씨는 자랑스럽게 말했다. 아들이 있다는 말은 처음 들었다. 그도 그럴 것이 아저씨와 의사소통을 시작한 이후, 아저씨는 아들에 대해 말한 적이 단 한 번도 없었다. 마흔이 넘은 나이에 아이를 낳으려다 먼저 세상을 등진 아내 이야기는 셀 수도 없이 많이 들었다. 아내가 지독한 난산으로 사경을 헤맬 때, 아저씨는 시골 저수지에 처박혀 찌를 응시하고 있었다고 자책하듯 말을 늘어놓곤 했다. 아내와 아이 이야기를 하고 나면 아저씨는 넋 나간 사람처럼 무연한 시선으로 어딘가를 응시했다. 하늘이었다. 심히 우울해 보이는 아저씨 표정은, 이러다 엉뚱한 일을 저지르지나 않을지, 걱정스러운 마음마저 들게 했다. 게다가 다른 아저씨들은 집안이나 친척 집에 행사가 있다는 핑계로 가끔 모습을 드러내지 않았지만 아저씨는 달랐다. 일요일이나 휴가도 없이 출근했다. 명절 때도 그랬다. 쉬는 날은 아내의 기일 뿐이었다. 기일 다음 날 출근할 때는 상기된 표정으로 하루를 보내곤 했다. 보기에 따라서는 흡족한 표정이었다. 나는 비록 영정 앞일지라도 자신의 손으로 아내에게 정성껏 상을 차려주었기 때문일 거라고 생각했다. 설마 자식이 있으리라고는 상상조차 하지 못했다.

'정말요?'

"그렇다니까!"

'혹시, 아들이 이민 갔나요? 아니면 대판 싸우고서 따로 사시나요?'

"왜 그렇게 생각해?"

'아들을 한 번도 본 적이 없으니까요.'

분재, 섬 소사나무
-

아저씨 표정이 갑자기 시무룩해졌다. 나는 더 이상 질문할 수 없다. 아들이 교도소에 수감 중이거나 지독한 불효자일 거라는 생각 때문이다.

"그래도 지 에미 제사 때는 꼬박꼬박 나타난단다."

'그럼 잘 있다는 말인데, 제사 때 외에는 한 번도 안 오나 보죠?'

"……그건 말이다. 직장 때문이란다."

'뻥치지 마세요! 아무리 직장생활이 바쁘다 해도 어떻게 그럴 수 있데요?'

"회장님 전용차 기사거든. 회장님의 일정에 맞춰야지 어떡하겠니? 휴가 때나, 명절 때 못 온 것은 직업 때문이지, 다른 이유가 있어서 그런 게 절대 아니란다."

'그럼 월급도 많이 받을 텐데, 아저씨가 군이 고생 안 해도 되잖아요?'

"집에 혼자 있기도 무료하고, 분재가 취미라서 그런 거지 별다른 뜻은 없단다."

'에이. 아저씨, 거짓말 마세요. 분재가 취미라는 사람이 나에게 처음 철사걸이를 할 때 어떻게 그렇게 헤맬 수가 있어요? 어차피 저는 다른 사람과 소통할 수 없으니 제게 말씀해 주심 안 되나요?'

아저씨는 선뜻 대답하지 않았다. 표정엔 말을 해야 하나 말아야 하나, 하고 고민하는 모습이 역력했다. 직감적으로 무슨 사연이 있을 것 같아 더욱 궁금했다. 나는 독촉하는 텔레파시를 귀찮을 정도로 보냈다. 아저씨는 마지못해 입을 뗐다.

"아무리 바빠도 물을 직접 줄 정도로 회장님께서 분재에 각별한 취미가 있다고 들었거든. 혹시나 화원에 분재를 사러 올까 봐……."

아저씨는 급격히 말꼬리를 내렸다. 아차, 싶었다. 아들을 그리워하는 마음을 자극한 것 같았다. 그리움은 떼려야 뗄 수 없는 인생의 영원한 동반자 같다는 생각이 들었다. 그리움을 내려놓는 순간, 생도 끝날 테니까. 의식이 없으면 그리움도 없을 테니까.

'그나저나, 저는 어떻게 태어났어요?'

아저씨의 마음을 돌리고 싶어 재빨리 화제를 돌렸다. 아저씨는 무념한 시선으로 하늘을 올려다보고 상념에 잠겼다. 눈가에 이슬이 맺힌 것도 같았다. 아저씨는 한참 만에 입을 뗐다.

"너, 취목이라고 들어봤니?"

"취목이라니요?"

"씨앗을 파종하거나 꺾꽂이로 출발해 작품을 만들려면 수십 년이 걸린단다. 그래서 분재전문가들은 기간을 단축하려고 취목을 선호하지. 그렇다고 모든 수종을 다 취목할 수는 없단다. 장마가 시작되기 전인 20년 전 6월 어느 날이었어. 내가 화원에 들어온 지 오 년 정도 되었지. 원장이 나를 분재작가로 키우기 위해 실습을 시키더구나. 원장의 지시대로 완성목 소사나무

줄기를 잘 살피고 취목할 부분의 위치를 선정한 다음 끝이 뾰족하고 날이 시퍼렇게 선 접도용 칼로 껍질을 벗겼어. 약 십 센티미터 정도 넓이였지. 목질부가 나올 때까지 껍질과 속껍질을 꼼꼼히 벗긴 후 투명한 비닐로 감쌌어. 아래쪽을 노끈으로 야무지게 묶고, 물을 흠뻑 머금은 톱밥을 목질부에 두툼하게 두르고, 공기가 통하지 않게 비닐 윗부분도 단단히 묶어, 물 빠짐이 좋게 비닐 아래쪽에 숭숭 구멍을 뚫었단다. 그리곤 바람과 햇빛이 잘 통하는 곳에 화분을 두고 톱밥이 말랐다 싶을 때마다 비닐 위쪽을 풀어 물을 주었다. 그렇게 두 달가량 지나니 톱밥 사이로 뻗은 하얀 잔뿌리가 갈색으로 변하면서 굵어지더라. 그때 뿌리 아래쪽 오 센티미터 정도를 잘라 작은 화분에 심었다. 그게 바로 취목이고 너는 그렇게 태어난 거란다."

아저씨는 기다리고 있었다는 듯 길게 말을 늘어놓았다. 씨앗을 뿌리면 간단하잖아요? 굳이 어렵게 취목했다는 것이 의문스러워 아저씨에게 텔레파시를 보내려다 말았다. 아저씨의 심기를 불편하게 할지도 모른다는 생각이 스쳤다. 그날 이후 아들에 대해서는 어떤 질문도 하지 않았다. 그럼에도 나를 바라보는 아저씨의 눈빛은 이전보다 그윽했다.

내가 한 뼘 가웃 자랐을 무렵, 원장과 아저씨가 바투 다가왔다. 중간 철사와 철사 가위가 아저씨 허리춤에서 출렁거렸다. 범인을 체포하는 쇠고랑처럼 느껴져 괜히 불안했다. 나는 조마조마한 심정으로 두 사람을 바라보았다. 철사가 너무 짧으면 모양새를 잡기 어렵습니다. 원장의 말에 아저씨는 내 키의 두 배가량 철사를 잘랐다. 팔짱을 낀 자세로 이를 유심히 바라보던 원장은 철사를 깊이 꽂지 않으면 줄기 밑동 부분에 곡선이 잡히지 않는다고 단단히 주의를 주었다. 너무 바짝 감아도 안 되고, 헐렁해도 안 된다는 원장의 지시에 따라 아저씨는 조심스럽게 내 몸에 철사를 감기 시작했다. 소재목은 금세 줄기가 굵어진 탓에 줄기와 철사 사이에 어느 정도 여유를 두어야 한다는 것쯤은 알고 계시죠. 원장의 잔소리가 이어졌다. 긴장한 탓인지 아저씨 이마에 땀이 송골송골 맺혔다. 나는 가슴이 바싹 타들어갔다. 아저씨는 우듬지까지 철사를 다 감고 나더니 자신이 원하는 모양새를 만들기 위해 나를 이리저리 비틀었다. 고통은 이루 말할 수 없었다. 온몸이 꺾이고 비틀려도 나는 외마디 비명조차 지르지 못했다. 아저씨 손길이 저주스러웠다. 무표정하게 나를 내려다보는 원장의 눈길에서 저승사자가 연상되었다. 나는 반듯한 자세에서 휘움한 자세로 변했다.

나는 그렇게 철사에 친친 감긴 채 2년을 살았다. 철사가 몸을 옥죄고 있어 여간 갑갑한 게 아니었지만 시간이 흐르자 굽어진 자세에 겨우 어느 정도 적응이 되었다. 아니, 체념상태였다. 그런데 원장과 아저씨가 다시 내게로 다가온 거였다. 아저씨 손에는 철사 가위, 중간 철사, 가는 철사, 잔가지용 가위가 쥐어져 있었다. 시퍼렇게 날이 선 가위를 보자 덜컥, 겁이 났다. 아저씨 가위질만은 제발이요. 나는 마음속으로 수차 빌었다. 하지만 아저씨의 가위질은 수선하기 위해 실밥을 뜯는 세탁소 아저씨처럼 거침이 없었다. 하늘을 향해 곧추선 선가지, 엉킨가지, 보는 사람들을 찌를 듯 돋아난 앞가지, U자 모양의 개구리다리가지, 열십자 모양의 빗장가지, 다닥다닥 돋은 바퀴살가지, 위아래 틈이 거의 없는 겹친가지를 비롯해 불필요하게 줄기를 가로지르는 가지까지 죄다 잘랐다. 눈이 있다면 질끈 감고 싶었다. 발이 있다면 멀리 달아나고 싶었다. 독이 있다면 한껏 뿜어내고도 싶었다. 차라리 모든 신경이 마비되기를 간절히 바랐다. 마취도 하지 않은 채 쌩쌩한 몸의 일부가 댕강댕강 잘려나갔지만 내가 할 수 있는 것은 생채기에 망울망울 진액을 머금는 것뿐이었다. 제발 그만 좀 하세요, 제발! 나는 울먹이며 수차 텔레파시를 보냈다. 아저씨는 텔레파시를 받아들이지 못했다. 눈물보다 진한 수액을 뿜으며 토해낸 나의 처절한 울부짖음은 귓가를 맴돌지도 못하고 허공으로 산산이 흩어질 뿐이었다.

　아저씨는 하루에도 몇 번씩 나를 들여다보았다. 기술 습득과 연마를 위한 것인지 나를 위한 것인지는 잘 모른다. 아저씨와 소통할 수 없다는 사실을 알고 나는 무덤덤한 표정으로 지켜보았다. 아저씨는 날씨와 생장에 맞게 물주는 것을 게을리하지 않았다. 거름도 잘 주었다. 매일매일 주의 깊게 관찰하고 살피며 자신의 취향에 맞게 나를 변모시켰다. 전지가위나 잔가지제거용 가위를 수시로 내 몸에 들이대며 가지를 쳤다. 수형을 만드는 능력을 배양하기 위해서였을 게다. 아팠지만, 정말 죽을 지경이었지만, 이를 악물 수밖에 없었다. 원장이 제안하는 수형으로 만들기 위해 철사를 덧대어 가지를 비틀어 보기도 하고, 밑으로 축 늘어지게도, 위로 치켜들게도 해보았다. 시간이 흘러 자신감이 붙자 아저씨 구상대로 만들기 위해 마구잡이로 비틀어 보기도 했다. 곧게 자란 다른 나무와 비교하면 나는 기형임이 분명했다. 하지만 아저씨는 자신이 추구하는 수형이 나온 것을 보람이라고 생각했는지 밝은 표정이었다. 더 이상 참을 수 없었던 나는 그때마다 제발 나에게 관심을 끄라고 호소했다. 작품이 되기보다는 아름드리나무로 크기를 바랐다. 내재된 에너지를 숲에서 마음껏 발산하고 싶었다. 그냥 야산에 심어달라고 울부짖었다. 물론 통하지 않았다.

　완성목으로 한창 자라고 있을 무렵이었다. 사각플라스틱 화분에 심어져 구석에 자리 잡고 있었다. 그때까지는 상품으로서의 가치가 작았다. 왼 가슴에 '안전제일'이라고 새겨진 군청색 점퍼를 입은 초로의 신사가 그윽한 눈으로 바라보더니 바로 나를 지목했다. 플라스틱 사출업체를 운영한다는 안 사장이었다. 아저씨가 아직 팔 작품이 아니라며 강하게 거부했지만 그는 막무가내였다. 왕성히 성장하는 중이고, 남들의 이목을 받지 못한 것이, 자수성가하려는 자신의 신세와 비슷하다며 잘 키워보고 싶다고 했다. 나는 처음으로 화원을 떠난다는 설렘과 낯선 곳에 대한 걱정이 동시에 들어 복잡한 심경이었다. 나는 가기 싫다고 울먹이며 아저씨에게 텔레파시를 보냈다. 이전까지는 멍청하리만치 내 뜻을 알아채지 못하던 아저씨가 그때 처음으로 내 마음을 읽었다. 아저씨가 안타까운 시선으로 나를 한동안 바라보더니 안 사장에게 수차례 손사래를 쳤다. 하지만 나는 결국 육송 한 그루와 함께 안 사장 차로 옮겨졌다. 차가 덜컹거릴 때마다 어둑한 트렁크에서 넘어지지나 않을지 심히 불안했다. 구불구불한 도로를 달릴 때 이리저리 밀려다니며 뾰족한 육송 가시가 이파리를 찔렀고 트렁크의 날카로운 쇠붙이가 가지를 연방 찍어댔지만 낯선 장소와 미래에 대한 불안 때문에 아픔을 느낄 겨를조차 없었다.

안 사장은 햇빛이 잘 드는 아파트 베란다에 우리를 두고서 틈나는 대로 바라봤다. 덕성을 기르고, 마음의 여유를 찾고, 우리 모습에서 자신의 모습을 반추하고, 미래를 설계하는 것 같았다. 어쩌면 사시사철 푸름을 유지하는 육송과, 쭉쭉 커 나가는 나를 보고 회사의 명운에 주술을 걸고 있는지도 몰랐다. 나 역시 나름대로 적응하며 살고 있었다. 운명이려니 했다.

몹시도 추운 어느 날, 갑자기 집달관들이 들이닥쳐 안 사장 집에 빨간 딱지를 마구 붙였다. 사색이 된 안 사장은 체념하면서도 분재만큼은 딱지를 붙이지 말라고 통사정했다. 조금만 관리를 소홀히 해도 죽을 수 있다는 하소연이 통했는지, 그들 눈에 하찮은 물건으로 보였는지, 집달관은 화분에 딱지를 붙이지 않았다. 안 사장은 누구의 소유가 될지 모르는 자신의 집보다는 화원이 더 좋을 거라며 화원으로 우리를 데려왔다. 첫 번째 외출은 그렇게 끝났다.

"정성을 꽤나 쏟으셨군요."

다시 내 앞에 선 노신사는 흡족한 표정으로 아저씨에게 말했다. 노신사는 향나무를 관상하고 곧장 내게로 다가왔다. 그의 발걸음을 보아하니 관심사는 수백 그루의 다른 분재가 아닌 오직 나에게 있음이 분명해 보인다. 기대감이 살짝 솟구친다.

"처녀작이라 소홀히 다룰 수가 없습디다."

아저씨가 나지막하게 말했다.

사실 아저씨는 다른 분재들이 시기할 정도로 유난히 나에게 집착했다. 안 사장 집에서 다시 화원으로 돌아왔을 때, 수형이 형편없이 초라해졌다고 안타까워하고는 분갈이부터 서둘렀다. 안 사장은 물을 때맞춰 주고 이파리도 수시로 닦아주었다. 장기 출장 때는 링거병에 물을 채워 조금씩 뿌리에 흐를 수 있게 조절하고 나서야 집을 나섰다. 그렇다고 제대로 된 관리는 아니었다. 몸에 친친 감겨 있던 철사를 제때 잘라주지 않아 철사가 표피를 파고들어 생채기가 나기도 했다. 많으면 좋다고 생각했는지 거름을 과다하게 분토에 올려놓아 하마터면 뿌리의 수분이 말라버릴 위기도 겪었다. 잎이 시들하다고 안 사장이 아저씨에게 물어서 이유를 파악하고 조치에 들어갔기에 망정이지 묻지 않았으면 어땠을지, 생각만으로도 끔찍했다. 게다가 분갈이를 한 번도 해주지 않아 심하게 몸살을 앓은 적도 있었다.

　아저씨는 분갈이 전, 면역력이 떨어져 세균에 감염될 것이 우려된다며 석회유황합제로 화분을 철저히 소독하고서야 뿌리에 가위를 들이댔다. 아저씨, 나를 죽일 참이세요? 나는 벌벌 떨면서 강한 텔레파시를 보냈다. 작은 화분에서 살기 위해서는 뿌리를 잘라야만 한단다. 뿌리를 적절한 시기에 잘라주지 않으면 죽고 말아. 너는 몇 년에 한 번씩 뿌리를 잘라 주어야만 적당한 크기를 유지하면서 새로운 가지도 잘 뻗어날 수 있는 몸이야. 아저씨는 나지막하게 속삭이며 뿌리가위로 얼기설기 웃자란 뿌리들을 거침없이 잘랐다. 나는 아저씨의 말을 믿을 수 없었다. 뿌리를 잘라야만 더 잘 살 수가 있다니. 도대체 그런 말이 어디 있단 말인가. 몸이 댕강 잘렸던 고통이 떠올랐다. 아저씨, 이대로 죽어도 좋으니 그냥 내버려둬요. 아저씨는 못 들은 척 쪼그리고 앉아 입을 닫고 가위질했다. 뿌리가 툭, 툭, 잘려나가자 정말이지 죽을 날이 코앞에 다가온 것 같았다. 아저씨는 물을 뿌려 뿌리를 씻고 칫솔로 줄기와 가지를 닦고 화분에 담았다. 왼손으로는 나를 잡고 오른손으로는 플라스틱 흙푸개로 가는 마사토를 화분에 마저 채웠다. 대꼬챙이로 마사토가 뿌리 사이에 골고루 들어가도록 쿡쿡 찔렀다. 나를 이리저리 흔들어가며 화분 속에서 자연스럽게 자리를 잡게 한 뒤 철사를 대각선 방향으로 묶어 꽈배기처럼 꼬아가며 뿌리를 고정했다. 철사는 왜 그렇게 꽉 조이는 거예요. 나는 또 불만을 늘어놓았다. 그렇지 않으면 작은 바람에도 흔들리기 쉽거든. 아저씨는 늘 준비된 대답이 있었다. 그게 합당한 이유인지는 알 수 없지만. 아저씨는 흙 속에 철사를 묻은 뒤 흙누리개로 마사토를 다독다독 눌렀다.

아저씨는 나를 온실에 들여놓았다. 뿌리에 심한 상처를 입었다며 온도 조절에 신경 쓰고 강한 햇살도 막았다. 채광이 40퍼센트 정도가 되도록 주의를 기울였다. 다른 분재도 즐비했지만 기준을 나에게 맞춘 거였다. 새순을 두세 개만 남기고 인정사정없이 톡톡 뽑아버릴 때는 하늘이 샛노랬다. 죽을 맛이었다. 하지만 그렇게 하는 것이 햇빛을 골고루 받을 수 있다는 것을 알았다. 그때부터는 때가 되어도 가지치기를 하지 않거나 새순을 따주지 않고 수형을 잡아 주지 않으면 성형중독증에라도 걸린 양 내가 오히려 답답해했다. 나는 아저씨의 가위질을 기꺼이 참았다. 손질되지 않은 모습일수록 사람들의 시선을 받지 못한다는 것을 경험했기 때문이었다. 그러던 어느 날, 아저씨는 나를 번쩍 들어 좌대 위에 올렸다. 상품 가치가 있다는 판단을 했을 터였다. 다른 수종들이 시샘 어린 눈으로 쳐다보았다. 나는 속으로 으쓱거렸다. 화원 좌대 위에서 수년을 서 있었지만, 관심에 비해 구매하려는 사람은 없었다. 그래도 아저씨에게 기죽은 모습은 보이지 않았다. 아저씨는 더 이상 화원에서는 안 되겠다고 생각했는지 나를 더욱 꼼꼼하게 다듬고는, 분재박람회장에 전시할 수 있게 화원 원장에게 간곡히 부탁했다.

분재, 섬 소사나무

"이 나무가 마음에 듭니다만, 집사람에게 물어봐야 하겠습니다."

노신사는 흡족한 표정으로 말했다.

이 시간을 얼마나 기다려 왔던가. 안 사장에게 선택받은 이후 나를 제대로 알아주는 사람이 없었는데, 이런 분을 만나게 하려고 그랬는지도 모르겠다. 노신사의 말에 일말의 기대감이 한층 높아졌다. 사실 분재들이 같은 날 좌대 위에 동시에 섰다가 하나씩 사라지는 모습을 보면서 배도 아프고, 부럽기도 하고, 금세 기가 꺾이기도 했다. 박람회장을 떠난다고 해서 딱히 생활 여건이 나아진다는 보장은 없지만, 이유야 어쨌든 누군가에게 선택받지 못한다는 사실은 가슴 아프기 마련이다. 수형도, 건강미도, 화분도 수준급이지 않은가. 기세등등하게 뻗어나간 잔가지 또한 일품이지 않은가. 노신사의 점잖은 태도를 보아하니 빈말 같지 않다. 막연했던 기대감이 구체화되고 있는 듯해 달뜬 시선으로 노신사를 바라본다.

여보! 노신사가 아내를 큰 소리로 불렀다. 아내는 돌아보지 않는다. 죽은 나무를 캐다 석회유황합제를 잔뜩 발라 인위적으로 하얗게 만들어 전시해 놓은 주목 앞에 서서 한참 동안 시선을 박고 있다. 여보! 노신사가 손짓해가며 다시 아내를 불렀다. 노신사의 표정에는 안 사장처럼 강한 의지가 담겨 있다. 설렌다. 아내가 미적거린다. 심박수가 빨라진다. 나는 노신사가 왜 나를 마음에 들어 하는지 모른다. 나중에는 아저씨처럼 자신의 취향대로 내 모습을 바꿀지 모른다. 그러기 위해 수많은 이론서를 뒤적이며 관련 기술을 알아내려 할 것이다. 어쩌면 이미 그런 지식을 습득했는지도 모른다. 나는 내 모습이 어떻게 변할지 잠시 상상해본다.

여보! 노신사가 다시 아내를 불렀다. 눈초리가 치켜 올라간 아내가 고개를 연방 하얀 주목 쪽으로 돌려가며 내게로 다가온다. 아내의 관심은 오로지 죽은 주목에 있는 모양이다. 걱정된다. 아내와의 거리가 가까워질수록 온몸이 움츠러든다. 아저씨는 복잡한 표정이다. 정성을 쏟아 부은 내가 팔려나가는 게 서운해서일까, 아니면 팔리지 못할까 봐 초조해하는 것일까. 어쨌든 밝은 표정은 아니다. 아내가 관람객들로 혼잡한 틈을 비집어가며 내 앞에까지 다가왔다. 내 모습이 단정한가. 좌대에 오르기 전, 아저씨가 뿌리까지 세심하게 손질했지만, 심장이 덜컹거린다.

"이 소사나무가 마음에 드는데 당신 생각은 어때요?"

노신사가 상기된 표정으로 그의 아내에게 물었다. 아내는 큼지막한 주목나무를 보다 말고 불려 온 게 불만인지 눈가에 싸늘한 기운이 역력하다. 노신사가 다시 설명한다.

"수형이 안정적이고, 밑동이 두텁고, 우듬지 쪽으로 갈수록 가지도 가늘잖아요? 기본 가지에서 잔가지 끝으로 갈수록 굵기도 가늘고 줄기와 가지도 나름대로 조화를 잘 이루었어요. 이파리도 싱싱한 걸 보니 건강미 또한 넘치고."

아내는 여전히 시큰둥한 표정이다.

"봄에는 파릇한 새싹의 기운을 받고, 여름에는 짙푸른 신록에, 가을에는 형형색색 아름다운 단풍을 볼 수 있으니 집에 들여놓고 감상할 가치가 충분하잖아요?"

"겨울에는 황량한 가지뿐이잖아?"

아내가 노신사를 빤히 쳐다보며 말끝을 높였다.

"겨울에 낙엽이 떨어져 초라하다고 생각할지 모르지만 그건 그렇지 않아요. 촘촘한 잔가지들 탓에 빼어난 수형미를 감상할 수 있다구요. 소사나무는 잔잔한 가지 뻗음이 감상 포인트래요. 분재를 제대로 보는 이들은 꽃보다 아름답다고 한대잖아요?"

노신사가 의기양양한 표정으로 말했다. 아내는 여전히 불만이 가득한 얼굴이다.

"나무는 낙엽이 다 떨어진 후의 모습이 볼품 있어야 진정 아름답대요. 그런 면에서 잔가지가 울연한 소사나무는 한겨울에도 충분히 감상할 가치가 있어요. 잔가지에 눈이 소담스럽게 내려앉아 있는 모습을 상상해 봐요. 정말 운치 있지 않나요?"

"……"

"게다가 잘하면 돈도 벌 수 있어요."

"어떻게?"

이윽고 아내가 관심을 보였다.

"소사나무는 우리나라가 원산지라, 소목을 화분에 모아심기

해서 감상할 정도로 마니아층이 두텁대요. 생장속도가 빠르고 창의력을 표현하기도 쉬워 초심자가 가꾸기에 알맞대요. 비록 지금은 값이 싸지만 잘 키워 임자를 만나면 부르는 게 값이 될 수도 있어요."

아내의 눈이 동그래졌다. 아! 드디어 팔려나갈 수 있으려나. 나는 다시 설렌다.

나는 좌대 위에 설 때 나름 자신이 있었다. 트럭에 실려 화원으로 돌아갈 일은 절대 없으리라 믿었다. 아저씨와 합의하여 화원에서보다도 낮은 가격을 책정했기 때문이다. 하지만 하루하루가 지나고 마지막 날까지 나를 사려는 사람이 없자 심히 우울해졌다. 화원처럼 관리를 잘해 주는 곳도 없겠지만, 전시되었다가 팔리지 못해 다시 돌아가야 한다는 것이 죽도록 싫었다. 화원에서 전시될 날을 기다리는 분재들의 조소 섞인 시선 때문이 아니다. 아저씨 없는 화원은 생각만으로도 끔찍하다. 어느 구석진 곳에 처박히거나, 교육용 재료로 전락할지 모른다. 아저씨가 취목을 처음 배울 때 그랬던 것처럼.

"아무리 그렇다 해도 이건 섬소사일 뿐이잖아? 백소사가 아니잖아? 더구나 이끼까지 긴 것이 꽤나 나이 들어 보이는데, 당신은 그렇게 보는 눈이 없어?"

아내가 대뜸 내지른 소리에 주변 시선이 모두 내게로 쏠렸다. 노신사는 몇 번이나 입맛을 쩝쩝 다셨다. 하지만 그것도 잠시뿐. 어쩔 수 없다는 듯 허망한 표정으로 발길을 돌렸다.

아저씨가 고개를 푹 꺾는다. 거북이가 머리와 팔다리를 숨기는 것처럼 화분 속에 줄기와 가지들을 모두 감추고 싶은 기분이다. 우듬지 위로 후텁지근한 바람이 휑하니 스친다. 나는 그런 바람에도 으스스 추위를 탄다. 무연한 표정으로 서 있던 아저씨가 내게 가까이 다가온다.

어디 이게 한두 번이냐. 아직 시간이 남았으니 기다려보자. 아저씨가 여위고 새까만 손으로 밑동 주위의 이끼를 걷어내며 속삭였다. 햇볕에 푸석해진 이끼가 아저씨 주머니 속으로 빠르고 은밀하게 사라졌다. 가격을 더 낮춰볼까. 아저씨가 물었다. 아침에도 절반이나 낮췄는데 또 낮춘다고 될 것 같아요. 아저씨, 누구보다 내 단점을 잘 아시잖아요. 차라리 온몸에 석회유황합제를 발라 하얗게 바꾸는 것이 좋지 않을까요? 나는 그만, 심란한 마음을 담은 텔레파시를 보내고 말았다. 그렇게 되면 죽는 것이여. 너에게는 하등 쓸데없는 것이여. 아저씨는 큰일날 소리 하지 말라는 표정으로 말했다. 언제까지 아저씨의 이런 모습을 봐야만 할까. 가슴이 철사에 친친 감겼을 때보다 더 묵지근하다.

'아저씨, 전시회 끝나면 차라리 나를 산에다 심어 주실래요?'

"왜?"

아저씨가 눈을 휘둥그레 뜨고 물었다. 아저씨가 분재에 너무 집착해서 아들이 오히려 소외감을 느낄지도 모른다는 생각은 차마 전하지 못하겠다. 나는 아저씨가 병원에 입원할 예정임을 핑계로 댔다.

 '마사토는 물기를 오래 머금을 수 없으니 며칠만 방심해도 말라 죽을 수 있잖아요? 한겨울에 함부로 방치하면 자칫 뿌리까지 얼어버릴 수도 있으니 어설픈 사람한테 팔리는 것보다 그게 낫지 않겠어요?'

 아저씨 얼굴에 갑자기 수심이 드리워진다. 어느덧, 쩽쩽한 햇살을 피해 그림자마저 각자의 주인 아래 깊이 숨어들었다. 수척한 얼굴에 내리쬐는 햇살이 버거워 보인다. 아저씨는 손바닥으로 밑동을 가볍게 토닥토닥 두 번 두드린다. 시선이 우듬지에 꽂힌다. 애잔한 눈으로 나를 바라본다. 아저씨가 한참 있다가 입을 뗐다. 나하고 차라리 병원으로 가자. 생판 모르는 간병인하고 있는 것보다는 그게 오히려 낫겠다. 그러니 물은 격정 마라. 아저씨는 이파리에 내려앉은 먼지를 하나하나 털어낸다. 아저씨 손길이 잘게 떨린다. 아저씨 얼굴이 더욱 새까맣게 변했다. 더 이상 아저씨의 기대를 꺾고 싶지도, 아저씨에게 대거리하고 싶지도 않다. 나는 말문을 닫았다. ✱

농어 주낙

세철이는 농어 주낙과 농어에 대한 아버지의 행동이 이제야
이해되었다. 농어 때문에 고집 부렸던 일이 아버지 가슴에
못질한 것이라 느껴졌다. 자신이 너무 미웠고, 후회되었다.
세철이는 가슴을 쳤다. 눈물이 흘렀다. 턱밑으로 뚝뚝 떨어
지는 눈물을 굳이 닦으려 하지 않았다.

농어 주낙

김포공항 대합실에서 남루한 한복 차림의 할머니가 출구를 초조하게 지켜보고 있었다. 얼굴은 뭐라 말할 수 없는, 회한과 상념에 잠긴 모습이었다. 할머니 왼쪽에는 흑인처럼 새까만 손자 세철이가, 오른쪽에는 머리카락이 희끗희끗한 중년의 아들 이준이가 서 있었다. 세 명은 두 시간째 같은 자리를 지키고 있었다. 이준이는 일본발 비행기의 도착 시간이 적힌 안내판에 수시로 눈길을 돌렸다.

"어무니, 올 시간은 아직 당당 멀었소, 저기서 좀 앙거 있다 시간 되믄 옵시다."

이준이가 대합실 안의 빈 의자를 손가락으로 가리켰다.

"나는 괜찮은께, 세철이랑 앙겄다 오니라."

출구에 눈길을 붙박아 놓은 할머니는 고개도 돌리지 않았다.

"아따! 그라지 말고 같이 가잔 말이요. 지금이 몇 시간째요? 안 삐치요?"

이준이가 할머니 팔을 잡아당기려 했지만 할머니가 완강히 거부했다.

"갔다가 금방 온단 말을 믿고 30년을 기다렸는디 이까짓 것이 삐치겠냐? 세철이 다리 아프껀디 아범이 데꼬 가서 앙겄다 온나."

할머니가 의지를 굽힐 것 같지 않자 이준이는 결국 포기했다.

"어무니, 아부지 얼굴은 알아보겄소? 이름이라도 들고 서 있으께라우?"

30년 동안 만나지 못했고, 얼굴도 알아보기 어려울 정도로 늙었을 것 같아 이준이가 걱정스레 물었다.

"내가 아무리 그래도 느그 아부지 얼굴조차 못 알아보겄냐?"

한 시간 반을 더 기다리자 출구에서 사람들이 쏟아져 나왔다. 할머니는 한 사람 한 사람 얼굴을 유심히 살폈다. 처음엔 사람들이 물밀듯하더니 차츰 뜸해졌다. 시간이 지날수록 안색이 어두워졌다.

"혹시 비행기를 안 탄 거 아니까?"

할머니가 낙담한 어조로 말했다.

"그랑께라우."

이준이도 맥이 풀린 소리로 대답했다. 그래도 세 명 다 시선을 도착홈에서 거두지 않았다. 얼굴에 그늘이 짙어진 셋의 눈이 갑자기 휘둥그레졌다. 동시에 세 명의 시선이 한 남자에게 꽂혔다. 시선이 머무는 곳에서 고개를 두리번거리며 감색 양복을 깔끔하게 입은 할아버지가 터벅터벅 걸어 나왔다. 휜칠한 키에 몸매는 홀쭉하고, 얼굴은 주름이 깊게 패여 누가 봐도 촌로였다.

할머니는 할아버지가 보이자마자 퉁겨지듯 달려가 할아버지의 허리춤을 붙잡고 대성통곡했다. 마치 초상집에서 들리는 곡처럼 가슴 깊은 곳에서 울려 나오는 통곡이 대합실 안에 쩌렁쩌렁 울렸다.

"아이고! 아이고! 내 원시야(원수) 백대 원시 내 원시야! 돈 벌어서 온다더니 어디 갔다 이제 왔소. 아이고! 아이고! 내 원시야 백대 원시 내 원시야!"

"……"

할아버지는 아무 말도 하지 않았다.

"차라리 죽었으면 지달리지나 않을 건디, ……뭐 할라고 살아갔고 ……이내 간장 다 태우고……."

할머니가 할아버지 가슴팍을 치며 통곡했다. 구경거리를 놓치지 않겠다는 듯 사람들이 순식간에 할아버지 할머니 쪽으로 몰려들었다. 눈물을 훔치는 사람도 있고, 말없이 한참을 보다가 발길을 돌리는 사람도 있었다. 할머니는 구경꾼들 시선을 아랑곳하지 않았다.

"아이고! 아이고! 내 원시야, 백대 원시 내 원시야! 이내 청춘 다 간 뒤에 ……인자서야 나타났소. ……메칠 있다 갈람시롬 ……뭐 할라고 돌아왔소!"

할머니는 통곡을 잠깐 멈추고 깊은 한숨을 쉬었다.

"인자는 절대로 못 가요, 차라리 나를 죽이고 가든지, 데꼬 가든지 맘데로 하씨요."

할머니는 이를 앙다물고 결연한 의지를 보였다.

할아버지는 할머니를 꼭 껴안고 닭똥 같은 눈물만 흘렸다. 할머니는 한참 더 통곡하더니 할아버지 손을 잡고 이준이와 세철이 앞에 섰다. 이준이, 세철이 눈에도 눈물이 고여 있었다.

"아범이 이준이고, 큰손지 세철이요."

할아버지는 둘을 동시에 와락 끌어안았다.

"이준아, 고생했다. 미안하다. ……미안하다. ……미안하다."

할아버지 미안하다는 말만 몇 번이고 늘어놓았다. 이준이는 30년 만의 재회인데도 어떤 말도 나오지 않았다. 감정이 복받쳐 어깨를 들썩이며 눈물만 흘렸다. 아직 어린 세철이는 할아버지를 처음 보았지만 뭉클한 감정이 솟구쳤다. 할머니가 통곡하자마자 흘러나온 눈물이 아직도 멈추지 않았다.

할아버지는 작은 섬에서 만석지기 박 주사의 셋째 아들로 태어났다. 할머니와 혼인하기 전까지는 백 미터를 가더라도 말을 타고 다녔고, 하인들이 많아 직접 논밭에서 일해본 적이 없었다. 혼인하여 분가할 때, 박 주사가 생각보다 전답을 적게 주었다. 스무 마지기였다. 박 주사에게는 첩이 일곱 명이었고 첩에서 생긴 손들도 많았기 때문이었다. 결코 적은 전답이 아니었지만 혼인 전의 풍족함을 누리기에는 한참 부족하다고 느꼈다. 직접 농사를 지어야 하는 것도 힘들었다. 풍족하고 편안한 과거에 젖어 살다가 이준이를 낳았고, 더 이상의 아이는 생기지 않았다.

이준이가 아홉 살 무렵, 섬에서는 밀수가 횡행했다. 밀수꾼들은 일본에 밀항하여 물건을 들여와 비싼 값에 되팔아 적지 않은 돈을 쥐었다. 할아버지 삼 형제도 밀수에 가담해 쏠쏠한 재미를 보았다. 돈 버는 재미에 빠진 삼 형제가 모의했다.

"이왕 밀수할 거 크게 한번만 하고 손 털자."

"그럽시다. 언제까지 밀수나 하고 살겠소?"

"전답을 처분하는 대로 바로 갑시다."

그렇게 의기투합한 삼 형제는 가족의 끈질긴 반대에도 전답을 몽땅 정리하고, 일본으로 밀항하였으나, 돌아오지 않고 모두 일본에 정착했다.

전답이 하나도 없는 할머니의 삶은 참으로 비참했다. 할아버지가 떠난 초창기에는 박 주사가 쌀도 주고 생활비도 간간히 주어서 그런대로 살 수 있었지만 박 주사가 죽고 나자 첩의 후손들이 단합하여 남은 재산을 관리했다. 그걸 막을 만한 사람도 없었고 이준이는 아직 어렸다.

할아버지가 돌아올 기미가 보이지 않자 사람들이 할머니를 함부로 대했다. 할머니는 사람들의 돌변한 태도에 이를 악물어야 했다. 이전의 고운 성격은 살아가는데 거추장스러운 사치에 불과했다. 강해져야 했다. 독해져야 했다. 그래야 아들 이준이랑 살아남을 것 같았다.

농번기에는 낮과 밤이 짧았다. 낮에는 날품을 팔았고, 밤에는 물레를 돌렸다. 소쩍새가 우는 소리에 마음을 달래가며 닭이 홰를 치며 울 때까지 삯바느질도 했다. 박 주사의 하인이 시킨 일이라도 돈이 되면 굽실거렸다. 농한기에는 새끼를 꼬고 이엉을 엮었다. 바닷물이 빠지면 갯가에 나가 바지락을 캐고 굴을 땄다. 톳이나 가사리, 김이나 미역, 파래나 감초를 채취해 말렸다. 호미와 괭이, 지렛대를 들고 나가 바위틈을 헤집으며 낚시 미끼를 잡아 식량과 바꿨다. 낫을 들고 산에 올라 나무를 해다 말렸다. 소에게 먹일 꼴을 베어 생활용품과 교환하기도 했다. 할머니 손은 나무껍질처럼 단단해졌고, 얼굴은 새까맣게 그을렸다. 그렇게 피나는 노력에도 가난한 이준이는 공민학교를 접어야 했다.

이준이에게 목표가 생겼다. 어떻게든 돈을 모아 일본에 계신 아버지를 만나보고 싶었다. 고민 끝에 두 집 건너 사는 친척 집을 찾아갔다.

"원기 삼춘, 내가 송아지를 키워 줄 텐께 첫 새끼 낳으면 줄라요?"

졸복
256

송아지가 커서 새끼를 낳기까지 대략 5년 정도 걸렸다. 키워준 대가로 송아지가 태어나면 키워준 사람에게 주는 게 관례였다.

"나야 그럴 수 있다만은, 멫 년 간 키워야 한디 괜즘하겠냐?"

"괜찮해라우."

"그 소로 농사지을라고?"

"땅도 없는디, 소만 있다고 농사 짓겠소? 소 살 돈이 없는께 삼촌 소를 멫 년 키워주고 새끼 나면 그놈 키워서 새끼 치송할라요."

삼촌이 흔쾌히 허락했다. 이준이는 남들이 소를 키우는 것보다 몇 배나 고생했다. 특히 겨울철에 소에게 먹일 풀을 마련하는 게 어려웠다. 논이 없어 겨울 먹이인 볏짚을 구하기가 쉽지 않았다. 볏짚은 소의 먹이도 되지만 초가지붕을 엮는 이엉의 재료로 쓰기 때문에 논이 귀한 섬에서는 집집마다 볏짚을 귀하게 여겨 팔지도 않고 집에다 볏가리를 쌓아두었다. 그래서 이준이는 풀을 베어 건초로 만들어서 겨울 준비를 해야 했다.

소를 다섯 마리까지 늘렸는데 한국전쟁이 터졌다. 이준이는 독자라고 동민에서도 계속 징집에서 빼주곤 했다. 혼자 남을 할머니를 염려한 동민 직원의 배려였다. 직원은 가깝게 지내는 동네 형이기도 했다.

"이준아! 전쟁통이라 인자 나도 어쩔 수 없다. 독자라도 군대 가야 쓰겄다. 영장 나왔다."

영장 소식에 할머니는 앞이 캄캄했다. 혼자 살아가는 것도 걱정이지만 하나밖에 없는 자식을 전쟁터에 보내려니 불안해서 도무지 잠을 이룰 수가 없었다. 하지만 이준이는 그래도 가고 싶은 눈치였다. 할머니는 이준이에게 차라리 멀리 도망가라고 애걸복걸했다. 이준이는 할머니 말을 귓등으로 흘려보냈다. 꼭 가야겠다는 의지가 강했다.

"엄니. 군대 갔다 올 때까지 절대로 소 팔지 마씨요!"

이준이는 할머니에게 힘주어 말했다.

"이놈아! 그러면 다섯 마리를 나 혼자 어떻게 키운다냐?"

"내가 영이 삼춘하고 수영이 삼춘한테 부탁해 놨응께, 잘돌봐 줄 것이요."

"그것도 다 빚 아니겄냐?"

"그 빚은 군대 갔다 와서 갚기로 했소. 그리고 혹시 새끼 낳으면 그것은 엄니가 알아서 하씨요. 새끼는 엄니가 키우기 힘들 거요."

이준이는 군대 가기 전에 절대로 다른 소를 팔아선 안 된다고 몇 번이고 다짐을 받고 논산 훈련소에 입영했다.

훈련은 일보다 훨씬 힘들었다. 그래도 이준이는 이를 악물고 훈련에 임했다. 상사에게 잘 보이기 위해서였다. 그렇게 최선을 다해 훈련이 임한 이준이는 틈만 나면 고참이나 높은 분들께 물었다.

"교관님! 혹시 일본에 가는 방법 아십니까?"

졸복

"아니."

"김 일병님, 혹시 일본에 가는 방법 아십니까?"

"모르는데?"

수많은 고참과 동기들에게 물었지만 훈련소에서는 끝내 알지 못하고, 자대배치를 받았다. 강원도였다.

이준이는 자대에서 중대장이 일본 유학파라는 사실을 알았다. 중대장에게 잘 보이려고 더더욱 열심히 군대 생활을 했다. 졸병이라 육체적, 정신적으로 힘들었다. 하지만 더 견디기 어려운 건 추위였다. 이월의 강원도 날씨는 매서웠다. 남쪽 출신의 이준이에게 뼛속까지 파고드는 한기가 고통스럽기 그지없었다. 이준이는 덜덜 떨리는 이를 악물고 솔선수범했다. 참호를 파면 남보다 두 배 넘게 삽질했다. 꽁꽁 언 땅을 파는 일이 그렇게 어려운지 예전엔 상상도 못했다. 이준이는 곡괭이와 지렛대를 번갈아 들고 땅을 팠다. 갈라지고 부르튼 손에 피가 고였다. 축대를 쌓을 때면 무거운 돌에 먼저 다가가 들어 날랐다. 한 번은 50킬로그램이 넘는 돌을 바닥에 내리는 도중 손가락이 돌에 짓눌렸다. 꽁꽁 언 손의 피부가 찢어지고 뼈가 으스러졌다. 고참이 조심하지 않았다고 호되게 질책했다. 괜찮습니다. 이 정도는 아무것도 아닙니다. 이준이는 간단한 치료를 받고 손에 붕대를 감은 채 몸 사리지 않고 또 돌을 날랐다. 붕대에 핏물이 흥건히 고이고, 얼어붙은 피 때문에 손가락이 잘 굽혀지지 않아도 잔꾀를 부리지 않고 돌을 날랐다. 그 모두가 중대장에게 잘 보이기 위함이었다. 그렇게 이미지를 쌓은 이준이가 중대장에게 특별 면회를 신청했다. 중대장이 무슨 일 때문이냐고 물었다.

"우리 아부지가 일본에 계시는데 언젠가는 꼭 한번 만나고 싶습니다. 그런데 가는 방법을 모릅니다."

중대장은 몇 가지를 더 묻고는 일본으로 가는 방법을 친절하게 알려주었다. 다른 건 몰라도 일본 가는 방법만큼은 기억에 꼭 담아두려고 눈을 감기 전에 방법을 떠올리고, 눈을 뜨자마자 방법을 되짚었다. 꿈을 꾸다 깨면 또 방법을 되새겼다.

전쟁은 소강상태였지만, 언제 전장으로 나갈지 몰라 무거운 긴장 속에 하루하루를 보냈다. 그러다 휴전이 되었다. 다행히 이준이는 독자라서 남보다 빨리 집으로 돌아 올 수 있었다. 집을 떠난 지 팔 개월 만이었다. 집에 돌아온 이준이는 외양간부터 둘러보고 어머니를 보았다.

"와따. 엄니 소 잘 키웠소잉? 고생했구먼이라우. 새끼는 안 납디여?"

"한 마리 낳는디, 가용 쓸라고 풀았다. 그란디 이놈아 나보다 소가 먼저 보이냐?"

"오메 그랬네잉. 엄니, 혹시 큰집은 일본서 편지 같은 거 안 왔다요?"

"왔단다. 그라고 시계랑 이것저것도 보내 줬는디 느그 아부지 소식은 없다더라."

졸복
—

이준이는 군복도 갈아입지 않고 큰집으로 달려가 큰아버지의 일본 주소를 알아냈다. 큰어머니가 제대했다고, 그동안 고생했다고, 밥이라도 먹고 가라 했지만 그대로 발길을 돌렸다.

"엄니! 인자 소 전부 다 폽시다."

이준이가 다짜고짜 말했다.

"아니, 오자마자 먼 소리냐?"

어머니가 영문을 모르겠다는 시늉을 했다.

"소 판 돈으로 일본 가서 아부지 모시고 올라요."

아버지란 말에 어머니가 멈칫했다. 아버지를 여전히 그리워하고 있음이 역력한 표정이었다. 하긴 아버지가 없어서 겪었던 숱한 나날이 아니고 기구한 운명 때문이라도 아버지가 돌아왔으면 하는 본심을 숨기지 못하고 표정으로 드러내 보였다. 어머니는 한참이나 허공을 보다가 겨우 입을 열었다.

"느그 아부지를 보고잖은 건 나도 마찬가지다. 그래도 나는 너를 보낼 수 없다. 너마저 없다면 나는 못산다."

어머니가 한숨을 길게 쉬었다.

"내가 기필고 모시고 온당께라우."

"야 이놈아! 일본이 어디라고 혼자 갈라고 그라냐?"

어머니 얼굴에 근심이 짙게 묻어났다.

"군대서 자세히 알어갖고 왔어라우?"

"말도 안 통한디 방법을 안들 뭔 소양이겄냐?"

"손짓 발짓만 잘하면 통하게 돼 있단 말이요."

"느그 아부지도 금방 온다고 가서 여태 안 왔는디 너를 보낼 성 싶으냐? 두 번 다시 말도 꺼내지 마라."

앵돌아진 어머니가 귀를 닫으려 했다. 하지만 이준이는 긴 시간을 설득했다. 어머니도 완강했다. 이준이는 애원하고 협박하고 달래고 또 부탁했다. 그래도 어머니가 반대하자 최후통첩을 했다. 어머니가 허락 안 해도 갈 거라고. 내가 보이지 않으면 일본에 간 줄 아시라고. 어머니는 아버지 없이 자란 이준이의 한과 괴로움을 잘 알기에 어쩔 수 없이 허락하고 말았다. 이준이 의지가 워낙 확고해 허락할 수밖에 없었다.

"아부지 만날라고 피눈물 나게 돈 모았소. 아부지는 살아 계신다요?"

이준이의 갑작스런 방문에 큰아버지는 무척이나 놀랐다. 마치 도둑이 숨어 있다 경찰에게 들킨 것 같은 반응을 보였다. 이준이가 들어섰을 때 큰아버지는 저녁상에 앉아 있었다. 이준이라고 밝히자 들고 있던 숟가락을 입에 넣지도, 내리지도 못하고 엉거주춤했다. 이준이는 큰아버지 태도에 아랑곳하지 않고 아버지 소식을 물었다. 큰아버지는 대답 대신 고개를 무겁게 끄덕였다. 살아 계신다니, 천만다행이었다.

"그러면 뭣 땜시 여태 안 오고 편지 한 장도 안 보냈다요?"

"그건."

큰아버지가 뒷말을 잇지 못했다. 묵비권을 행사하겠다는 것인지 한참을 기다려도 입을 열지 않았다.

"큰아부지는 울 아부지 어디서 사는지 알고 있지라우?"

큰아버지가 또 고개만 끄덕였다. 숟가락도 상에 내려놓았다.

"그라면 당장 가봅시다!"

이윽고 큰아버지가 입을 열었다.

"지금은 안 된다."

그리고도 큰아버지는 최대한 말을 아꼈다.

"아니, 왜 안 된다요? 아들이 아부지 만날라고 뼈 빠지게 고생해서 왔는디, 그럴 수 있소?"

"볼일이 있어서 잠깐 나갔다 올 테니 저녁 먹고 있어라."

큰아버지는 옷을 갈아입고 집을 나섰다. 하지만 자정이 되어도 돌아오지 않았다. 일본에서 재취한 일본인 큰어머니와 사촌 동생과는 말이 통하지 않았다. 불편했다. 이준이는 대문 밖에서 큰아버지를 기다릴 요량으로 밖으로 나와 대문을 지켰다. 날이 새도 큰아버지는 들어오지 않았다. 이제나저제나 들어올까봐 이준이는 자리를 떠나지 않았다. 화장실도 참고, 배고픔도 이겨냈다. 정 배가 고프면 가게로 달려가 빵과 우유를 사 와서 대문 앞에서 허겁지겁 먹었다. 오줌보가 터지도록 급할 때면 대문을 볼 수 있는 으슥한 곳으로 부리나케 뛰어가 오줌을 누었고, 대변이 급하면 큰집 초인종을 눌러 용변만 보고 다시 대문을 지켰다.

하루가 가고 이틀이 가고 사흘이 지나도 큰아버지는 그림자조차 보이지 않았다. 날이 갈수록 이준이 얼굴이 핼쑥해졌다. 수염도 덥수룩했다. 이준이의 처음 모습을 보지 않았다면 옆집 사람들이 이준이가 구걸 왔다고 생각할 정도였다. 땀으로 범벅인 옷에서는 시큼한 냄새가 코를 찔렀다. 머리를 감지 않아 가려워 미칠 지경이었다. 몸에는 이가 득시글거리는 듯했다. 그래도 이준이는 자리를 지켰다. 눈이 퀭하니 들어가고, 뼈와 가죽이 맞닿을 때까지 대문 밖을 벗어나지 않았다. 아버지를 애타게 기다릴 어머니가 눈에 아른거려 자리를 벗어날 수 없었다. 일본에 온 목적을 잊을 수 없었다. 일주일이 넘어가자 결국 이준이는 땅바닥에 쓰러졌다. 이준이가 눈을 떴을 때는 병원이었다. 큰아버지가 그제야 나타났다.

"이준아, 느그 아부지가 둘째를 엊그제께 낳아서 지금은 너를 볼 입장이 안 된다. 대신에 올해는 느그 아부지하고 꼭 한 번 나갈게. 이 약속은 반드시 지키마."

이준이는 그 말을 믿을 수밖에 없었다. 북어처럼 빼빼 마른 몸속 어디에 수분이 남아 있었는지 눈물이 끊임없이 흘렀다. 마음이 천근만근 무거웠다. 돌아오는 길에 아버지 소식을 손꼽아 기다리고 있을 어머니를 생각하니 죽고도 싶었다. 배를 타고 오는 내내 바다만 바라보았다.

그 후 근 20년이 지나서야 아버지가 한국에 온 것이었다. 올해는 꼭 한 번 나온다던 큰아버지의 약속이 20년 만에 지켜진 셈이었다.

뱃머리에는 동네 어른들이 우르르 몰려나와 30년 만의 고향 방문을 반겨주었다. 이준이 집에는 인사 오는 손님들의 발길이 끊이지 않았다. 그동안 코빼기도 비치지 않던 사람들도 찾아왔다. 잔칫집이라면 이렇게 큰 잔치가 있을까 싶을 정도로 사람이 몰렸다. 아버지와 어머니랑 이준이가 밤늦도록 손님을 맞았다. 처음으로 수많은 손님을 맞이했지만 이준이는 피곤한 줄 몰랐다.

아버지는 날이 밝자 성묫길에 나섰다. 산소가 섬 곳곳에 있기 때문에 걸어서 다니기에는 여간 불편한 게 아니었다. 가까운 곳은 걸어서 다녀왔다. 큰 고개를 세 개나 넘어야 하는 뒷마을에 위치한 산소는 걸어서 가기 힘들었다. 경사도 가파르고 길도 좁았다. 이준이는 모처럼 오신 아버지를 힘들게 하고 싶지 않았다. 배를 빌려 타고 출발했다. 배를 타고 가는데 멀리서 농어 주낙을 하는 배가 보였다. 이준이는 선장에게 부탁해 주낙배로 가자고 했다. 주낙을 하는 이는 동네 동생뻘 되는 사람이었다.

"어이 성준이! 아부지가 오셔서 그란디 농어 좀 있는가?"

"오메. 오늘은 세 마리밖에 못 잡았소야. 그란디 이 비싼 농어를 살라고라우?"

농어 일 킬로그램이 쌀 한 가마니 값에 버금갔다. 이준이에게는 엄두가 나지 않은 금액이었다.

"그래도 어쩔 것인가. 필요한디. 내일도 잡으면 내가 살랑께

한 마리도 폴지 말고 전부 놔두소."

"야. 알았어라우."

성준이가 물칸에서 농어 세 마리를 건져주었다. 이준이는 농어를 받아들고 다시 부탁한 다음 성묫길에 나섰다.

성묘를 마치고 일행 모두가 집에 모여 농어회를 먹었다. 이준이는 아버지가 먹는 모습을 눈여겨보았다. 맛있게 드셨다. 농어는 여름이 제철인데 보리 추수가 끝났으니 제철에 가까웠다. 아버지뿐만 아니라 다들 맛있게 먹었다. 일행이 많아 회가 금세 바닥났다.

"이준아, 농어 더 구할 수 없냐?"

아버지가 물었다.

"여기서는 성준이밖에 안 잡은디 그걸 아도쳤능께 인자 없어라우. 낼도 잡으면 폴지 말고 놔두라 했능께 내일 실컷 드십시다. 어쨌든 내일은 원 없이 잡숫게 해 드리께라우."

이준이는 진심으로 그렇게 해 드리고 싶었다. 하지만 다음 날은 샛바람이 불고 비까지 내려 농어 잡이를 나가지 못했다.

아버지가 온 지 이틀이 지났다. 아버지는 일주일 일정으로 고향을 방문했다. 이준이는 두 분만의 시간을 만들어드리고 싶었다. 아버지 어머니에게 여행을 가시라고 권유했다. 섬에서 여수로 가는 여객선이 있어, 두 분은 여수로 여행을 갔다. 여수를 택한 건 어머니 때문이었다. 어머니는 여수에서 공장에 다니는 손녀들 밥해주려고 여수에서 살고 있었는데 아버지가 온 다기에 김포공항으로 마중 나갔다가 고향으로 왔다. 여수로 간 지 오 년이 넘어 여수 지리는 어느 정도 알고 있었다.

이준이는 농어를 구해놓으려 했지만, 구할 수 없었다. 샛바람이 그치자 성준이가 주낙을 놓았지만 농어가 잡히지 않았다. 이준이는 직접 배를 타고 농어를 잡을 생각이었다. 하지만 그 계획도 물거품이 되었다. 주낙은 조류가 약한 조금 무렵에 해야 하는데, 사리에 가까운 물때라 성준이가 주낙을 나가지 않았기 때문이었다.

"이준아, 또 가게 되어서 미안하구나."

아버지가 일본으로 돌아가기 직전에 이준이를 따로 불러서 말했다.

"……"

이준이는 어떤 말도 할 수 없었다.

"가끔 나올란다. 그리고 이건 오백만 원이다. 너가 알아서 써라."

할아버지가 허리춤에 두르고 있던 전대에서 지폐 다발을 꺼내 이준이에게 건넸다.

달포가 지나자 동네에서는 오백만 원에 대한 소문이 나돌기 시작했다. 소문을 들은 동네 사람들은 도회지에다 집을 사 두라고 했다. 당시에는 도회지에다 집 한 칸은 살 정도의 돈이었다. 이준이 부인도 의견을 냈다.

"세철이 아부지. 그 돈으로 광주에다 집 한 채 삽시다."

"집은 나중에라도 살 수 있으니 이 돈을 밑천으로 돈을 벌세."

"뭐를 해서 번다요? 글지 말고 집 한 채 사잔께요."

"성준이가 요새 농어 잡아서 무지 잘 번다데. 우리도 주낙을 하세."

"오메, 바닷일이 언제 사람 잡을지 모른디 왜 꼭 그걸 할라고 그라요?"

"광주다 집만 사놓고 돈 없으면 이사 갈 수 있겠는가? 기술도 없는디 뭘로 묵고 살겄는가? 돈을 더 벌어서 이사 갈 연구까지 해야 한께 주낙을 할라네."

부인은 이준이의 확고한 생각을 끝내 꺾지 못했다. 일견 타당해 보이기도 했다. 이준이는 자기 뜻대로 배를 지어 농어 주낙을 하기로 했다.

주낙이란 초등학교 운동회 때 자주 하는 과자 따먹기처럼 긴 줄에 바늘을 여러 개 달아서 고기를 잡는 방식이다. 농어는 상층부를 유영하며 취이 활동을 하는 표층 어류라 주낙을 수면에 띄워야 하고 줄이 떠 있으니 지나는 배들 스크루에 줄이 잘릴 수 있으니 주낙을 놓고는 가까이서 지키고 있어야 했다. 미끼는 살아있는 새우가 좋으며, 산 새우를 구하기 위해 직접 그물로 잡아야 했다. 당시에는 새우를 양식하는 양식장이 없었기 때문이었다. 주낙은 혼자서는 할 수 없으니 친척 동생인 인태와 함께했다.

"이준이 성! 오늘도 큰놈 한 마리 남겨 놀라요?"

"그래야제. 그래도 큰놈이 물칸을 지키고 있어야 담에 안 잡혀도 부담 없제."

"아따 그라다가 죽어분 게 어디 한두 마리요? 더구나 제일 비쌀 때도 안 팔고 있다 얼마나 손해 봤소?"

"그때 손해 본 거 담에 더 많이 잡아서 반까이하세."

인태는 가장 큰 고기를 물칸을 지키라는 이유로 팔지 않고 있다가 죽이는 경우가 종종 있었고, 그러다 죽은 농어라도 절대로 집에 가져가지 않고 자기에게 주곤 했으니 미안하고 안타까워서 큰 고기를 팔자고 설득했다.

농어는 클수록 값이 비쌌다. 다섯 마리 합해서 십 킬로그램보다 한 마리가 십 킬로그램이 나가면 값은 두세 배로 책정되고, 살아 있는 게 죽은 것보다 값이 몇 배는 더 나갔다. 이 사실을 이준이도 모르고 있는 건 아니었다. 그런데도 이준이는 만족할 만한 고기가 잡힐 때까지 팔지 않고 물칸에 살려두곤 했다. 그래서 배에는 살아 있든지 죽어 있든지 간에 꼭 한 마리는 있었다. 이준이는 어떠한 경우에도 농어를 집에 가져가지 않았으니 식구들이 불만을 자주 토했다. 특히 세철이가 심했다.

"아부지! 어째 우리는 농어 잡은시롬 한 번도 못 묵어본다요?"

"나도 아직 안 묵어 봤다. 느그는 커서 많이 묵을 수 있능께 그때 묵어라."

"그래도 인태 삼춘네는 가끔 묵잖아요?"

"인태 삼춘은 일도 잘하고 착실헌디 돈을 많이 못 줘서 고기로 준 거다."

"아부지! 우리도 죽은 거라도 한 번만 묵어 봅시다."

"크면 묵을 일 많이 있을 것이다."

이준이는 매정하게 잘랐다. 세철이는 더 이상 농어의 농자도 꺼내지 않았다. 아버지가 심부름을 시켜도, 일을 시켜도 시큰둥한 얼굴로 거절했다. 공부해야 한다는 핑계를 댔지만 책은 가까이 하지 않았다. 공부를 게을리하는 게 복수라고 생각했다.

한 번은 엄청난 대물 농어가 잡혔다. 그동안 농어를 팔러 다니던 어판장에서도 볼 수 없던 대단한 크기였다. 물칸이 좁아서 농어 꼬리가 접혔고, 굵기는 씨름 선수 허벅지 정도 되었다. 족히 이십 킬로그램은 넘었다. 주낙을 끌어당길 때 이준이는 농어가 떨어져 나갈까 봐 노심초사했다. 줄을 팽팽히 당겼다가도 농어가 힘을 쓰면 재빨리 줄을 느슨하게 풀었다. 이준이가 전에 없이 긴장하며 밀고 당기기를 반복한 끝에 어렵게 뜰채에 넣었다. 농어를 물칸에 넣고 난 이준이는 소원을 푼 것처럼 뿌듯한 표정을 지었다. 다음 고기에는 신경을 덜 썼다. 바늘털이를 하고 도망간 농어가 있어도 이준이는 너털웃음을 지었다.

"이준이 성! 이렇게 큰 것은 처음 보요야!"

인태가 물칸을 들여다보며 호들갑을 떨었다.

"동생도 그란가? 나도 그라네. 혹시 용왕님 고기가 아닌지 모르겠네."

"성! 이걸 팔면 쌀 열 가마니는 사겄소야. 죽어 분디 빨리 가서 폽시다."

"폴지 말세. 아니 안 폴라네."

이준이가 딱 잘라 말했다.

"아니, 왜라우? 그라다 죽어 불면 똥값 돼분단 말이요!"

"그래도 안 폴라네."

"이 정도면 무지하게 비싸겄는디 안 폰다고라우?"

"우리가 이렇게 큰 것을 언제 또 잡어 보겄는가? 비싼지는 알지만 폴기 아깝네."

"참 미얀 사람이요이? 비싼지 뻔히 암시롱 안 폴라고 한다는 것이 도통 이해가 안 돼요."

인태는 이번만은 이 큰 놈을 어떻게든 팔아서 이준이네의 생활에 보탬이 되게 하고 싶었다. 이준이는 그런 인태의 계속된 간곡한 청원에도 그저 웃고 말았다. 인태 요청은 가볍게 묵살당했다.

큰 농어를 보려고 동네 사람들이 구경 왔다. 세철이도 동생하고 같이 농어를 보았다. 세철이는 벌어진 입을 한동안 다물지 못했다.

농어는 상처가 나지 않으면 물칸에서도 꽤 오래 산다. 개체수가 많고 적고에 따라 다소 차이가 있으나 생명력이 강한 고기임에는 틀림없다. 그러나 이준이가 잡은 대물 농어는 이틀이 지나자 힘을 잃어갔다. 농어 크기에 비해 물칸이 작기 때문이었다. 이준이는 그날 저녁 여수에 계신 어머니께 전화했다. 다녀가시라고 권했지만 어머니가 당장은 오기 힘들다고 했다.

"성! 지금이라도 갖다 폽시다. 내일까지 못 살 겄소!"

다음 날 인태가 또 팔자고 했다. 인태의 얼굴에도, 목소리에도 안타까움이 짙게 묻어났다.

"그라겄제?"

"그걸 말이라고 하요?"

"그람 당장 시메하소."

"뭐라고라우? 이걸 죽이자고라우? 나는 그렇게 못 하겄소. 할라면 성님이 하씨요!"

"아따 그라지 말고 자네가 하소."

이준이의 단호한 부탁에 인태는 어쩔 수 없이 농어 아가미에 칼을 들이밀었다. 농어에서 흐른 피가 바닥에 흥건했다. 인태는 바가지로 바닷물을 퍼올려 피를 씻으며 어디에 쓰려는지 궁금해 했다. 그런데 이준이는 농어를 들고 동네 노인정으로 갔다. 평소에는 한 번도 칼을 잡지 않는데 이날은 직접 회를 썰어서 노인들께 대접했다. 노인들이 함박웃음을 지었다.

"어이 이준이! 같이 묵세! 왜 자네는 한 점도 안 묵은가?"

"많이 잡숫씨요. 나는 농어 안 좋아해라우."

"아무리 그래도 잔 묵어보소? 좋은 안주 놔두고 김치에다만 술을 묵으면 쓰겠는가? 우리가 미안하구먼. 그라고 너무 커서 다 묵도 못 하겄네. 남은 건 자네가 싸갖고 집에 가서 식구들하고 묵소."

"식구들은 다음에 잡어서 줄라요. 남더라도 뒀다가 내일 탕국 끓여서 잡숫씨요."

"이랄 때 자네 어마이라도 있으면 좋겄네마는. 그나저나 언제나 온다든가?"

"안 그래도 전화 했는디 애기들 땜시 못 오고 추석에나 온다 합디다."

노인정에는 이십여 분이 모였는데 노인이라 많이 못 드시기 때문이기도 했지만, 농어가 워낙 커서 상당히 남았다. 노인들의 권유에도 불구하고 이준이는 끝내 한 점도 먹지 않았고 집에도 가져가지 않았다. 이 사건으로 아내와 심하게 말다툼까지 했다. 아내는 쌀 열 가마니가 허공에 날아간 분을 이준에게 풀었다. 이준이는 묵묵히 받아주었다.

3년 정도 농어 주낙을 하던 중이었다. 이준이는 아버지가 일본에서 사고로 돌아가셨다는 전보를 받았다. 당장 일본에 갈 수 없는 이준이는 고향에서 시신 없는 아버지 장례식을 엄숙히 치렀다. 장례식 때 어머니는 통곡과 혼절을 열 번도 넘게 반복했다. 이준이는 가슴을 치고 속으로 울었다. 가슴에 시퍼런 멍이 들었다.

장례를 치른 한 달이 지났다. 아직도 가슴에 멍이 남아 있는 이준이가 인태를 조용히 불렀다.

"인태 동생! 농어 그만 잡을라네. 인자부터 우리 배로 자네가 다른 사람하고 잡으로 댕기소."

"오메 성님! 갑자기 그것이 뭔 소리요? 그라고 나는 성님 배 살 돈도 없어서 안 되라우?"

"지금 당장 돈 달란 말 아니네. 천천히 벌어서 주소. 지금같이 성실하게 하면 금방 갚을 거네."

결국 이준이는 농어 주낙을 그만두었다. 이준이 말대로 인태가 배를 인수했다. 배를 넘긴 지 오 년 만에 어머니도 돌아가셨다.

초등학교를 졸업한 세철이는 광주로 나갔다. 섬에 중학교가 없었기 때문이었다. 광주에서 전문대학을 졸업하여 레미콘 업체에 취직했다. 회사에 시멘트 가루가 난무했다. 직원들은 목에 걸린 시멘트 가루를 없애기에는 삼겹살이 좋다며 회식할 때마다 삼겹살집에 가곤 했다. 하지만 세철이는 횟집으로 향했다. 세철이가 주문한 메뉴는 오직 한 가지였다. 농어회. 아버지가 농어를 잡으면서도 먹어보지 못한 한을 그렇게 풀었다. 회를 먹을 때마다 마음 깊은 곳에 잠재된 아버지에 대한 원망이 꿈틀거렸다.

이준이가 농어 주낙을 넘긴 지 삼십 년이 지났다. 이준이는 대장암에 걸려서 섬에서 시한부 인생을 살고 있었다. 병원에서는 길어야 한 달 정도라고 했다. 이준이는 일흔 번째 생일을 맞았다. 세철이는 아버지의 마지막 생일이라고 남동생 식구들을 모두 고향으로 불러들였다. 평일임에도 삼 형제의 식구들이 모여 케이크에 촛불을 밝히고 생일 축하 노래를 불렀다. 아직까지 농어 주낙을 하는 인태가 대청마루에 앉아 커다란 농어를 썰고 있었다.

"생일 축하합니다. 생일 축하합니다. 사랑하는……."

삼 형제와 며느리들은 마지막 생일이란 생각에 목이 메어서 노래를 제대로 부르지 못했다. 하나같이 눈물을 흘렸다. 이준이 아내는 혼자서는 앉을 수 없는 이준이를 옆에서 부축하고 앉아 있었다. 아내 눈에서 눈물이 흐르나 양손으로 남편을 부축하고 있기 때문에 닦을 수도 없었고, 닦으려고 하지도 않았다. 이준이는 희미한 미소를 지으며 식구들을 담담히 바라보았다.

"사랑하는 할아버지 생일 축하합니다!"

자식들 내외는 목이 메어서 노래를 못 하는데 유치원생인 철부지 손자 손녀들이 나머지를 끝까지 불렀다. 자식 내외도 손뼉은 힘차게 쳐주었다. 방 안에 슬픈 박수소리가 진동했다.

"후."

이준이는 힘이 없어서 촛불을 부는 시늉만 했다. 이번에도 손자 손녀들이 동시에 입바람을 불어 촛불을 껐다. 촛불이 꺼지자 세철이가 케이크를 잘랐다. 그동안 다른 것은 먹지 못해 두유와 누룽지를 으깨어서 만든 숭늉만으로 연명하는 이준이는 케이크를 권하는 자식들에게 고개를 가늘게 흔들며 거절했다.

"고…맙…다. 고…맙… 다.……고 마 워."

이준이는 힘들게 말하면서 세철이를 비롯하여 순서대로 앉아있는 자식 내외 및 손자 손녀들에게 살아서의 마지막 대면이라 생각하고 일일이 눈을 맞추며 희미하게나마 미소를 지어 보였다. 그리고는 힘에 겨워 다시 누웠다.

밖에서 농어를 썰고 있던 인태가 농어회를 들고 들어왔다. 초장과 상추가 절반, 나머지는 농어회로 쟁반이 가득 찼다.

"성님! 한 점 잡숫써요."

인태는 잘게 썬 농어회를 상추에 쌓아 이준이 입에 넣으려 했다.

"……."

이준이는 입을 벌리지 않았고 먹으려는 의지도 없었다. 세철이가 나섰다.

"인태 삼춘! 아부지는 그런 것 못 잡술 거요. 누룽지도 포도시 잡수셔라우?"

인태는 무시하고 말을 이었다.

"이준이 성! 왜 농어 안 잡순지 인자 아요."

"……."

"일본의 아부지 때문이었지라우?"

"……."

"아부지가 언제 올지 몰라 물칸에 한 마리씩 꼭 살려 놨지라우?"

"……."

이준이 눈에 눈물이 고이기 시작했다. 자식들 앞에서 그동안은 절대로 눈물을 보이지 않았다.

"성님! 인자 잡숴 보씨요."

인태가 다시 농어회를 입에 넣어주려 했다. 이준이는 입을 벌리지 않았다. 세철이는 아버지께서 못 드실 거라 생각하고 그만두기를 거듭 요청했다. 인태는 못 들은 것처럼 행동했다.

"성님! 묵기 힘들어도 많이 잡수씨요. 많이 묵어 갖고 하늘에서 아부지 만나면 나눠 주씨요."

그제야 이준이가 누운 채로 입을 벌렸다. 방 안에 있는 식구들이 나지막하게 흐느끼고 애들도 숙연해졌다. 인태가 계속 말을 이었다.

"옛날에 잡았던, 겁나게 큰 놈을 아부지 주고 싶어서 팔지 않고 있다가 노인당에 주었지라우?"

"……."

"나가 오늘 가지고 온 것도 제일 큰 놈이어라우?"

"……."

"이놈 많이 묵고 하늘에서 아부지한테 전해주씨요."

이준이 아내는 뒤로 돌아앉아서 흐느꼈고, 다른 식구들도 어깨를 들썩였다.

"성님! 미안하요. 미안하…."

"……"

"일본서 성님 아부지 오셨을 때 농어에 맺힌 성님의 한을 너무나 늦게 깨달았소. 미안하요……. 미안하요……."

목이 메어 말을 어렵게 이어가던 인태도 결국 더 이상 말을 잇지 못했다. 인태는 이준이 손을 잡고 나지막하게 흐느꼈다.

"나도 저승 갈 때 농어 많이 갖고 갈께라우."

"……"

"그때 성님하고 아부지하고 나하고 그렇게 만나서 원 없이 묵어 봅시다."

이준이가 고개를 가늘게 끄덕였다. 침묵이 흐르는 방 안에 흐느낌만 계속 이어졌다. 이준이가 농어회를 천천히 씹었다.

세철이는 무엇으로 뒤통수를 한 방 맞은 것 같았다. 문을 박차고 대문 밖으로 나가 하늘을 올려다보았다. 하늘이 석양으로 붉게 물들어 있었다.

'할아버지 때문에 농어를 잡았고 할아버지가 먼저 드신 걸 보고 싶어 당신도, 그리고 우리들도 못 먹게 하였고, 할아버지가 돌아가셔서 농어 주낙을 그만두셨구나.'

세철이는 농어 주낙과 농어에 대한 아버지의 행동이 이제야

이해되었다. 농어 때문에 고집 부렸던 일이 아버지 가슴에 못
질한 것이라 느껴졌다. 자신이 너무 미웠고, 후회되었다. 세철
이는 가슴을 쳤다. 눈물이 흘렀다. 턱밑으로 뚝뚝 떨어지는 눈
물을 굳이 닦으려 하지 않았다. 이준이는 한참을 울고 나서야
안방으로 발길을 돌렸다. 방에는 침울한 기운이 넘실거렸다.
모두 이준이를 바라보고 있었다. 세철이도 선 채로 이준이를
바라보았다.

이준이가 힘겹게 농어를 씹고 있었다. ✤

바다를 보며 살아가는 사람들의 아픈 서사

    이 작은 한반도에 태어나 살아가고 있는 사람들에게 바다는 '앞마당' 같은 곳이었던가. 그렇지 않았다. 강원도 두메산골에 나서 살아가는 사람들에게 바다 구경은 쉽지 않은 일이었다. 같은 경상도도 부산이나 울산, 마산 사람들은 신선한 생선 요리를 사시사철 먹을 수 있었겠지만 경상도 예천·영천·김천 같은 곳에서 사는 사람들에게 '회'는 이태리요리보다 낯선 음식이었다. 지금이야 냉동시설이 워낙 잘 되어 있어 산촌에서도 회 요리를 먹을 수 있지만 말이다. 완도가 낳은 소설가 강성오의 아홉 편 소설을 읽었다. 경북의 오지인 의성에서 나서 내륙의 소도시 김천에서 자란 필자에게 해설의 글을 부탁한 것은 잘못된 일이란 생각이 소설을 읽는 내내 들었다. 아홉 편 소설이 대다수 바닷가 사람들 이야기요, 그들은 진한 전라도 방언을 쓰고 있으며, 섬이나 바닷가 사람들 특유의 풍습이 이야기의 심층에 깔려 있었기 때문이다. 작품은 하나같이 필자의 경험을 넘어서는 것이어서 낯설게 느껴졌다. 오래전 단편소설로 등단했고, 작품집도 한 권 출간했으나 그 후 시 쓰기에 주력한 나 같은 이가 쓸 글이 아님에 여러 날 고심하였다. 가까스로 용기를 낼 수 있었던 것은, 이 소설을 읽을 독자가 꼭 작가의 고향친구들만은 아닐 것이라는 생각에서였다. 소설은 작가가 구축한 허구의 세계라는 점을 다시 떠올렸다. 소설은 인간 실존의 비의를 허구적 진실로 보여주는 장르다. 그래서 많은 이들이 나처럼 강성오의 소설에서 생소한 경험을 할 것임이 분명했다. 이 소박한 감상의 글이 독자들에게 누가 되지 않기를 바랄 뿐이다. 2016년 한국해양문학상 우수상 수상작인 「상괭이」부터 보자.

상괭이는 길이가 2미터 정도로, 고래치고는 작은 편에 속한다. 등에서 꼬리까지 이어진 돌기가 특징이며, 서해안에 자주 출몰한다. 혼자 다니는 경우보다 두세 마리씩 무리 지어 이동하고, 물고기·오징어·새우 등을 좋아한다. 갈치잡이 배를 모는 화자는 안강망에 걸린 상괭이를 행운의 징표인 양 수조에 넣고 항해를 계속한다. 배의 선원들이 우즈베키스탄 출신인 일콤, 알렉스인 것이 색다르다. 우리나라의 물고기 조업용 배에 이런 제3세계인들이 타는 경우가 많은가 보다. 상괭이를 싣고 가는 동안 조업 양은 영 신통치 않다. 어떤 때는 해파리만 그물에 잔뜩 걸린다. 이야기는 어부들의 현실생활로 이어진다. 어부들도 퇴직금을 받는다고 한다. 선주가 지급할 테지만 그는 소기업 경영자여서 퇴직금 지급이 쉽지 않다. 공장 노동자들보다도 훨씬 열악한 환경에서 이들이 일하고 있음을 알게 해주는 대목이다.

소설은 막바지에 이르러 과거의 중요한 에피소드 하나를 제시하면서 주제를 뒷받침한다. 진수 아버지의 죽음이다. 그는 35년 전, 닻줄이 발목을 감아 바다에 빠지고 말았다. 부표를 잡고 힘겹게 배에 오르긴 했지만 그 사이에 20분 정도가 경과하였다. 따뜻한 물을 대야에 받아와 손발을 적셨지만 배가 너무 느렸다. 병원까지 가기가 너무 먼, 바다 한가운데였다.

나는 당시 우리가 탔던 배의 속도와 요즘 흔한 선외기 속도를 비교해보는 버릇도 생겼다. 40노트를 넘는 배가 그때 있었다면, 아버지는 20분 내에 병원에 도착할 수 있었을 것이었다. 그렇다면 일흔을 넘겼을지도 몰랐다. 한동안 시름에 빠졌던 진수가 어쩔 수 없이 배를 물려받아 조업에 나섰는데, 아버지 곁으로 가려 하다니.

이렇게 하여 배를 몰게 된 후배 진수는 자신이 부린 뱃사람들에게 퇴직금을 줘야 하는 난감한 상황에 봉착하자 절망해 술을 마시고 바다에 뛰어든다. 금방 구조가 되긴 했지만 결국 바다로 돌아가는 몸이 된다. 진수 부자의 비극적인 최후를 본 화자는 갑판장을 불러 담요 하나를 물에 적셔 상쾡이를 덮어주라고 지시하고, 이 장면에서 소설은 끝난다.

힘찬 문체와 거친 입담, 긴장된 분위기는 「상쾡이」가 해양소설의 전형성을 획득하게 한다. 상쾡이는 그러니까 진수를 비롯한 수많은 뱃사람들의 상징물이다. 사람들의 손에 잡혀 죽는 상쾡이의 운명이나 제 수명대로 살지 못하고 죽는 뱃사람들의 운명이나 다를 바 없다. 바다는 삶과 죽음이 공존하는 곳이기에 언제나 살벌하다. 물고기의 입장에서건 인간의 입장에서건.

그다음에는 등단작이라고 할 수 있는 2012년 한라일보 신춘문예 당선작인 「그림자놀이」를 볼까 한다. 화자가 초등학교 4학년 때였다. 어디서 구해 온 『조선연극사』란 책을 보고 큰 감명을 받은 아버지가 거기에 설명되어 있는 그림자놀이를 복원하겠다면서 공무원직을 하루아침에 그만둔다. 물려받은 전답이 없는 집안이니 아버지의 이런 돌발행동은 온 식구의 삶을 휘청거리게 한다. 올림픽 전해라고 하므로 1987년이었다. 불빛에 비친 그림자를 갖고 연희를 펼치는데, 용과 잉어가 여의주를 놓고 다투는 장면이 이 연희의 클라이맥스다. 하지만 올림픽을 앞두고 민속놀이가 많이 재현될 것이라는 희망, 개성에서 '만석중놀이'라는 이름으로 재현되었으니까 언론에서도 주목할 것이라는 희망은 물거품이 되고 만다. 전시관이 세워질 것이라는 희망도 무너져버린다. 엎친 데 덮친 격으로 아파트는 경매에 넘어가고 어머니는 고혈압으로 쓰러진다. 집 안의 이러한 몰락은 그림자놀이에 대한 아버지의 고집 때문이었다. 홈쇼핑 업체에 근무하는 벤더인 화자는 당연히 아버지와 극렬하게 대립한다.

나는 지난 토요일 저녁에 아버지를 만났다. 두 번 다시 아버지를 보지 않을 생각이었는데 필요했기에 어쩔 수 없이 집으로 찾아갔다. 아버지, 만석중을 이틀만 빌려 갈게요. 나는 단도직입적으로 용건부터 말했다. 어디에 쓰려고? 몰라보게 야윈 아버지가 물었다. 모처럼 만난 탓인지 아니면 처음으로 만석중에 관심을 두었기 때문인지 아버지 표정은 무척 밝아 보였다. 마리오네트를 팔 때 미끼 상품으로 끼워주려고요. 홈쇼핑에서 덤이 없으면 말이 안 되잖아요? 아버지 눈이 휘둥그레졌다. 덤으로? 그리고는 곧바로 쏘아붙였다. 고작 그따위 이유로 만석중을 써먹는다는 거야? 아버지가 다짜고짜 소리쳤다. 기껏해야 가슴팍이나 머리밖에 치지 못하잖아요? 나 역시 턱 끝을 바짝 치켜들고 기세등등하게 대거리했다.

이 대립은 전통과 혁신 간의 대립이고 과거와 현재 사이의 대립이고 기성세대와 신진세대 간의 대립이다. 대립이 너무나 첨예하여 화해의 기미라곤 바늘구멍 틈새도 보이지 않는다. 하지만 마지막 장에 오면 극적인 '이해'가 이루어진다. 아들의 아버지에 대한 이해다. 그렇다고 화해는 아니다.

아버지는 만석중의 역할에 대해 말하고 싶은 건 아닐까. 불현듯 그런 생각이 스쳤다. 만석중에 도통 관심이 없는 나에게 만석중이 다리로 가슴을 치고 손으로 머리를 치는 것이 깨달음만을 나타내기 위한 단순한 행위가 아님을 보여주려는 의도 같다는 생각이 들었다.

아버지에 대한 아들의 이해가 얼마나 어려운가를 이 소설은 웅변하고 있다. 돈도 명예도 아닌 정신을 지키고 싶었던 아버지를 이해하는 과정이 얼마나 어려운가를. 그런 점에서 강성오는 전통주의자일지도 모른다. 과거의 것이 미풍약속이든 아니든 간에 훼손되는 것을 안타까워하는 사람을 우리는 흔히 전통주의자라고 부른다. 전통주의는 과거의 관습을 지키며 살자는 복고주의나 완고한 보수주의와는 좀 다르다. 변화를 하더라도 지킬 것은 지켜야 한다는 입장을 갖는 것이 전통주의다. 그런 점에서 살펴보아야 할 소설이 「관」일 것이다. 섬에서의 장례풍습에 대해 소상히 들려주어 민속적인 가치도 있는 소설이다.

며느리가 임신이 되지 않고 자꾸 유산을 하자 시아버지는 선산 앞 소나무를 베자는 말을 한다. 얼토당토않은 말이지만 '섬 사람'이라는 특수성이 있으므로 고개를 끄덕이게 된다. 미신이라고도 할 수 있는 민간신앙에서는 묘를 잘 못 쓰거나 묘 근처에 큰 나무가 있는 것을 금기시한다. 며느리의 유산이 거듭되자 시아버지는 조상의 무덤을 압박하는 소나무의 무게를 걱정하기 시작하더니 끝내 베어버리게 한다. 그만큼 자연신에 의존도가 높은 갯가사람들의 심리를 알게 하는 대목이다. 이 소설에서 독자가 주목해야 할 어휘가 하나 있으니, '입도선조'라는 것이다. 入島先祖는 어느 섬(여기서는 와도다)에 제일 먼저 들어와 정착한 선조를 가리키는 말이다. 할아버지의 고조할아버지가 와도에 정착하고 난 이후, 관을 만들 나무가 없던 섬에다 소나무 세 그루를 심은 것이 선산의 유래가 되었다고 한다. 섬이란 곳에서의 삶이란 물고기는 쉬 잡을 수 있겠지만 (제주도 같은 큰 섬이 아닌 다음에야) 곡식과 채소, 과일 등이 풍부할 리 없다. 이런 곳에서 누대로 살아온 이들에게 대를 잇는 혈족의식은 강할 수밖에 없을 터, 화자의 아버지는 소나무를 베는 억지를 부린다.

혈족의식은 가문의식, 문벌의식과 크게 다를 바 없는 말이다. 9편 소설 거의 전반을 꿰고 있는 의식이 바로 이것이다. 오늘날 우리 사회의 큰 문제점 중 하나가 가족해체 내지는 가정파탄이라고 할 수 있다. 가족 구성원의 응집력이 완전히 깨어져 부모가 자식을, 자식이 부모를 살해하는 일이 다반사로 일어나고 있다. 예로부터 혈연지간이라고 함은 가장 끈끈한 인간관계를 포함하고 있는 것이었는데 지금은 그렇지 않다. 한 아파트에 살면서도 각자의 방에서 남남처럼 살아가는 것이 현대인의 삶의 모습이다. 각자 자기 방에서 컴퓨터 앞에 앉아 있거나 스마트폰을 보고 있다. 지척에 있는 가족은 남이고 가상의 존재나 미지의 채팅 대상이 절친한 친구다. 실생활에서는 친구를 못 사귀지만 온라인상에 적도 있고 동료도 있고 게임친구도 있다. 그런데 강성오 소설 속의 인물들은 이런 파편화된 인간관계를 지양하고 가족의 일원이 되기를 열망한다. 「농어 주낙」속의 가족을 보자.

　김포공항 대합실에서 남루한 한복 차림의 할머니가 출구를 초조하게 지켜보고 있었다. 얼굴은 뭐라 말할 수 없는, 회한과 상념에 잠긴 모습이었다. 할머니 왼쪽에는 흑인처럼 새까만 손자 세철이가, 오른쪽에는 머리카락이 희끗희끗한 중년의 아들 이준이가 서 있었다. 세 명은 두 시간째 같은 자리를 지키고 있었다. 이준이는 일본발 비행기의 도착 시간이 적힌 안내판에 수시로 눈길을 돌렸다.

　소설의 제일 앞머리다. 할머니와 아들 이준이, 손자 세철이가 초조한 모습으로 기다리고 있는 사람은 이준이의 아버지다. 공항 출구로 아버지가 나타나자 어머니가 그에게 매달려 울고불고 난리를 친다. 남편 부재의 30년 세월의 회한을 그런 식으로 푸는 것이었지만 풀릴 턱이 없다.

　광복이 되자 밀수꾼들이 제 세상을 만난다. 아버지 3형제가 섬의 전답을 몽땅 팔고 일본으로 밀항한 뒤 거기에 눌러앉아 고국을 찾지 않은 것은 가족에 대한 배신행위였다. 한국전쟁이

터진 뒤 군에 입대했으나 독자라는 이유로 8개월 만에 돌아온 이준이에게는 일본에 간 아버지를 찾아보는 것이 일생의 소원이 되었다. 헤어진 지 10년 만에 일본에 간 이준이는 큰아버지만 뵙고 온다. 그리고 나서도 20년이 더 지나서 귀국한 아버지는 일본에서 새장가를 갔으니 가족의 일원으로 받아들이기가 쉽지 않다. 그런데 이준이는 농어를 잡아 아버지를 대접하겠다는 일념으로 농어를 구하려고 동분서주한다. 식구를 버린 가장을 아버지로 인정하고 받아들이는 행위를 상징하는 것이 농어다.

세월은 흘러, 500만원을 주고 일본으로 돌아간 이준이의 아버지가 교통사고로 죽고 이준이도 대장암에 걸려 시한부 삶을 살게 된다. 농어 주낙을 하는 이준이의 친구 인태가 잡아온 농어회를 준이가 힘겹게 씹는 데서 소설은 끝난다. 세철의 아버지 준이가 농어 주낙을 그만두게 된 이유를 다음과 같이 유추한다.

'할아버지 때문에 농어를 잡았고 할아버지가 먼저 드신 걸 보고 싶어 당신도, 그리고 우리들도 못 먹게 하였고, 할아버지가 돌아가셔서 농어 주낙을 그만두셨구나.'

이 대목은 개연성이 많이 떨어지는 것이 사실이다. 과연 이런 추측이 현실성이 있는가? 하고 고개를 갸웃거리게 되지만 혈족의식 때문에 그럴 수도 있을 거라는 긍정에 다다르게 한다. 우리 민족 특유의 가족애라고나 할까, 혈연에 대한 집착은 때때로 가능한 일을 그르치게 하거나 불가능한 것을 가능하게도 한다. 이준이의 아버지에 대한 애착은 설명과 납득의 차원을 넘어선다. 가족을 버리고 일본에 가서 새장가를 든 아버지니까 이성으로 판단하면 미울 법도 한데 이준이는 아버지에 대한 원망이 없다. 최고로 맛있는 것을 드시게 하려는 일념으로 농어를 구하려고 했던 것이다.

가족을 연결시켜 주는 혈연이라는 끈은 시간이 지날수록 더 강하게 조여 와 우리를 아프게 한다.「졸복」을 보자. 바닷가에서 민박집을 하며 살아가던 부부가 있었다. 낚시꾼 두 사내가 잡아 온 졸복(몸길이가 35cm 가량인 바닷물고기인데 테트로도톡신이라는 맹독이 있다)을 남편이 손질해줘서 같이 먹고, 그다음 날 새벽에 큰 사고가 난다. 남편과 한 손님은 죽고 다른 손님은 병원에 실려 간다. 자격증도 없이 요리를 했다고 민박집 주인에게 손해배상을 청구한 두 집의 등쌀에 여인은 멸치 어장과 집을 판 돈과 사위의 퇴직금까지 주고 나서야 감옥행을 면한다. 하지만 급성간암 판정을 받고 여인은 생을 스스로 정리할 생각을 한다.

억지로 들어온 민박 손님이 영 수상한 짓을 한다. 졸복의 독을 중화시키려고 나트륨을 이용한 신약품 개발에 몰두하고 있는 사내는 제약회사 직원인 것도 같고 아닌 것도 같다. 졸복탕을 몰래 먹고 사내가 만들었다는 해독제의 성능을 믿어보기로 하지만 그건 요망사항이었을 뿐 죽음의 순간을 맞이한다.

이런 일련의 과정에서, 특히 여인은 자신의 일종의 자살시도에 죄의식을 느끼지 않는다. 실수를 한 것은 남편이었다. 하지만 사위와 딸, 외손자들에게 미안한 마음을 거둘 수 없는 여인은 반(半) 자살을 할 생각으로 졸복탕을 먹는 것이다.

「졸복」의 몇 가지 에피소드도 혈연의식 내지는 가족주의의 산물이다. 그 어떤 인간관계보다도 우선하는 것이 가족의 안녕이다. 그래서 "딸과 사위와 외손자들이 와서 볼 텐데, 너무 꾀죄죄한 옷을 입고 있다는 것"이 죽음을 목전에 둔 여인의 마음에 걸리는 것이다. 그들에게 나쁜 인상을 주면 안 된다, 어떤 피해가 가면 안 된다는 생각만 걱정으로 작용하지 자신의 목숨은 그리 중요하지 않다. 어차피 암으로 죽을 목숨, 옥살이를 할 것을, 하고 후회하고 있을 뿐이다.

버섯 재배로 살아가는 이의 일상을 다룬 「균을 위한 발라드 댄스」와 차 사업을 하는 동업자들의 애환을 다룬 「오라 해서 갔더니」는 주축이 되는 두 인물이 부부다. 혈연지간은 아니지만 가족이기에 이들도 끈끈한 관계망을 보여준다. 두 작품은 '바닷가'라는 일정한 공간에 머물지 말자는 작가의 다짐이 은닉되어 있는 작품으로 읽혔다. 두 편 모두 철저히 사실주의적인 작품이다. 지금-이 땅의 현실이 문제다. 그래서 환상성이나 실험성과는 거리가 멀다. 그런 점에서 소설가 강성오 씨는 리얼리스트다. 정통파 투수로서 강속구를 던지려고 하지 기교에 편승하려고 하지 않는다. 오늘날 이 땅 수많은 소설가들이 리얼리즘이라는 성채를 버리고 포스트모더니즘이나 판타지의 성으로 갔다. 근년에 소설가들이 가벼운 담론을 일삼거나 주제 없는 독백을 늘어놓지만 강성오는 고집스럽게 사실주의를 지키려고 한다. 그런데 다소 예외적인 두 편의 소설이 있으니 「미끼」와 「분재, 섬 소사나무」다. 「미끼」의 화자는 'ID 82'로 명명된 감성돔이고 「분재, 섬 소사나무」의 화자는 분재가 되어 살아가는 운명을 거부하지 못하는 소사나무다. 다소간 실험성이 가미된 이 두 작품은 그 질적 함량에 있어서 다른 일곱 작품을 압도한다. 고지식한 리얼리스트 강성오가 실존적 고민을 하기 시작한 것으로 보인다. 인간 삶의 비의를 감성돔과 소사나무의 삶으로 치환한 상상력이 범상치 않다. 정통파 투수도 직구만 던질 것이 아니라 슬라이드와 커브, 체인지업을 적절히 섞어 던져야 방어율을 높일 수 있다.

「미끼」에서는 감성돔 양식에 대한 과정이 아주 치밀하게, 과학적으로 묘사된다. 소설가란 어느 분야에 대해서건 전문가임을 이 소설은 잘 말해준다. 전문가는 어느 분야에 일가를 이룬 사람이다. 그래서 집 '家' 자를 쓰는 것이다.

조선해양연구소의 수산증·양식연구센터에서 인공종묘로 생산된 나 'ID 82'는 연구원에 의해 마취가 된다. 그 상태로 감성돔의 복강 속에 음향추적장치인 VR20이나 VR60을 이식한 뒤, 그물로 울타리를 치고 수중스피커가 설치된 바다목장에 방류한다. 다섯 마리가 그런 혜택을 입어서 사지로 가지 않고 이승에 남은 것이다. 거센 풍랑으로 그물 일부가 찢어지자 그 틈을 타 화자는 ID 83, 84와 함께 탈출한다. 자유를 향한 감성돔의 탈출 시도가 〈쇼생크 탈출〉의 '앤디'를 방불케 한다. ID 83이 먼저 잡힌다. 뻥치기 조업으로 잡힌 것인데, 이 뻥치기란 자망을 바다에 내린 후 수면에 돌멩이나 유압식 무쇠판, 나무 등으로 내리쳐 그 소리에 놀란 고기들이 떠오르게 하여 그물에 걸려들게 하는 방식이다. 뻥치기는 예전부터 어부들이 행해온 행위로 불법이 아니지만 최근엔 기계를 활용한 유압식 충격기, 불법 조명 등 불법적인 어구로 다량의 고기를 남획하기 때문에 단속의 대상이 되고 있다. 특히 이 뻥치기는 요즘 들어 귀한 어종인 감성돔을 집중적으로 노리고 있어 더욱 큰 문제가 되고 있다. ID 83이 잡히는 장면은 치밀한 묘사가 가히 압권이다.

그날 밤, 그믐사리를 맞아 거친 물살 때문에 펄 물이 심하게 일어 시야 확보가 어려웠다. 뻥치기를 시작했을 때만 해도, 우리는 연구원들이 음향평거에 건전지를 교체하기 위해 체포 작전을 펼치는 줄 알고 느긋해했다. 건전지는 1년에 한 번씩 교체해야 했다. 하지만 아직 1년이 되지 않았다는 사실을 떠올리고 불안에 휩싸였다. 고용된 꾼들이 설치한 정치망에 걸리지 않기 위해 우리는 움직임을 최대한 자제하며 바다에 바싹 붙어 있었다. 군집생활을 하는 특성대로 수많은 감성돔과 함께 몸을 사렸다. 해양연구소는 꾼들에게 은신처를 제보했다. 꾼들이 주위에 걸그물을 촘촘히 놓고, 삿대 끝에 1.5리터의 빈 페트병을 묶어 도리깨질하듯 집중적으로 바다를 내리쳤다. 뻥! 뻥! 뻥! 뻥!……. 함께 있던 동료들이 화들짝 놀라 이리저리 마구 날뛰었다. 백상아리가 나타난다 한들 이보다 더 놀랄까, 한마디로 아수라장이었다. ID 83은 초연한 표정으로 동료들을 진정시키느라 바빴다. 뻥치기꾼들의 공격은 집요했다. 뻥! 뻥! 뻥! 뻥!……. 한번 들어가면 절대 빠져나올 수 없다는 정치망의 날개에 둘러싸이고, 얼기설기 설치된 걸그물 아래서 공격을 당한 우리는 진퇴양난의 위기에 있었다. 움직이면 움직일수록 그물에 쉽게 걸린다는 사실을 잘 알기에 우리는 가만히 웅크리고 있었다.

인용을 길게 했는데, 어떻게든 목숨을 지키려고 하는 감성돔과 조선해양연구소 연구원들의 사주를 받은 뻥치기꾼들의 추격전이 이렇게 실감나게 그려지고 있다. 감성돔을 뻥치기로 잡는 현장에 가보지 않은 독자라 할지라도 이 실감나는 묘사를 보고 어찌 주먹을 쥐지 않으랴. 그 손에 땀이 맺히지 않으랴. 그런데 ID 83은 살신성인의 모습을 보여준다. 뻥치기 공격 때 혼비백산하다 그물에 걸린 다른 어류들의 피해를 더 이상 방치할 수 없어 스스로 걸그물 속으로 유영해 간다. 영화의 한 장면 같은 ID 83의 희생이 있었지만 생존한 물고기들, 그의 죽음을 금방 잊고 의리도 없이 제 몸 보신에만 골몰한다. 소설의 마지막은 당연한 결과인데, 주인공 ID 82가 그물에 잡히는 장면에서 끝난다. 그런데 그 과정이 그야말로 리얼리스틱하다. 핍진한 상황을 세밀하게 묘사하는 문장과 서스펜스 넘치는 장면 묘사, 감성동의 묘한 심리를 묘사하는 부분이 이 소설에 또 다른 매력을 제공한다.

「분재, 섬 소사나무」는 도시 외곽에 자리를 잡은 분재박람회장이 무대다. 이곳에서 한국이 원산지인 소사나무가 관리인 아저씨와 텔레파시를 통해 대화를 나눈다는 설정이 재미있다. 아저씨의 집 안 사정 얘기를 듣는 장면이 약간 코믹하고 억설이긴 하지만 작가의 상상력이 발휘된 부분이라 재미있게 읽힌다. 눈치 빠른 독자는 이미 알아챘겠지만 제목이 암시하는 대로 소사나무가 철사에 친친 감긴 채 2년을 사는 처지에 놓이게 된다. 그렇게 화원에 한동안 있던 소사나무는 플라스틱 사출업체를 운영하는 안 사장이란 사람에게 팔려간다. 팔려가기 전에도 그랬지만 안 사장의 손아귀 아래서도 처절하게 학대를 받는다. 인간은 분재한 나무를 눈앞에 두고 예쁘다느니 잘 손질했다느니 하고 품평하지만 나무의 고통은 필설로 다할 수 없다. 하지만 그 학대행위는 희한하게도 소사나무를 살리는 행위였다.

아저씨는 분갈이 전, 면역력이 떨어져 세균에 감염될 것이 우려된다며 석회유황합제로 화분을 철저히 소독하고서야 뿌리에 가위를 들이댔다. 아저씨, 나를 죽일 참이세요? 나는 벌벌 떨면서 강한 텔레파시를 보냈다. 작은 화분에서 살기 위해서는 뿌리를 잘라야 만 한단다. 뿌리를 적절한 시기에 잘라주지 않으면 죽고 말아. 너 는 몇 년에 한 번씩 뿌리를 잘라 주어야만 적당한 크기를 유지하면 서 새로운 가지도 잘 뻗어날 수 있는 몸이야. 아저씨는 나지막하게 속삭이며 뿌리가위로 얼기설기 웃자란 뿌리들을 거침없이 잘랐다. 나는 아저씨의 말을 믿을 수 없었다. 뿌리를 잘라야만 더 잘 살 수 가 있다니. 도대체 그런 말이 어디 있단 말인가. 몸이 댕강 잘렸던 고통이 떠올랐다. 아저씨, 이대로 죽어도 좋으니 그냥 내버려둬요. 아저씨는 못 들은 척 쪼그리고 앉아 입을 닫고 가위질했다. 뿌리가 툭, 툭, 잘려나가자 정말이지 죽을 날이 코앞에 다가온 것 같았다. 아저씨는 물을 뿌려 뿌리를 씻고 칫솔로 줄기와 가지를 닦고 화분 에 담았다. 왼손으로는 나를 잡고 오른손으로는 플라스틱 흙푸개 로 가는 마사토를 화분에 마저 채웠다. 대꼬챙이로 마사토가 뿌리 사이에 골고루 들어가도록 쿡쿡 찔렀다. 나를 이리저리 흔들어가 며 화분 속에서 자연스럽게 자리를 잡게 한 뒤 철사를 대각선 방향 으로 묶어 꽈배기처럼 꼬아가며 뿌리를 고정했다. 철사는 왜 그렇 게 꽉 조이는 거예요. 나는 또 불만을 늘어놓았다.

중요한 대목이라 길게 인용했는데, 이 대목에서 작가의 역량 을 엿볼 수 있어서다. 비약 없이 이루어진 이런 묘사는 소설이 왜 시와 다른가를 잘 말해준다. 시가 비유와 생략으로 상상의 공간을 확보한다면, 소설은 진술과 묘사를 치밀하게 하면서 인간 삶의 현장을 부각한다. 분재를 직접 해보지 않고서는 도저히 쓸 수 없을 것 같은 이런 대목을 보면, 한 편의 소설을 쓰기 위해 작가가 취재와 자료 수집을 얼마나 성실하게 하는지를 알 수 있다. 이런 부분에서 강성오의 작가적 기질과 상상력, 관찰력이 빛을 발한다.

소설의 결말에서 소사나무는 화원 관리인에게 자신을 산에다 심어달라고 텔레파시로 부탁을 하는데 관리인은 "나하고 차라리 병원으로 가자"고 말한다. 왜 갑자기 병원을 운운하는지 필자가 어리둥절해 있는데 소설이 문득 끝난다. 결말을 열어놓는 효과를 노렸겠지만 그 이유가 모호하여 고개를 갸웃거리게 한다. 그러나 이러한 방법론은 작가가 의도한 것일 터다. 결말을 모호하게 처리하여 상상의 공간을 열어둠으로써 주제를 고정하지 않는다. 최근 소설의 흐름을 역류하지 않는 이러한 발상은 강성오가 현실과 허구적 진실 사이에서 진정성을 획득해가는 과정에 있음을 보여준다.

이 세계와 인간의 삶을 한 가지 진실로 요약하는 것은 고전적 삶의 방식이다. 이 소설의 열린 결말은 작가가 그동안 해온 수많은 고민과, 그럼에도 불구하고 해답 없는 삶을 그대로 보여준다. 아울러 이 두 편의 소설은 강성오 작가가 이후 한 방향으로 고착되지 않은 작품을 쓸 거라는 예측을 하게 한다. 작가는 빠르게 흘러가는 시대의 조류를 포착하여 글로 옮긴다. 그

변화를 담아내려면 먼저 작가의 인식이 바뀌어야 하고, 작품은 그러한 변화를 반영한다. 그래서 강성오의 후속작품이 어떤 방향으로 갈지 벌써부터 기대가 되는 것이다. ✗

끊임없이 바다가 등장하는 소설

강성오는 소설미학의 텍스트에 충실한 작가다. 이번 첫 창작집에 실린 9편의 작품들을 보면 구성, 인물, 주제 등 소설이 갖추어야할 기본적인 요소를 잘 지키고 있다. 기교주의나 실험정신에 매몰되지 않고 전통적 소설쓰기로 자기만의 독창적인 작품세계를 확실하게 보여준다.

강성오의 소설에는 끊임없이 바다가 등장한다. 그의 바다는 막연한 사유나 이상적인 세계를 보여주는 관념적 공간이 아니라, 치열한 삶의 현실로 그려져 있다. 등장인물들은 주어진 환경에 무조건 순응하고 안주하기보다는, 끊임없는 변화에 도전하고 고난을 극복하여 새로운 미지의 세계를 열어가려고 한다. 이 때문에 서사가 강하고 주제 또한 다의적이지는 않으나 삶의 메시지를 분명하게 전달해준다. 문체는 담박하면서도 치밀하다. 특히 「졸복」「상괭이」「미끼」 등 작품에서 바다나 물고기 묘사는 밀도가 높다.

강성오의 소설을 읽으면 허먼 멜빌의 『백경』이나 헤밍웨이의 『노인과 바다』를 떠올리게 한다. 앞으로 강성오 작가가 바다소설의 새 지평을 열어가기를 기대한다. ⚓

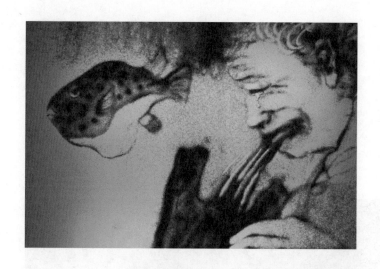

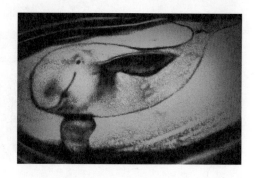

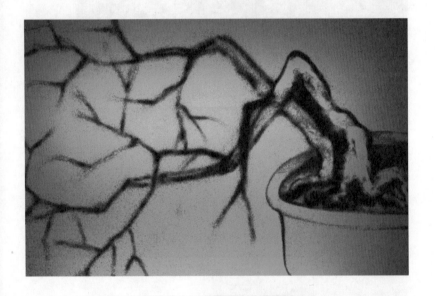

표지 본문 그림

주홍 _ 치유미술가, 샌드애니메이션 작가, 성균관대학교 문화융합대학원 겸임교수. 전남대학교 예술대학 미술학과 졸업. 중앙대학교대학원 미술학석사, 논문〔대상과의 교감을 통한 시적 형상성〕. 원광대대학원 보건학(예술치료전공)박사, 논문〔스토리텔링 미술치료가 섬유근육통 증후군 환자의 통증 및 삶의 질에 미치는 효과〕. 개인전 16회. 전남대학교 예술대학 강사(1993-2002). 인도 바라나시 힌두대학교(B.H.U) 객원강사 역임(1998). 광주세계光엑스포 시민파빌리온 전시커미셔너 역임(2010). 제3회 광주미술상 수상(1997). 제2회 광주비엔날레 공훈상(1997). 2008광주시 문화예술상(허백련 특별상)수상

졸복

1쇄 발행일 | 2018년 10월 15일

지은이 | 강성오
펴낸이 | 윤영수
펴낸곳 | 문학나무

문학나무편집 | 03044 서울 종로구 효자로7길 5, 3층
기획 마케팅 | 03085 서울 종로구 동숭4나길 28-1 예일하우스 301호
이메일 | mhnmoo@hanmail.net

출판등록 | 제312-2011-000064호 1991. 1. 5.
영업 마케팅부 | 전화 | 02-302-1250, 팩스 | 02-302-1251
ⓒ 강성오, 2018

값 15,000원
ISBN 979-11-5629-082-7 03810